KÖNIGLICHER PLAYBOY

KYLIE GILMORE

Übersetzt von
ANNA DRAGO

Königlicher Playboy: © 2019 by Kylie Gilmore

Cover Design von: Michele Catalano Creative

Übersetzung von: Anna Drago

Herausgegeben von: Extra Fancy Books

ISBN-13: 978-1-947379-65-7

1

Polly

Ich habe gerade meine Bewährung hinter mir und bin freiiii!

Ich werfe meine Arme gen Himmel und lache. Es ist Sommer, und ich bin auf der Rourke-Yacht, die mich in Frankreich zu meinem ersten Besuch im Königreich Villroy abgeholt hat. Ich bin versucht, „Ich bin die Königin der Welt!" vom Bug des Bootes zu schreien, aber es ist ein wenig gefährlich am Bug, und technisch gesehen bin ich eine Prinzessin. Ich gebe mich mit einem kurzen Freudentanz zufrieden. Ich kann es kaum erwarten, Anna, die Königin von Villroy, zu sehen. Sie ist der Grund, warum ich Bewährung bekommen habe.

Das hört sich nicht gut an, oder? Aber es war eine gute Sache. Sie und ihr Ehemann, König Gabriel, haben mir geholfen, in den USA eine Gefängnisstrafe wegen Identitätsdiebstahls zu vermeiden.

Hmm … das klingt auch schlecht. Doch es war alles aus einem völlig verständlichen Grund. Aber ich fange besser ganz von vorn an. Ich bin Prinzessin Mary Louise Lyon von den Beaumont-Inseln. Polly für meine Freunde. Ich bin das einzige Kind sehr traditioneller Eltern in einer Monarchie der alten Schule. Ich war gerade letztes Jahr vom College in den

USA nach Hause zurückgekehrt, als meine Eltern vorschlugen (übersetzt: sie haben mich unaufhörlich damit belästigt), dass es Zeit sei, zu heiraten und den nächsten Erben zu zeugen. Nur ein Treffen mit dem Ehemann ihrer Wahl, Peter, einem Wirtschaftsmagnaten auf Beaumont, der behauptete, königliches Blut aus einem inzwischen nicht mehr existierenden Königreich zu besitzen, war nötig, dass ich meinen Fluchtplan mit Ziel USA ins Rollen gebracht habe. Ich bin ein strategischer Denker. Meine Eltern nennen mich unmöglich.

Auf jeden Fall habe ich in den USA für einen gefälschten Ausweis bezahlt, damit ich mich als untergetauchte Prinzessin frei bewegen konnte, aber es stellte sich heraus, dass der gefälschte Ausweis von einer verstorbenen Frau stammte, deren Tante bemerkte, dass ihre tote Nichte in Tampa, Florida ein Wohnhaus gekauft hatte. Es war mein Geschenk an Anna, die zu dieser Zeit dort lebte. Ich habe sie, eine entfernte Cousine, über die AncestryWise-Website gefunden und dachte, wir könnten Freunde sein. (Sehen Sie? Strategischer Denker: hier – finde eine Verbündete). Im Nachhinein betrachtet war ich naiv, was den gefälschten Ausweis anging. Ich dachte, es wäre eine frei erfundene Person. Ich hätte mehr Fragen stellen sollen. Ich bereue es wirklich und habe mich an die Familie der Verstorbenen gewandt, um Wiedergutmachung zu leisten. In ihrem Namen gibt es jetzt ein Stipendium an ihrer Alma Mater, das von meiner gemeinnützigen Stiftung finanziert wird.

Zwei gute Dinge kamen dabei heraus — Anna und ich sind uns sehr nahe gekommen, und ich habe während meiner Bewährung einen MBA-Abschluss erworben. (Das ist der Grund, den ich meinen Eltern für meinen längeren Aufenthalt in den USA angegeben habe. Sie wissen nichts über meine Verhaftung, da Gabriel die Geschichte begraben hat.) Jetzt werde ich Anna wiedersehen. Sie ist im achten Monat schwanger. Mir wurde eine kurze Atempause eingeräumt, damit ich bei der Geburt dabei sein kann. Auf dieser Grundlage werde ich einen strategischen Plan ausarbeiten, um aus meiner bevorstehenden Ehe mit Peter herauszukommen, ohne dabei meine Familie und das Königreich zu zerstören.

Kein Druck.

Peter hat mich in eine unmögliche Ecke gedrängt und mich zu der Ehe erpresst. Meine Eltern haben keine Ahnung von der Erpressung. Wenn ich es ihnen sage, werden sie die Ehe nicht zulassen, und Peter wird seine Drohungen durchsetzen. Vor drei Jahren haben meine Eltern einen Kredit von ihm angenommen, um die Renovierung eines ihrer Resorts am besten Strand unserer Insel zu finanzieren. (Sie wollten einen moderneren Stil, um mit Peters modernen Resorts zu konkurrieren.) Jetzt sind die Schulden fällig, und sie haben nicht das Geld, um es ihm zurückzuzahlen. Ich weiß das nur, weil ich bei meinem kurzen Besuch zu Hause vor meiner Reise nach Villroy gehört habe, wie meine Mutter meinem Vater sagte, dass sie befürchtet, Peter würde das Anwesen in Besitz nehmen, wie es sein gesetzliches Recht bei einer Zwangsvollstreckung auf einer unserer Inseln ist.

Ich bin privat zu Peter in sein Büro gegangen, um über die Sorge meiner Eltern zu sprechen, in der Hoffnung, die Laufzeit des Darlehens verlängern zu können. Dann sagte er mir, er werde nicht nur das Hotel beschlagnahmen, was sie durch den Einkommensverlust in weitere Schulden stürzen würde, er würde alle wissen lassen, dass sie Schulden haben, die sie nicht zurückbezahlen, und jetzt exorbitant hohe Steuern erheben müssen, um die Dinge am Laufen zu halten. Er würde ihren Ruf ruinieren und sie als ehrlose Herrscher darstellen. All das zielt darauf ab, einen Aufstand gegen die Monarchie zu beginnen, die er zu stürzen versprach. Dann hat er mir ein Angebot gemacht – wenn ich ihn heirate und ihn zum König mache, sind die Schulden vergeben. Alle unsere Immobilien werden unter seiner Kontrolle konsolidiert, und er wird dafür sorgen, dass sie rentabel und modernisiert werden, was Beaumont eine blühende Zukunft sichert.

Welche Wahl hatte ich schon? Ich muss meine Familie und mein Königreich retten. Monarchien sind eine aussterbende Rasse, und solange ich lebe, werde ich nicht zulassen, dass meine ausgelöscht wird.

Ich bin in den Palast zurückgekehrt und habe meinen Eltern mit bitteren Worten gesagt: „Ich bewundere Peters Geschäftssinn und stimme zu, dass er ein idealer Kandidat für einen Ehemann sein würde."

Sie waren überglücklich und hatten schon vor ihren aktuellen Problemen darauf gehofft, dass wir heiraten. Peter war in ihren Köpfen immer der ideale Schwiegersohn gewesen, weil er die Hälfte der Resorts auf der Hauptinsel besitzt. Wir besitzen die andere Hälfte. Unser Königreich besteht aus einer Inselkette in der Karibik, die vom Tourismus abhängig ist. Doch Peter hat ihnen nie sein wahres Gesicht gezeigt.

Außerdem muss ich dringend heiraten, weil mein Vater beschlossen hat, als König zurückzutreten. Er ist dreiundsiebzig und seine Parkinson-Krankheit wird immer schlimmer. Er möchte nicht mit einem Tremor in der Öffentlichkeit gesehen werden. Meine Mutter, die Königin, ist erst sechsundvierzig, aber sie darf nicht alleine regieren, weil sie eine Frau ist. Alt. Schule. Ich darf natürlich auch nicht alleine regieren. Wenn ich nicht bald heirate, geht mein Geburtsrecht auf meinen jüngeren männlichen Cousin über. Es macht mich wütend. Ich wurde mein ganzes Leben lang darauf vorbereitet, Königin zu werden. Es ist mein Platz, mein Geburtsrecht.

Ich drehe mich um und hebe die Hand schützend über meine Augen, um meine langjährige Zofe und Anstandsdame Marge besser im Inneren der Kabine der Yacht sehen zu können. Sie ist jetzt in den Fünfzigern, und ihr schulterlanges Haar ist eher grau als braun, wofür sie mir die Schuld gibt. Ich liebe diese Frau, die in vielerlei Hinsicht eine Mutter für mich war. Als Kind haben meine Energie und meine Abenteuerlust meine Eltern und meine Lehrer verrückt gemacht. Dann kam Marge. Streng und sachlich wurde sie mit der unmöglichen Aufgabe betraut, mich auf dem rechten Weg zu halten. Sie ist bei mir, seit ich mit neun Jahren ins Internat verschifft worden bin, durchs Studium hindurch, und ist mir hinterher geschickt worden, als meine Eltern erfahren haben, dass ich mich für meinen MBA/meine Bewährung in den USA aufhielt. Sie scheint aufrecht sitzend auf dem Sofa zu schlafen. Armes Ding. Sie sagt, sie hätte das

Gefühl, dass sie vielleicht irgendetwas ausbrüte. Ihr Hals tue weh.

Ich gehe in die Kabine, und ihre Augen öffnen sich langsam. „Polly, wo ist dein Schleier? Das gehört sich nicht, und von zu viel Sonne bekommst du nur Falten." Sie ist die einzige Bedienstete, die mich mit meinem bevorzugten Namen anspricht, aber nur, wenn wir unter uns sind. Ansonsten sagt sie „Eure Hoheit", „Prinzessin Mary" oder „Ma'am" wie alle anderen.

„Der Wind hat meinen Schleier gestohlen", sage ich. Ich versuche immer, den Schleier loszuwerden, wenn ich nicht zu Hause bin, auch wenn die Tradition von unverheirateten weiblichen Angehörigen der königlichen Familie in meinem Königreich verlangt, einen zu tragen. Das ist eine alte Diskussion zwischen uns. Sie muss mich auf das Fehlen des Schleiers hinweisen, um ihre Pflicht als Anstandsdame zu erfüllen, doch sie weiß, dass ich immer eine Ausrede parat habe.

Sie schnaubt.

Ich sitze neben ihr und drücke meinen Handrücken an ihre Stirn, wie sie es immer mit mir macht, um zu spüren, ob ich Fieber habe. „Du fühlst dich ein bisschen warm an."

„Es geht mir gut." Sie rutscht von mir weg. „Du solltest trotzdem Abstand halten, falls ich ansteckend bin. Ich will nicht, dass du die Königin so kurz vor der Geburt ihres Babys krank machst."

Ich gehe zu dem kleinen Kühlschrank und hole ihr eine kalte Flasche Wasser.

„Mach kein Aufhebens um mich!", bellt sie heiser.

„Hier, du Süße." Ich gebe ihr das Wasser. „Flüssigkeit und Ruhe, Marges Befehl."

Sie nimmt das Wasser, die Lippen gespitzt. „Sei nicht frech, mir meine eigenen Befehle unter die Nase zu reiben. Die sind zu deinem eigenen Besten."

Ich lächle und setze mich neben sie. „Und jetzt ist es Zeit, eine Dosis deiner eigenen Medizin einzunehmen."

Sie blickt finster drein, öffnet aber das Wasser und trinkt. Sie zuckt zusammen, als sie schluckt.

„Wir rufen dir einen Arzt, sobald wir im Amalienpalast angekommen sind." Das ist der Palast auf Villroy.

„Es ist nichts." Sie trinkt noch einen Schluck Wasser. „Polly, ich muss dir etwas sagen."

Die Haare in meinem Nacken stellen sich auf. Ich kann an einer Hand abzählen, wie oft Marge mir etwas sagen musste, und es waren *nie* gute Nachrichten. „Was ist? Stimmt was nicht mit meinem Vater?"

„Nein, nein. Nichts dergleichen. Ich habe auf den richtigen Zeitpunkt gewartet, um es dir zu sagen, und ich mache es besser jetzt, bevor ich in ein Krankenzimmer gesperrt bin." Sie trinkt noch einen Schluck Wasser, und ich warte auf der Sofakante. „Sobald das Baby geboren wird, kehren wir nach Hause zurück, und ich werde dich für einen Zeitraum von sechs Wochen durch die offizielle Brautwerbung mit Peter begleiten. Danach wird die Verlobung offiziell sein. Deine Eltern wollen bald danach die Hochzeit."

Mein Magen verknotet sich. Ich wusste, dass das kommen würde, doch es regt mich trotzdem auf. Als ob die schmierige Erpressung nicht schon genug wäre, um mich dazu zu bringen, ihn zu verabscheuen, ist Peter zwanzig Jahre älter als ich und hat meinen Eltern versprochen, eine feste Hand bei mir zu haben. Meine Eltern haben lachend zugestimmt, dass ich schwierig sei und Struktur brauche, doch ich habe es als großes rotes Warnsignal gesehen. Er ist nicht gewalttätig. Er meint damit, er möchte ein strenges Regiment führen, und er ist der Kapitän. Diese Königin wird sich nicht vor ihrem König verneigen. Ich seufze. Ich will nicht mit meinem Mann kämpfen müssen. Ich habe genug zu tun mit all den Anforderungen des Königreichs.

Ich nicke Marge zu, bevor ich den Blick abwende. Sie ist meine ständige Begleiterin, weil die Prinzessin bei der Hochzeit Jungfrau sein muss. Ich bin eine moderne 23-jährige Frau, von der erwartet wird, dass sie Regeln einhält, die besser ins Mittelalter passen würden. Ich habe mich an die Einschränkung gehalten, weil ich befürchtet habe, meinen Platz im Königreich zu gefährden. (Der königliche Arzt wird mich vor der Hochzeitszeremonie untersuchen. Ich weiß. *Zum Kotzen*.)

Darum bin ich noch nie einem Mann nahe gekommen. Ich hätte Marge natürlich umgehen können, wenn ich es genug gewollt hätte. Doch ich habe einfach nie einen Mann getroffen, der reizvoll genug war, um ein Königreich zu riskieren.

Sehne ich mich nach Liebe? Bin ich sexuell frustriert? Ja und verdammt ja! Aber ich weiß, dass Angehörige der königlichen Familie keine großen Träume haben sollten. Die Pflicht dem Königreich gegenüber kommt immer an erster Stelle. Das schließt persönliche und berufliche Ambitionen aus. Wen interessiert es schon, wenn ich meinen Abschluss in Wirtschaftswissenschaften und meinen MBA einsetzen möchte? Unabhängig zu herrschen würde in gewisser Weise die Leitung unserer Tourismusbranche bedeuten. Aber so funktioniert es auf Beaumont nicht.

Und ich würde eher für immer von Beaumont aus ins Exil gehen, als meinem Cousin den Thron zu überlassen, nur weil er ein Mann ist. Meine Hände ballen sich zu Fäusten. Ich war immer eigensinnig und habe immer die Einschränkungen, die mir auferlegt wurden, gehasst. Es erfordert große Kraft, seine Pflicht zu erfüllen.

„Polly, deine Eltern wollen nur das Beste für dich." Nur Marge weiß, dass ich von der Ehe nicht so begeistert bin, wie ich andere glauben lasse. Sie weiß jedoch nicht warum. Sie nimmt wahrscheinlich an, dass es daran liegt, dass er ein kahlköpfiger Mann mit dickem Bauch ist. Ich brauche keinen gutaussehenden Mann. Ich brauche einen ehrenwerten Mann, einen zukünftigen König.

Ich falte meine Hände in meinem Schoß. „Ich weiß das." Ich versuche ein Lächeln. „Deshalb haben sie dich für mich engagiert."

Sie blinzelt schnell und wendet sich ab. „Unsinn." Ihre Stimme ist vor Emotionen erstickt.

Ich bin ihr ans Herz gewachsen. Es hat eine Weile gedauert, da ich als Kind so wild gewesen bin. Ich habe immer mitgezählt, wenn sie ihre Hände in die Luft geworfen und erklärt hat: „Ich schwöre, du bringst mich noch ins Grab!" Bei hundertfünfzig habe ich aus Langeweile aufgehört zu zählen. Sie hat eine Schwäche für mich und ich für sie.

Ich zeige aus dem Fenster. „Wir sind fast da. Ich gehe raus, damit ich besser sehen kann."

Sie scheucht mich weg, zieht ein Taschentuch aus ihrer kurzärmeligen Bluse und tupft sich die Augen.

Ich kehre an Deck zurück und atme tief durch. Villroy liegt direkt vor der Küste im Südwesten Frankreichs und hat ein gemäßigteres Klima, als ich es gewohnt bin. Die Insel ist atemberaubend schön mit dramatisch felsigen Klippen, Sandbuchten und einem sanften Hügel in der Mitte der Insel, wo der Palast wie etwas aus einem märchenhaften Bilderbuch thront – aus Sandstein gebaut mit diversen Türmen und Türmchen. Mein eigener Palast ist aus hellgrauem Stein und recht flach. Zumindest haben wir einen niedlichen runden Turm in der Nähe des Meeres, und die Anlage ist wunderschön mit einem Gartenhof, Pools und Springbrunnen. Ich kann mich wirklich glücklich schätzen, dort zu leben.

Trotzdem freue ich mich sehr über diese Auszeit auf Villroy. Natürlich, um Anna zu sehen, aber auch für eine dringend benötigte Atempause. Ich weiß, was von mir erwartet wird. Ich weiß, worum es geht. Trotzdem werde ich immer noch das Unmögliche versuchen – den Thron zu meinen Bedingungen zu erobern und gleichzeitig meine Familie und mein Königreich zu schützen. Wer könnte das Unmögliche besser angehen als jemand, der als unmöglich eingestuft wurde? Unmöglich plus unmöglich ist möglich. Meine Mathematik mag nicht hundert Prozent korrekt sein, aber Hoffen wird ja wohl erlaubt sein.

2

___

Ich bin der Gutaussehende. Wenn Sie mich, den viertgeborenen Sohn, mitten im Rourke-Clans finden wollen, halten Sie einfach nach dem Attraktivsten Ausschau. Prinz Oscar ist der Gutaussehende. Das ist keine Arroganz oder Eitelkeit meinerseits. Die Presse hat so geurteilt; sogar meine Brüder sagen es. Eine Kombination von Genen hat mir perfekt symmetrische Züge beschert, die Aufmerksamkeit erregen. Kann ich etwas dafür, wenn ich die gleichen dicken dunkelbraunen Haare, aquamarinblauen Augen, scharfen Wangenknochen und das kantige Kinn wie meine Brüder habe, nur besser? Ich habe meinem älteren Bruder Phillip als königlichen Hottie das Rampenlicht überlassen, weil ich von Natur aus diskret bin. Ich bin sehr stolz auf meinen Familiennamen und würde ihn niemals beschmutzen. Das heißt nicht, dass ich keinen Spaß habe.

Stört es mich, dass von dem viertgeborenen Sohn nicht mehr erwartet wird, als mein verheerend charmantes Lächeln für die Presse zu zeigen? Vielleicht.

Möchte ich auch nur von einer Person gebraucht werden, die mich als Schlüssel zu etwas Wichtigem sieht? Oh ja.

Und ich habe drei Jahre lang als Profi für die französische Fußballnationalmannschaft gespielt. Ich war der Stolz meines

Vaters, die lebendige Verkörperung seines Traums, und ich wusste, wie es sich anfühlt, wenn jemand mich auf dem Weg nach oben anfeuert. Er hat selbst auch kurz für Frankreich gespielt, bevor er seine Karriere beenden musste, um den Thron zu besteigen. Nicht nur, dass ich mich durch die Bindung zu meinem Vater und das Spielen großartig gefühlt habe, sondern auch, weil ich mit dem Geld, das ich durch meine eigene harte Arbeit verdient habe, wunderbare Dinge tun konnte, indem ich Fußballclubs für Kinder in benachteiligten Gegenden auf der ganzen Welt finanziert habe.

Leider habe ich mir vor zwei Jahren das Knie so derart verletzt, dass ich eine OP gebraucht habe und keine Reha es geschafft hat, mich wieder dazu bringen, auf Profilevel spielen zu können. Meine Karriere war vorbei, und ich musste mich mit fünfundzwanzig zurückziehen. Im Alltag habe ich keine Probleme, kein Hinken und keine starken Schmerzen, nur ab und zu ein Ziehen. Mein Vater hat genau wie ich um den Verlust des Fußballs getrauert. Er ist vor einem Jahr gestorben, und es vergeht kein Tag, an dem ich nicht wünschte, wir hätten diese Bindung, die wir über den Fußball aufgebaut haben, aufrechterhalten können. Ich denke, es hätte ihm Freude gemacht, mich während seines Kampfes gegen den Krebs spielen zu sehen.

Ich hatte meinen Moment im Rampenlicht. Mehr kann ich nicht verlangen.

Ich gehe zum bordeauxroten Ledersofa und setze mich neben meinen jüngeren Bruder Adrian. Er nickt mir zu. Keiner von uns war jemals für das Königreich lebenswichtig. Adrian ist der Letztgeborene und hat nicht einmal die berühmten Rourke-Aquamarinaugen, die zum Meer hier passen. Mein Vater hat immer gesagt, dass sie Indikatoren für die rechtmäßigen Herrscher sind. Adrians Augen sind haselnussbraun. Er ist so zurückhaltend, dass ich nicht glaube, dass ihn sein Platz in der königlichen Hierarchie stört.

Wir sind im privaten Salon und warten darauf, unseren Ehrengast, Prinzessin Mary „Polly" Lyon, von den Beaumont-Inseln in der Karibik zu begrüßen. Sie ist eine entfernte Cousine meiner Schwägerin Anna. Ich habe Polly nie getroffen, da sie wegen Identitätsdiebstahls auf Bewährung war und Florida nicht verlassen durfte. Eine Prinzessin, die solch ein schäbiges Verbrechen begeht, muss einen sehr guten Grund gehabt haben, und ich würde wirklich gern mehr wissen. Sie und Anna sind sich zum ersten Mal während Pollys Flucht in die USA begegnet, eine lange, weitestgehend amüsante Geschichte, die damit endete, dass Anna an Pollys Stelle hierhergekommen ist und schließlich meinen ältesten Bruder Gabriel in einem nie dagewesenen Brautwettbewerb als Bräutigam gewonnen hat. Anna war eine Bürgerliche, die sich als Prinzessin ausgegeben und einen zukünftigen König geheiratet hat. Niemals langweilig hier.

Gabriel, Anna und meine Mutter unterhalten sich in der Ecke – der König, die Königin und die Königsmutter. Meine Mutter hat nach dem Tod meines Vaters den Thron aufgegeben, doch alle drei sind lebenswichtig für das Königreich.

In diesem Moment öffnet sich die Tür, und alle Augen wandern in diese Richtung. Meine Familie hat Polly noch nicht kennengelernt, doch ihr Ruf eilt ihr voraus.

Es ist nicht Polly. Es ist mein älterer Bruder Lucas mit seiner Freundin Alice. Sie ist eine Romanautorin, eine sexy, üppige Blondine, die eine schwarze, nerdige Sekretärinnenbrille trägt und eine introvertierte, süße Persönlichkeit hat. Ganz anders als mein Bruder …

„Wir sind da!", dröhnt er mit einem Lächeln, das weiß unter seinem dunklen Bart hervorblitzt. „Lasst die Party beginnen!"

Ich schmunzle und gehe, um ihn zu begrüßen, Adrian folgt mir. „Das sagt er immer", murmelt Adrian leise. Er ist viel reservierter, was ihn zu einem hervorragenden Pokerspieler macht.

Ich lache. „Er hat sich seinen Ruf als Partylöwe verdient." Nachdem ich den Fußball verloren hatte, bin ich mit Lucas auf eine Menge Partys gegangen, und wir hatten eine tolle Zeit.

Ich nehme Alice' Hand, küsse sie auf den Handrücken und sehe zu, wie sich ihre Wangen rosig färben. „Ich habe gehört, dass du im Palast bleiben wirst, und wir freuen uns, dich hier zu haben."

Lucas wirft mir einen finsteren Blick zu und verengt seine aquamarinblauen Augen. „Finger weg, sie gehört mir."

„Ich bin nur freundlich", sage ich unschuldig. Lucas und ich stehen uns nahe und tun uns oft zusammen, um unsere Geschwister aufzuziehen. Er kann es nicht ertragen, wenn er derjenige ist, der aufgezogen wird.

„Sei woanders freundlich", knurrt er.

„Ich weiß, ich weiß, du bist verliebt." Ich klimpere mit den Wimpern und lege ein Falsett in meine Stimme. „Es ist so eine traumhaft romantische Zeit."

„Rutsch mir doch den–"

„Lucas!", ruft Alice aus. „Ich habe dir gerade einen Promisering gegeben. Du weißt, dass ich dir verpflichtet bin."

Er schenkt ihr das albernste verliebte Lächeln, das ich je in meinem Leben gesehen habe. Peinlich. Ich tausche einen Blick mit Adrian aus, verlegen um Lucas' willen. Und dann, um es noch schlimmer zu machen, holt Lucas einen winzigen Smaragdring aus der Tasche und hält ihn hoch. Er verkündet stolz: „An alle, Alice hat mir einen Promisering gegeben. Es ist ihre Verpflichtung mir gegenüber. "

Anna, Gabriel und meine Mutter kommen auf die „großen Neuigkeiten" zu. Was zum Teufel ist ein Promisering?

Annas braune Augen füllen sich sofort mit Tränen. Sie ist im achten Monat schwanger und trägt ein kurzärmeliges lila Kleid, das sich über ihren riesigen Bauch spannt. „Oh, Lucas, das ist so wunderbar."

Gabriel legt sofort einen Arm um ihre Schultern und drückt sie an sich. Er hat die gleichen dicken dunkelbraunen Haare und aquamarinblauen Augen wie ich, aber er ist immer glattrasiert und hat eine würdevolle königliche Ausstrahlung. Er wurde von Geburt an zum König herangezogen, und jetzt ist er es. „Sie ist so emotional wegen der Schwangerschaft", erzählt er uns – als ob wir das nicht wüssten.

Anna sieht zu ihm auf. „Siehst du, Gabriel, du hast

gedacht, die fingierte Verlobung sei eine schreckliche Idee, aber jetzt schau, was daraus geworden ist!"

Wie ich schon sagte, nie langweilig hier, mit fingierten Verlobungen, unechten Prinzessinnen und viel Schlimmerem. Meine Familie ist verrückt. Wir können nicht anders, da wir von einem abtrünnigen Wikinger-Stamm abstammen, der als die Wilden bekannt ist. Es liegt in unseren Genen. Und Anna passt da perfekt rein.

Anna deutet auf Lucas und Alice. „Lucas ist glücklich und geerdet, und Alice liebt es hier. Sie haben eine feste Beziehung! Und wusstet ihr, dass sie ihre nächste Buchreihe auf Villroy ansiedeln wird? Hast du eine Vorstellung von ihrer Fangemeinde? Das ist genau die Klientel, die wir für das Day Spa wollen. Sie werden in Scharen hierher reisen, um zu sehen, wo ihr Buch spielt. Eine Superstar-Romanautorin, die Villroy ins Rampenlicht stellt! Das nenne ich mal kostenlose Werbung." Sie strahlt und dreht sich zu Alice um. „Dass ich den Marketing-Aspekt so rausstelle, soll keine Beleidigung sein. Ich weiß, dass du für deine eigenen kreativen Zwecke die Bücher hier handeln lassen willst."

Alice lächelt. „Stimmt. Es ist so inspirierend hier." Sie drückt Lucas' Hand. Er lächelt sie noch einmal peinlich liebeskrank an. Ich freue mich für ihn, aber muss er so dämlich dreinblicken?

Anna wendet sich selbstgefällig Gabriel zu. „Und jetzt, wo Lucas auf Villroy bleibt, kann er offiziell CEO unseres Unternehmens werden." Sie sieht ihn erwartungsvoll an.

Ich versteife mich. Globetrotter Party-Typ Lucas als CEO? Das war bisher die Verantwortung von Gabriel und Anna gewesen. Ich meine, ich weiß, dass Lucas ihnen geholfen hat, erfolgreich mehr Kapital für das neue Day Spa und die Kosmetikproduktion zu beschaffen. Ich habe gehört, dass sie ihn kürzlich zum CFO gemacht haben, was eine Überraschung war, aber … Lucas als CEO? Er ist wie ich, ein Prinz aus der Mitte des Rudels, der für das Königreich nicht wichtig ist. Und jetzt könnte er die wichtigste Unternehmung leiten, die unser Königreich jemals angegangen ist.

Villroy ist seit jeher ein bedeutender Lieferant von Meeresfrüchten, aber unsere Wirtschaft ist ins Stocken geraten, da die Fischpopulationen schrumpfen und unsere Fischer sich immer weiter hinaus wagen müssen und trotzdem immer weniger Fang nach Hause bringen. Es war Anna, eine ehemalige Kosmetikerin, die auf die Idee kam, die vorhandene Fischereiindustrie zu nutzen und mit Zutaten aus dem Meer – Algen, Fischöl, Meersalz usw. – auf Kosmetikproduktion umzustellen. Das Day Spa auf der Ostseite der Insel ist fast fertig und wird diese Kosmetiklinie sowohl verwenden als auch verkaufen. Der nächste Schritt besteht darin, die Produktion hochzufahren. Das wird wahrscheinlich das Königreich retten. Ich bin es so gewohnt, übergangen zu werden, dass ich nicht erwartet habe, dass jemand mich für irgendetwas, das damit zu tun hat, ernsthaft in Erwägung ziehen würde. Jetzt, da Lucas für eine so hohe Position in Betracht gezogen wird, wird mir klar, dass ich möglicherweise meine Gelegenheit verpasst habe, Teil von etwas Wichtigem zu sein.

Alle Augen richten sich auf Gabriel, der über Annas Vorschlag nachzudenken scheint. Schließlich nickt er und sagt zu Anna: „Ich werde mich später mit ihm zusammensetzen, um die Details zu klären."

Lucas sieht begeistert aus. „Danke, Gabriel, Anna. Ich weiß euer Vertrauen in mich zu schätzen und werde euch nicht enttäuschen."

„Wir hatten immer Vertrauen in dich", sagt Anna und drückt liebevoll seinen Arm. „Wir mussten nur sicher sein, dass du hierbleiben würdest." Sie seufzt glücklich. „Alles läuft so, wie es soll. Alice, wir werden deine Bücher definitiv im Spa verkaufen. Ich würde da auch gerne ein paar Signierstunden planen, wenn es dir nichts ausmacht."

Alice lächelt. „Natürlich macht es mir nichts aus! Ich liebe es, meine Leser persönlich zu treffen."

Adrian mischt sich ein. „Ich habe eine Idee, die das Day Spa fantastisch ergänzen würde — ein Casino. Es würde den Männern was zu tun geben, während die Frauen im Spa sind. Und dann würden die Frauen natürlich auch ihr Glück versuchen wollen. Es funktioniert in beiden Fällen – groß gewinnen, sich im Spa verwöhnen lassen. Im Casino verlieren und sich danach im Spa bei einer beruhigenden Massage entspannen. Und bei Gästen, die vom Spa entspannt sind, sitzt die Brieftasche im Casino lockerer." Er ist professioneller Pokerspieler und verbringt die Hälfte seiner Zeit in Monte Carlo. Jetzt will er Monte Carlo nach Villroy bringen. Wird Gabriel es zulassen?

„Das könnte eine solide Investition sein", sagt Lucas und reibt sich den Bart.

Vielleicht ist das nicht Gabriels Entscheidung. Lucas ist jetzt CEO.

„Für Monaco funktioniert es auch", sagt Adrian. „Das Casino de Monte-Carlo ist die Haupteinnahmequelle der Fürstenfamilie und der Wirtschaft. Wir könnten das auch tun, indem wir viele Einheimische beschäftigen und einen stetigen Einkommensstrom erzielen. Wir müssen die Insel nicht mit Hotels, Geschäften und dergleichen vollstopfen. Ich stelle es mir klein und luxuriös vor. Wir können sowieso nicht mit Monaco konkurrieren, aber wir könnten einen Weg finden, es einzigartig zu machen."

Alle sagen ihre Meinung zum Rourkeschen Familienunternehmen, und ich fühle mich von Sekunde zu Sekunde unnützer. Lucas wird CEO, Gabriel und Anna haben ihre Hände im Spiel, sogar meine Mutter und meine Schwestern waren an den Recherchen für die Dienstleistungen des Spas beteiligt. Und jetzt wirft Adrian die Idee eines Casinos in den Raum, die perfekte Idee für ihn.

Das Leben geht an mir vorbei. Ich bin für das Königreich, für meine Familie, für das Geschäft unwichtig. Ich bin nur ein ehemaliger Fußballspieler, der nicht mehr spielen kann.

Mit einem Aufbranden von Energie kehrt meine aggressive, wettbewerbsorientierte Natur, die mir einst geholfen hat, Spiele zu gewinnen, mit aller Macht zurück, und ich platze heraus: „Ich will mich am Casino beteiligen!"

Alle Augen richten sich auf mich.

Ich rede weiter. „Ich weiß, dass ich nicht der erfahrene Spieler bin, der Adrian ist, aber ich bin auch nicht schlecht, was Karten angeht, und ich habe einen Abschluss in Marketing." Nicht, dass ich den jemals benutzt hätte.

Adrian nickt mir zu, und ich straffe meine Haltung. Er ist einverstanden, dass ich mit an Bord will.

Lucas presst seine Lippen zu einer flachen Linie aufeinander.

Ich verspanne mich. Will er mich nicht dabeihaben? Glaubt er, ich bin nicht ernsthaft genug? Ich kann so ernst sein wie ein Herzinfarkt, wenn es mir etwas bedeutet.

Aber dann sagt er: „Der einzige Ort, an dem ein Casino gebaut werden könnte, ist das Grundstück neben dem Spa. Dort haben wir aber schon ein gehobenes Fischrestaurant geplant."

Ich seufze. Nicht ich bin es, von dem er nicht überzeugt ist, es ist das Casino. „Wir könnten beides haben. Ein Restaurant im Casino." Jetzt, da ich mitmischen will, bin ich von der Idee begeistert. Ich kann von Grund auf Teil von etwas sein, das sich für das Königreich als lebenswichtig erweisen könnte. Zusammen mit dem professionellen Spieler Adrian könnte es ein großer Erfolg werden.

„Aber es wäre kein gehobenes Fischrestaurant in einem Casino", kontert Lucas.

„Warum nicht?", fragt Adrian. „Ich rede ja nicht von Spielautomaten. Ich rede von exklusiven privaten Lounges für High Roller. Ein gehobenes Restaurant würde perfekt dazu passen."

Das Gespräch wird laut, als alle ihre Meinung zum Geschäft und seinem künftigen Wachstum kundtun, und eine Energie durchströmt mich, wie ich sie seit meiner Verletzung nicht mehr gespürt habe. Ich hätte nie gedacht, dass das Königreich mich für irgendetwas brauchen würde. Endlich gibt es eine Möglichkeit für mich, meinen Beitrag zu leisten und dem Königreich zu neuer Blüte zu verhelfen.

Unser Gespräch wird unterbrochen, als unser Butler Nolan sich räuspert und „Ihre Hoheit, Prinzessin Mary Louise Lyon" ankündigt.

Ich ärgere mich, weil ich über Geschäfte reden möchte, doch dann drehe ich mich um und sehe sie zum ersten Mal.

Potzblitz.

Ich bin sprachlos. Mir bleibt der Mund offenstehen, das Blut rauscht durch meine Adern. Ich kann meinen Blick nicht von ihr losreißen. Noch nie hat mich ein Mensch so dermaßen beeindruckt. Ist das Liebe auf den ersten Blick?

Lächerlich. So was gibt es nicht.

Ich fühle mich wirklich seltsam, mein Verstand ist benebelt, mein Mund trocken. Sie ähnelt Anna. Sie ist ähnlich groß – größer als die meisten Frauen, hat ebenso langes, dunkles lockiges Haar, ein herzförmiges Gesicht und braune Augen. Was hat sie nur an sich? Sie strahlt von innen heraus Gesundheit und Vitalität aus. Sie lächelt über das ganze Gesicht.

Meine intensive Reaktion ergibt keinen Sinn. Es muss *Lust* auf den ersten Blick sein. Obwohl ich der ähnlich aussehenden Anna gegenüber nie auch nur die geringste Lust empfunden habe. Ich kann nicht aufhören, sie anzustarren.

„Polly!", ruft Anna und eilt auf sie zu.

Polly breitet die Arme aus. „Anna!"

Ich kann meinen Puls in meinem Hals pochen spüren, mir ihrer überbewusst und hellwach. Polly kleidet sich konservativer als Anna und trägt ein blassrosa Kleid mit kurzen Ärmeln und passenden High Heels, wie es sich für jemanden aus dem Hochadel gehört. Anna ist Amerikanerin und trägt gerne enge Kleider und Leopardenprints. Zu offiziellen Anlässen des Hofes kleidet sie sich aber dann doch eher konservativ.

Sie umarmen sich, lösen sich dann voneinander und reden wild durcheinander. Gabriel lächelt. Er hat sie schon bei einer früheren Gelegenheit kennengelernt. Polly stürmt zu ihm, um ihn zu umarmen, was überraschend ist, weil die meisten Leute zu eingeschüchtert sind, um Gabriel auch nur die Hand zu reichen; dann dreht sie sich lächelnd zu uns um. „Hallo allerseits, ich freue mich so, euch endlich alle kennenzulernen! Anna hat mir so wundervolle Dinge über eure Familie erzählt." Ihr Akzent ist amerikanisch. Anna hat uns gesagt, dass Polly den größten Teil ihrer Kindheit in einem Internat in den USA verbracht und dort auch das College besucht hat.

Anna stellt alle vor, beginnend mit meiner Mutter. Pollys

Begeisterung ist ansteckend. Selbst meine äußerst zurückhaltende Mutter lächelt. Lucas und Alice sehen entzückt von ihr aus. Nur Adrian bleibt reserviert, aber so ist er oft. Polly zwinkert ihm zu. Adrian behält sein Pokerface bei.

Und dann kommt sie endlich zu mir. Mein Mund ist staubtrocken, jeder clevere Flirtspruch aus meinem Kopf verschwunden.

„Und das ist Oscar", sagt Anna. „Oscar, Polly."

„Freut mich, dich kennenzulernen", bringe ich heraus.

Polly reagiert kaum und starrt mich, ohne zu blinzeln, an, bevor sie murmelt: „Mich auch." Sie dreht sich zu Anna um und fragt gut gelaunt: „Wie geht's dir?"

Sie hat mich keines zweiten Blickes gewürdigt. Mich! Den Gutaussehenden! Sie hat Adrian zugezwinkert.

Ich bin *nicht* eifersüchtig. Nur überrascht.

Anna blickt auf ihren prallen Bauch und seufzt. „Ich bin müde, riesig wie ein Wal und habe das Gefühl, dass ich die ganze Zeit pinkeln muss. Das Baby hat sich schon gesenkt, und ihr Kopf ist genau hier–" Sie deutet auf ihre Leistengegend. „Drückt dauernd auf meine Blase."

Wir alle starren sie an.

Meine Mutter blickt zur Decke und beißt sich auf die Zunge. Sie findet Annas direkte Art immer noch schwer zu ertragen.

Anna fährt fort, ohne Mutters Unbehagen Beachtung zu schenken. Oder vielleicht ist es ihr einfach egal. „Ich bin in drei Wochen fällig. Gott sei Dank ist deine Bewährung rechtzeitig um gewesen, damit du zur Geburt hier sein kannst!"

„Ich hätte meine kriminellen Aktivitäten nicht besser planen können", witzelt Polly. „Das war ein Scherz, alle zusammen! Ich kann Gabriel und Anna nur noch einmal dafür danken, dass sie mich in dieser Alptraumsituation unterstützt haben. Diese impulsive Entscheidung mit möglicherweise katastrophalen Folgen hat mich gelehrt, Ideen genauer zu durchdenken." Sie hebt einen Finger. „Und immer einen Plan B, C und D zu haben."

Ich lächle breit. Sie ist bodenständig, humorvoll und wunderschön. Manche Prinzessinnen sind hochnäsig und so überspannt. Ich könnte in so jemandes Gegenwart nie ganz ich selbst sein.

Alice meldet sich fast quietschend. „Bewährung?"

Meine Mutter sieht aus, als hätte sie in eine saure Zitrone gebissen. *Wir waschen unsere schmutzige Wäsche nicht vor Außenstehenden.* Ich kann ihre Stimme fast in meinem Kopf hören. Aber ich weiß, dass Alice eines Tages Teil der Familie sein wird, darum ist es okay, wenn sie Bescheid weiß. Lucas wird sie heiraten, sobald sie ihn lässt.

„Lange Geschichte, Alice", sagt Anna. „Komm mit uns ins Kinderzimmer, und wir werden sie dir auf dem Weg erzählen. Polly, ich kann kaum erwarten, dass du es siehst." Die Frauen gehen und plaudern aufgeregt drauf los. Ich sehe kurz eine Frau mittleren Alters und eine Wache – keine von unseren Bediensteten –, die vor dem Raum warten. Sie müssen zu Polly gehören.

Meine Mutter folgt ihnen. Sie nimmt ihre Pflichten als Großmutter ernst. Gabriel geht voran und hält den Frauen die Tür auf. Er achtet sehr auf Anna, da sie kurz vor dem Geburtstermin steht, und lässt sie selten aus den Augen.

Die Tür schließt sich hinter ihnen, und ich drehe mich langsam zu Lucas und Adrian um und komme wieder zu mir.

„Was lächelst du so?", fragt Adrian mich.

Lächle ich? Ich zwinge mich zu einem neutralen Gesichtsausdruck. „Ich bin begeistert von der Casino-Idee."

„Du hast wie er ausgesehen", sagt Adrian und zeigt mit einem Finger auf Lucas. „Liebeskrank."

Lucas grinst. „Das nehme ich als Kompliment. Ich sehe großartig aus."

„Ihr seht beide wie Idioten aus", sagt Adrian kopfschüttelnd. „Jetzt lasst uns über das Casino reden."

Aber dann sagt Lucas etwas, das alle Gedanken an das Geschäft verpuffen lässt. „Habt ihr diese Frau auf dem Flur gesehen? Das ist Pollys Anstandsdame. Anna hat mir und Alice erzählt, dass ihre Anstandsdame mit ihr überallhin geht, um sie bei der Stange zu halten."

„Was meinst du?", frage ich. „Wegen des Identitätsdiebstahls?"

Lucas senkt seine Stimme, und ich beuge mich vor. „Ihre Hauptaufgabe ist es, dafür zu sorgen, dass Polly Jungfrau bleibt."

„Das kann nicht sein", keuche ich. „Nein! Sie ist dreiundzwanzig." Anna hat gesagt, dass Polly ein Jahr jünger ist als sie, und ich habe noch nie eine so alte Jungfrau getroffen.

Lucas' Augen glitzern amüsiert. Er verarscht mich.

Ich presse meine Lippen aufeinander. „Oh, ich verstehe. Das ist deine Revanche, weil ich vorhin mit Alice geflirtet habe. Netter Versuch."

Lucas schüttelt den Kopf. „Anna hat es Alice beim Mittagessen erzählt. Wie üblich ohne jeden Filter und hat vergessen, dass ich auch da war." Er schmunzelt. „Drink?"

„Drink klingt gut", sage ich abwesend, und meine Gedanken drehen sich um diese Information im Kreis. Eine Anstandsdame für eine jungfräuliche Prinzessin? Das klingt so altmodisch.

Lucas geht zur Bar, gießt einen Tumbler Brandy ein und bietet ihn Adrian an, der ablehnt. Ich nehme das Getränk und trinke einen gesunden Schluck.

„Du solltest uns keine persönlichen Sachen weitergeben, die Anna erzählt", sagt Adrian, „besonders über andere Leute."

„Sie würde sie dir sagen, wenn du mehr da wärst", sagt Lucas. „Sie erzählt über Gott und die Welt. Du hast gerade gehört, dass das Baby sich in ihre Vagina gesenkt hat und nebenbei noch auf ihr Blase drückt."

Ich verziehe das Gesicht. „Lucas, bitte."

„Ich mein ja nur", sagt er mit einem Achselzucken.

„Warum muss Polly Jungfrau sein?", überlegt Adrian laut. „Gibt es sowas wie ein Jungfrauenopfer in ihrem Königreich?"

Lucas lacht, doch es ist nicht lustig, eine schöne Frau zu opfern. „Anna sagt, dass ihr Königreich verlangt, dass sowohl die Blutlinie kontrolliert wird als auch die unverheiratete

Prinzessin als Symbol für Güte und Reinheit hochgehalten wird. Darum muss sie bis zur Heirat Jungfrau bleiben."

„Mein Gott." Es ist zu schrecklich, um darüber nachzudenken.

Lucas fährt fort. „Anna hat uns gesagt, dass Polly bald heiraten muss. Ihrem Vater geht es nicht gut, und sie kann ihr Königreich als Frau nicht allein regieren. So sind die Regeln. Um Königin zu werden, muss sie verheiratet sein."

Adrian verzieht das Gesicht. „Ich bin froh, dass unsere Monarchie nicht *so* traditionell ist. Ich würde es hassen, an einem so rückständigen Ort zu leben."

„Ich auch", sage ich. Es herrschen dort wahrscheinlich biblische Zustände– Auge um Auge, Zahn um Zahn. Ein Keuschheitsgürtel für jedes junge Mädchen.

„Nicht, dass diese Jungfrauensache auf uns zutreffen würde, wir sind Männer", sagt Lucas und gießt sich einen Brandy ein. „Es ist nicht so, dass man sehen kann, ob ein Mann noch Jungfrau ist."

Ich schneide eine Grimasse. „Untersuchen sie sie etwa?"

„Muss wohl so sein", sagt Lucas. „Warum sollte sich ein so freier Geist wie Polly sonst daran halten?"

Fick mich, das ist scheiße. Jetzt kann ich unmöglich Zeit mit ihr verbringen. Ich hatte noch nie eine so intensive Reaktion, nur weil eine Frau vor mir gestanden hat. Sie steht eindeutig nicht auf lockere Beziehungen, und ich bin nicht der Typ, der heiratet. Außerdem werde ich mich jetzt, da ich die Chance habe, für mein Königreich wichtig zu sein, darauf konzentrieren und meine Zeit hier auf Villroy verbringen, um in dieses Casino-Unternehmen einzutauchen.

Adrian atmet scharf aus. „Jetzt werde ich jedes Mal darüber nachdenken, wenn ich sie sehe. Du hättest uns das nicht sagen sollen."

Lucas sieht mich an. „Ich habe es euch nur gesagt, um Oscar zu warnen."

„Warum mich?", schieße ich zurück. So offensichtlich kann es nicht gewesen sein. Ich bin super entspannt, wenn es um Frauen geht. Sie jagen mich, nicht umgekehrt.

Lucas zuckt zusammen, umklammert seine Brust und taumelt dann benommen.

Adrian lacht. „Genau so hast du ausgesehen!"

Lucas grinst. „So leid es mir tut, das zu sagen, Oscar, aber du hast ausgesehen, als hätte sie dir einen elektrischen Schlag versetzt, als sie den Raum betreten hat."

Sie kichern wie dumme Teenager.

Einen elektrischen Schlag versetzt? Ich blinzele, denn ich bin überrascht, wie nahe er der Tatsache gekommen ist. Es *hat* sich angefühlt wie ein Schlag. Ein Blitzschlag. *Leugne, leugne, leugne.*

„Fick dich. So habe ich nicht ausgesehen. Ich habe mich zur Tür umgedreht, als sie reingekommen ist, und dabei hat mein Knie wehgetan."

„Ja klar", sagt Lucas.

„Hat es wirklich", blaffe ich.

„Es hat eher so ausgesehen, als wäre seine Unterwäsche plötzlich zu eng geworden", sagt Adrian zu Lucas und hebt die Stimme am Ende um eine Oktave. Wieder kichern sie.

„Oh Klappe." Ich trinke den Rest des Brandys aus, doch er tut nichts, um die Wahrheit zu lindern – schließlich hat mich ein Blitz getroffen, und eindeutig für die falsche Frau.

3

___

Polly

„Du wirst doch mit mir in den Kreißsaal kommen, oder?", fragt Anna später an diesem Tag.

„Ähm ..." Ich arbeite hart daran, meine extreme Beunruhigung angesichts der Idee zu verbergen. Ich dachte, als Anna mich zur Geburt eingeladen hat, würde ich nach der Horrorshow auftauchen und fröhlich meine Glückwünsche überbringen. Doch sie möchte offensichtlich, dass ich zusehe, wie sie einen riesigen Kopf aus einer winzigen Öffnung in einem äußerst sensiblen Bereich quetscht. Ich schlage mitfühlend meine eigenen Beine übereinander. „Ich bin noch nie bei einer Geburt dabei gewesen. Ich bin mir nicht sicher, wie hilfreich ich sein würde."

Sie signalisiert ihrer Zofe, uns Privatsphäre zu geben. Wir sind im Wohnzimmer ihrer geräumigen Suite und beenden einen entspannten Nachmittagstee. Die Luft duftet nach Lavendel. Sehr friedlich. Wir sitzen an einem runden Tisch mit gepolsterten Stühlen vor einem großen Fenster mit Blick auf das Meer. Auf der anderen Seite des Zimmers befindet sich ein bequemes beigefarbenes Sofa gegenüber eines Kamins mit einem Flachbildfernseher darüber. Ihre Suite ist viel gemütlicher als meine Gemächer in Beaumont, die sehr förmlich eingerichtet und mit Antiquitäten vollgestopft sind, die seit Generationen weitervererbt werden. Ich habe seit Jahren nicht mehr zu Hause gelebt, außer im Sommer oder in den Ferien. Ich sollte es mir langsam dort gemütlich machen, da meine Zeit, Königin zu werden, näher rückt.

Ich versuche nicht zu zappeln, als Anna mich mit Entschlossenheit in den Augen ansieht, sobald ihre Zofe die Tür hinter sich schließt. Meine Güte, ich bin gerade erst hier angekommen, und jetzt will sie mich unter ihre Gürtellinie einladen! Ich meine, wir stehen uns nahe, aber es gibt eine Grenze. Oder? Es sollte eine Grenze geben. Ich fange an zu schwitzen.

Sie beugt sich so weit über den Tisch vor, wie eine Frau mit einem Riesenkürbis vor dem Bauch es kann. „Gabriel besteht darauf, dass ich in ein Krankenhaus in Paris gehe, und ich weiß, dass er alle herumkommandieren und vergessen wird, meine Hand zu halten und mich mit Eischips zu füttern. Da kommst du ins Spiel. Außerdem sprichst du Französisch."

Beaumont war lange Zeit eine französische Kolonie, daher ist Französisch dort die offizielle Sprache. Ich habe Englisch auf die harte Tour gelernt, als ich neun Jahre alt war und in den USA in ein Internat gesteckt worden bin. Marges Muttersprache ist Englisch, was einer der Gründe war, weswegen sie mich begleitet hat. Ihre Strenge ist der Hauptgrund. Sie war so hilfreich bei meinen frühen Schwierigkeiten, mich an die USA anzupassen. Später habe ich mich über den permanenten Babysitter geärgert, doch jetzt respektiere und schätze ich sie wirklich.

„Du hast gesagt, du hast mit einem französischen Tutor gelernt", sage ich und greife nach Strohhalmen. „Außerdem spricht der Arzt wahrscheinlich Englisch, und Gabriel sagt, er sei der beste Geburtshelfer der Welt. Und du hast gesagt, dass Gabriel der beste, liebevollste und unterstützendste Ehemann aller Zeiten ist."

Ihre braunen Augen verengen sich. „Feigling."

Ich versteife mich. „Bin ich nicht."

Sie spitzt die Lippen. „*Warst* du nicht. Die Polly, die ich kenne, ist furchtlos."

Ich neige meinen Kopf. „Und schau, wo es mich hingebracht hat. Ein Jahr auf Bewährung in Florida."

„Bitte", fleht sie. „So schlimm wird es nicht. Halt einfach meine Hand, übersetz für mich, wenn jemand was auf Französisch sagt, und sag beruhigende Dinge zu mir wie: *Du bist stark!* Oder *Du schaffst das!* Ich möchte eine natürliche Geburt, aber ich brauche Unterstützung."

Ich denke darüber nach. „Also bin ich sowas wie ein Coach." Ich habe einige Erfahrung darin gesammelt, Mädchen in Fußball und Basketball zu trainieren, als ich auf der Highschool war. Obwohl ich sagen muss, dass ich zwischen den beiden Umständen nicht viele Gemeinsamkeiten sehe. *Verteidigung! Pass! Kick!* Dürfte nicht wirklich funktionieren, um ein Baby aus ihrem Bauch zu bekommen. *Hundertzehn Prozent, Mädchen!* Das vielleicht?

Ihre Augen leuchten. „Ja. Mein Geburtscoach. Und sag Gabriel nicht, dass ich das gesagt habe, aber wir haben einen privaten Geburtsvorbereitungskurs besucht. Gabriel war so beschäftigt, mir Anweisungen zu geben, dass ich fürchte, dass ich ihm während der Geburt irgendwas an den Kopf werfen werde. Er ist es einfach gewohnt, Befehle zu erteilen."

Ich presse meine Lippen aufeinander und versuche nicht zu lachen. Gabriel ist ein König. Natürlich erteilt er Befehle, egal in welcher Situation. Anna und ich haben eine schwesterliche Bindung. Wir haben uns beide unser ganzes Leben lang eine Schwester gewünscht, da sie eine Waise ist und ich ein Einzelkind. Ich möchte für sie da sein, aber mir wird schlecht, wenn ich nur daran denke.

Ich schlucke schwer. „Ich habe gehört, da ist Blut im Spiel."

„Es ist kein Horrorfilm. Es wird *schön* werden." Sie steht langsam auf und stützt sich an die Armlehnen ihres Stuhls, um mit ihrem unhandlichen Bauch die Balance zu finden. Er ist verdammt groß, und ich kann mir einfach nicht vorstellen, wie dieses gigantische Baby ohne Blut aus ihr herauskommen soll. „Komm." Sie bedeutet mir, ihr zum Sofa zu folgen.

Ich folge ihr, mir ist immer noch mulmig vom bloßen Gedanken an die Geburt. „Was hast du vor?"

„Ich habe ein paar natürliche Geburten aufgenommen. Ich möchte, dass du siehst, wie schön es sein kann."

Ich erstarre, atme tief ein, um Mut zu schöpfen, und dann tue ich das einzig Richtige, auch wenn es nicht einfach ist, denn ich liebe sie. „Ich werde bei deiner Geburt dabei sein, okay? Das ist die einzige, die ich sehen muss."

Sie dreht sich um. „Ja wirklich?" Tränen steigen in ihre Augen, und sie schlingt ihre Arme um mich. „Danke!"

Ich erwidere die Umarmung und fühle mich wie ein totaler Arsch, dass ich auch nur daran gedacht habe, sie mit dem besten Arzt der Welt und ihrem liebenden Ehemann allein zu lassen.

„Du bist die einzige Familie, die ich noch habe", flüstert sie. „Neben meiner neuen Familie." Sie hat die ganze Rourke-familie als ihre adoptiert.

Ich weiß, was sie meint. Vor den Rourkes bestand ihre Familie nur aus mir und ihrem Pflegevater Mike. Sie hat ihn vor knapp acht Monaten verloren. Ich habe bei ihm in Florida gelebt, bis er gestorben ist, um ihm in den späten Stadien seines Lungenkrebses Gesellschaft zu leisten und so viel Trost wie möglich zu spenden. Er hat gesagt, ich erinnere ihn an eine höflichere Version von Anna. Wir ähneln uns. Sie ist mutig wie ich, wenn auch viel freimütiger als ich, und ist nie wie ich von Geburt an in königlicher Etikette gedrillt worden.

Ich richte mich auf und halte sie an den Schultern. „Mike wird immer bei dir sein. Er wacht über dich, und ich bin sicher, er ist genauso stolz auf dich wie ich. Schau dich an, eine Königin, die ein Königreich vom Rande des Zusammen-bruchs in eine neue blühende Zukunft führt."

„Du willst mich wohl mit aller Gewalt zum Weinen brin-gen, was?", fragt sie und wischt sich die Augen. „Meine Güte, Pol, hab ein Herz."

Ich lächle, und meine eigenen Augen brennen. „Wird es Gabriel nichts ausmachen, dass ich da bin? Ich meine, im Kreißsaal."

„Ich habe ihm schon gesagt, dass du dabei sein wirst."

Ich schüttle meinen Kopf mit einem Lächeln. „Warum bin ich nicht überrascht?"

„Er wird wahrscheinlich erleichtert sein, Unterstützung zu haben. Er wird sehr emotional, wenn es um mein Wohlbefinden geht."

Ich versuche, es mir vorzustellen, doch es gelingt mir nicht ganz. Gabriel ist eine beeindruckende Präsenz, normalerweise schroff und ernst. Obwohl er für seine Frau lächelt und er für mich lächelt, weil er mir zugutehält, dass ich sie zusammengebracht habe. Anna hat meinen Platz bei diesem verrückten Brautwettbewerb um seine Hand eingenommen. Wir dachten, es ginge um ein finanzielles Erbe, und Junge, haben wir das Geld gebraucht. Es war eine verzweifelte Zeit, in der ich Geld für einen Top-Anwalt gebraucht habe, um mich aus dem Gefängnis rauszuhalten. Ich hatte alles, was ich bei mir hatte, für das Haus, das ich Anna geschenkt habe, ausgegeben, und ich konnte auf keinen Fall zu meinen Eltern gehen. Sie hätten mich verstoßen, wenn sie erfahren hätten, dass ich in die USA geflohen bin, um dem für mich erwählten Ehemann zu entkommen, und dann auch noch ein Verbrechen begangen habe. Gabriel hat letztendlich seine beachtlichen Verbindungen und Mittel benutzt, um alles hinterm Busch zu halten und mir eine geringere Bewährungsstrafe mit einer Geldstrafe zu verschaffen. Deshalb habe ich eine Schwäche für diesen schroffen Mann.

Anna fährt fort. „Das einzige Problem ist, wenn Gabriel emotional wird, hört es sich so an, als wäre er angepisst."

„Ah." Das konnte ich mir vorstellen. „Okay, dann ist es gebongt. Ich gehe vor dem Abendessen schnell nach Marge sehen."

Sie begleitet mich zur Tür. „Der Arzt kommt morgen früh, um sie zu untersuchen. Nur eine Vorsichtsmaßnahme. Möchtest du, dass Emmas Zofe Lina dir in der Zwischenzeit zur Hand geht? Emma ist gerade in den Flitterwochen mit nur ein paar Wachen und einer angeheuerten Crew auf einem großen Hausboot. Ich bin sicher, Lina würde gerne für eine andere Prinzessin arbeiten." Emma ist Annas Schwägerin.

„Weißt du, ich denke ich komme schon zurecht. Ich werde

es genießen, mal ein bisschen Privatsphäre zu haben. Meine Wache hat sich zurückgezogen. Er ist mit den Wachen hier im Palast zufrieden. Ich habe fast das Gefühl, echte Freiheit zu haben."

„Kleiner Knacki auf Freigang. Pass auf, Villroy!"

Ich lache.

Sie wird ernst. „Bestehen deine Eltern immer noch darauf, dass du diesen schrecklichen Mann heiratest?"

Ich zwinge mich zu einem neutralen Ton. „Ich habe zugestimmt, Peter zu heiraten."

„Ich dachte, du kannst ihn nicht leiden", sagt sie mit finsterem Blick. „Du hast gesagt, er ist schmierig."

„Ich habe einen anderen Eindruck gewonnen, nachdem ich einige Zeit mit ihm verbracht habe. Wenn ich zurückkomme, findet vor der offiziellen Verlobung eine sechswöchige Brautwerbung statt."

„Tu's nicht."

Ich seufze. „Schon gut." Ich überlege, ob ich ihr von der Erpressung erzählen soll, doch Anna und Gabriel haben mich bereits einmal gerettet, und sie haben mit dem Baby, ihrem neuen Geschäft und dem Königreich genug, worum sie sich sorgen müssen. Außerdem versuche ich, die Schulden meiner Eltern bei Peter nicht publik zu machen. Ich muss das allein schaffen. Ich werde einen Weg finden.

Anna packt meinen Arm. „Ich kann sehen, dass du Zweifel hast. Es steht dir ins Gesicht geschrieben. In deinem Königreich ist eine Ehe für immer. Du solltest dir einen Ehemann aussuchen, den du liebst."

Ich streiche meine Haare hinters Ohr, dankbar für ihre Unterstützung, auch wenn sie meine unmögliche Position nicht versteht. Arrangierte Ehen sind in meinem Königreich üblich, daher glaubt sie, dass meine Eltern der einzige Grund sind, warum ich unter Druck stehe, Peter zu heiraten. Meine Eltern lieben mich und würden, wenn sie von der Erpressung wüssten, die Ehe verbieten. Doch dann würde Peter seine Drohungen durchziehen. *Hallo Zwickmühle!* Und da ist immer noch die Sache mit dem Gesetz – eine Frau kann in Beaumont nicht alleine regieren. Wenn mein Vater abdankt, muss ich bald heiraten. Ich entschließe mich, sie in einen Teil meiner Probleme einzuweihen. „Wenn ich mich ihnen widersetze und nicht heirate, geben sie den Thron an meinen jüngeren Cousin weiter."

Sie schnappt nach Luft. „Nur, weil er ein Mann ist?"

„Ja. Das ist das Gesetz. Ich bin damit nicht einverstanden, aber ich will mein Geburtsrecht auch nicht aufgeben. Beaumont liegt mir im Blut, und wenn ich das Sagen habe, wird diese Art von patriarchalischem Gesetz abgeschafft."

Sie nimmt meine beiden Hände in ihre. „Was wäre, wenn wir einen akzeptablen Ersatz für diesen Peter finden würden? Jemand von königlichem Blut, den du eines Tages lieben könntest?"

Meine Gedanken schießen zu Prinz Oscar und meiner ungewöhnlichen Reaktion auf ihn. Mein Kopf war völlig leer, und ich habe bei unserer Vorstellung kaum einen höflichen Gruß herausbekommen. Ich habe noch nie eine so starke Anziehungskraft auf einen Mann gespürt, fast magnetisch, als müsste ich ihm näher kommen. Ich meine, ja, er sieht gut aus, aber ich habe schon viele gutaussehende Männer kennengelernt. Es war beunruhigend, und ich habe das Gefühl gehabt, mich nicht unter Kontrolle zu haben.

„Adrian ist so intelligent. Er hat die Uni mit summa cum laude abgeschlossen", sagt Anna begeistert. „Er wäre eine fantastische Hilfe für dich. Und der Altersunterschied ist nicht so groß. Dieser Peter ist alt genug, um dein Vater zu sein."

Ich lächle sie wehmütig an. „Adrian interessiert sich nicht für mich, und ehrlich gesagt denke ich, ich würde ihn verrückt machen. Er ist so zurückhaltend. Ich würde ständig versuchen, ihn zu einer Reaktion zu provozieren."

Sie zwinkert. „Das ist gar keine schlechte Sache. Im Ernst, Gabriel ist viel zurückhaltender als ich, und es funktioniert total."

Ich nicke. Niemand konnte etwas gegen diese beiden sagen, aber Gabriels Position war ganz anders als meine. „Es ist sowieso nebensächlich. Eine Allianz mit Villroy wäre nicht annähernd so vorteilhaft wie eine Allianz mit Peter. Er besitzt die Hälfte der Resorts auf der Insel."

Sie stemmt ihre Hände in die Hüften. „Und? Euer Königreich blüht doch, und er besitzt nur die Hälfte der Resorts. Es könnte auch ohne die Ehe so weitergehen."

„Ich muss daran denken, was für mein Königreich langfristig am besten ist. Die Krone steht immer an erster Stelle." Besonders wenn die Gefahr eines Umsturzes besteht.

„Was ist mit Oscar?"

Ich erröte vor Hitze, als ich nur seinen Namen höre. Lächerlich. „Du gibst nicht auf."

Sie lächelt. „Du findest ihn umwerfend, oder? Ich sehe dieses verräterische Rosa auf deinen Wangen. Er hat Potential. Ich weiß, dass er einen Ruf als Partylöwe hat, aber vielleicht …?"

Ich werfe ihr einen Blick zu und muss diesen gefährlichen Gedankengang beenden. Anna kann ziemlich hartnäckig sein. „Ich brauche einen zukünftigen König. Hast du noch einen Gabriel, der sich hier versteckt? Am liebsten mit Taschen, die tief genug sind, damit Peter wie ein kleiner Fisch aussieht?"

Sie lächelt und schüttelt den Kopf. „Tut mir leid, er gehört mir, und ihn gibt's nur einmal."

Ich zeige auf ihren riesigen Bauch. „Vielleicht wird sie ihm ähnlich sein. Eine großartige Königin. "

„Das wird sie absolut!", verkündet Anna entschlossen.

Ich schlucke über den unerwarteten Kloß in meinem Hals und wünschte, meine Eltern würden dasselbe von mir glauben, wenn ich allein über das Königreich herrschen würde. Ich bin sicher, sie hätten es vorgezogen, wenn ihr einziges Kind ein Junge anstatt eines eigenwilligen Mädchens gewesen wäre.

Ich küsse sie auf die Wange und verabschiede mich leise.

~

An diesem Abend, nach einem köstlichen Abendessen mit Meeresfrüchten, gehen wir alle zum Dachgarten hinauf, um die Party fortzusetzen. Ich kann sehen, warum Anna ihre

Adoptivfamilie liebt. Sie mögen sich zanken und einander aufziehen, aber die Liebe ist offensichtlich. Welten von unseren Familienessen zu Hause entfernt, wo die einzigen Laute Mozart und das gelegentliche Klirren von Besteck sind.

Die Männer gehen zum Barwagen, um sich Drinks zu holen, und ich folge Anna und Alice zum äußersten Rand des Daches, um die Aussicht zu genießen. Marge hat bisher alles verpasst, erschöpft von der Reise und ihrer Krankheit. Sie hat mich weggescheucht, als ich vorhin nach ihr gesehen habe, und gesagt, sie brauche nur Schlaf. Ich weiß, dass es ihr nicht gut geht, wenn sie sich heute Abend nicht einmal Sorgen darüber gemacht hat, dass ich keine Anstandsdame habe. Wofür brauche ich überhaupt eine? Ich bin nur noch wenige Wochen davon entfernt, für den Rest meines Lebens gefesselt zu sein – Brautwerbung, Verlobung, Ehe. Es gibt keinen Schritt auf diesem Weg, auf den ich mich freue. Gott, ich brauche einen Plan. Etwas, um aus dieser unmöglichen Situation herauszukommen.

„Es ist so schön", sagt Alice mit atemloser Stimme. „Ich kann nicht glauben, dass ich tatsächlich hier leben darf."

Ich habe Alice heute gerade erst kennengelernt, doch sie ist so enthusiastisch und wirklich interessiert an allem und jedem, dass ich nicht anders kann, als sie sympathisch zu finden. Sie ist lebenshungrig wie ich, obwohl sie viel süßer ist. Und sie hat die niedlichste schwarze Cateye-Brille mit kleinen Herzen an den Seiten. Die Herzen daher, weil sie romantische Geschichten schreibt. Ich habe nie Liebesgeschichten gelesen, aber ich werde vielleicht eine von ihnen lesen, nur weil ich sie mag.

Ich blicke zum Horizont, wo die Sonne über dem Meer untergeht. Für mich ist das nicht anders als zu Hause, und das bringt ein Gefühl des Friedens. Ich nehme an, wenn man auf einer Insel aufgewachsen ist, ist das Meer immer ein Teil von einem.

„Gern geschehen", sagt Anna selbstgefällig zu Alice.

Ich wende mich Anna zu. „Bist du auch für die Aussicht verantwortlich?"

Sie grinst. „Ich bin diejenige, die sie und Lucas zusammengebracht hat."

Alice verneigt sich förmlich, und ihr blondes Haar fällt ihr ins Gesicht. „Ich verneige mich vor der Königin aller Kuppler."

Anna schmunzelt. „Das solltest du auch." Sie dreht sich zu mir um. „Ich habe eine falsche Verlobung vorgeschlagen, um ihre Geschichte zu inspirieren und Lucas Glaubwürdigkeit bei den Bankern zu verleihen. Genial, oder?"

Lucas erscheint an Alice' Seite und reicht ihr ein Glas Weißwein. „Mein Charme hatte viel damit zu tun. Alice war von Anfang an von mir besessen, als wir uns im Garten begegnet sind."

Alice küsst ihn. „Und er ist hoffnungslos in mich verliebt."

Sie gehen zusammen los und unterhalten sich leise.

„So süß, findest du nicht?", fragt Anna.

„Widerlich", sage ich und schneide eine Grimasse. „Wissen verliebte Menschen nicht, wie dämlich sie aussehen?"

„Liebe macht dumm", sagt Anna seufzend.

Gabriels Stimme dröhnt über das Dach. „Anna, ich mag dich nicht so nah am Rand. Mit dem zusätzlichen Gewicht hast du keine gute Balance. Komm her."

Sie dreht sich langsam um. „Extra Gewicht?" In ihrer Stimme liegt deutliche Schärfe.

Er kommt auf uns zu. „Ich meinte mit dem Baby." Er nimmt ihre Hand. „Komm weg da und ... tanz mit mir." *Geschmeidig.*

Sie legt ihre Hand an seine Wange und lächelt ihn an. „Wir haben keine Musik, schöner Mann."

Er sieht sie an, und ein Lächeln umspielt seine Lippen.

Die Liebe zwischen ihnen ist spürbar. Und es ist überhaupt nicht dumm. Ich wende mich ab und starre auf das Meer. Ich fühle mich, als würde ich in einen intimen Moment eindringen.

„Das lässt sich leicht ändern, Liebling", sagt er.

Aus dem Augenwinkel sehe ich, wie er sie von der nicht existenten Gefahr wegführt. Die Brüstung ist hüfthoch. Sie müssten schon darauf klettern und sich hinunterstürzen. Ein seltsames Gefühl der Sehnsucht überkommt mich. Er liebt sie so sehr, dass er sie selbst vor nicht existenten Bedrohungen beschützt.

Plötzlich beginnt Jazzmusik zu spielen, und ich drehe mich um und sehe Gabriel, der Anna in einem langsamen Walzer führt. Er beugt sich vor, flüstert in ihr Ohr und zieht sie an sich. Mein Hals schnürt sich angesichts des intimen Moments zu. Ich werde zum Voyeur.

Ich wende mich ab und begegne Oscars Blick. Er prostet mir zu.

Ich zeige ihm ein Daumen hoch und lasse dann meine Hand sinken, fühle mich unbehaglich und verdrießlich. Was stimmt mit mir nicht? Es muss daran liegen, dass er mich beim Eindringen in den privaten Moment von Anna und Gabriel erwischt hat. Sie können mir nicht vorwerfen, dass ich sie angesehen habe. Anna ist die einzige, die ich hier kenne. Allen anderen bin ich heute zum ersten Mal begegnet, und obwohl ich nicht gerade schüchtern bin, bin ich Marges Anwesenheit gewöhnt, die bedeutet, dass ich mich nie allein oder fehl am Platz fühle.

Ich gehe zum Barwagen und entscheide mich für ein Getränk. „Martini, bitte", sage ich zu dem Diener dort.

Ich warte und überlege, ob ich mich als nächstes mit Alice unterhalten soll, wenn sie nicht zu sehr mit Lucas beschäftigt ist. Ich möchte nicht noch ein liebeskrankes Paar stören. Vielleicht werde ich versuchen, mit Adrian zu reden. Anna hat gesagt, er ist wirklich intelligent. Wenn ich ihn zum Reden bringen kann, würde sich vielleicht ein interessantes Gespräch entwickeln.

Ein paar Augenblicke später nehme ich den angebotenen Martini an. „Vielen Dank."

„Kein Anstandswauwau heute Abend?", fragt eine tiefe Stimme hinter mir.

Ich wirbele herum, und der Martini schwappt auf meine Hand. „Entschuldigung?" Nur Anna weiß, dass Marge meine Anstandsdame ist. Für alle anderen ist sie meine Zofe.

Oscar neigt seinen Kopf und mustert mich. Aus der Nähe

sind seine aquamarinblauen Augen scharf und schätzen mich ab.

Ich straffe meine Schultern und strecke meine Wirbelsäule, doch ich fühle mich angesichts der seltsamen magnetischen Anziehung immer noch unwohl – gerade so, als müsste ich mich an ihn pflastern. Extrem unangemessen. Ich nehme eine Serviette, um meine Hand zu trocknen, werfe sie weg und trinke dann beiläufig einen Schluck Martini.

Er tritt näher und studiert mich aufmerksam. Seine Wimpern sind dick und umrahmen das intensive Blaugrün seiner Augen. „Wenn du keine Anstandsdame hast, wer wird dich dann … beschützen?"

Mein Herz pocht stärker, meine Wangen erhitzen sich. Ich bin mir nicht sicher, ob es daran liegt, dass er in der Nähe steht oder dass er auf dem Thema Anstandsdame herumreitet. Mein Körper ist in höchster Alarmbereitschaft, als ob Gefahr in der Luft liegt. Jeder Nerv kribbelt vor Bewusstsein. Es muss die Sache mit der Anstandsdame sein. Oscar ist nicht gefährlich.

Ich sehe mich nach Anna um, die über mich gesprochen haben muss. Sie und Gabriel sind auf dem Weg zurück ins Haus. Sie muss wahrscheinlich auf die Toilette, und er begleitet sie, um sicherzugehen, dass sie sicher dort ankommt. Sie würde es mir sagen, wenn sie die Party endgültig verlassen würde. Trotzdem kann ich sie jetzt nicht fragen, ob sie jemandem von Marge erzählt hat. Es war entweder Anna, die geplappert hat, oder Oscar hat sich über mein Königreich und unsere traditionelle Monarchie informiert. Und wenn schon? Ich kann nichts dafür, woher ich komme, und es geht ihn nichts an. Niemand wagt es jemals, vor mir über meine Einschränkungen zu reden.

Ich wende mich ihm wieder zu und hebe mein Kinn, um ihn zurechtzuweisen, nur, dass sich mein Atem beschleunigt. Mein Herz pocht in meinen Ohren. Ist das eine Panikattacke?

„War dir das unangenehm?", fragt er fast sanft. „Ich war nur neugierig, wie es funktioniert. Trink doch noch einen Schluck von deinem Martini."

Ich komme wieder zu mir und gehe in die Defensive. „Sag

mir nicht, wann ich trinken soll. Und wer sagt, dass ich eine Anstandsdame brauche? Warum sollte eine erwachsene Frau eine Anstandsdame brauchen?" Ich trinke mein Glas in einem Zug aus und stelle es ab. „Damit ich sowas nicht tue? Meinen Drink runterstürze und mich betrinke? Warum nicht? Ich bin überall volljährig." Ich gestikuliere wild. „Was ist das Problem? Dass ich losrenne und was Verrücktes tue? Vielleicht klettere ich ja auf die Mauer hier und springe ins Meer!"

Er sieht sich um, als würde ich eine Szene machen, bevor er sich mir wieder zuwendet. „Du scheinst von der abenteuerlichen Sorte zu sein."

„Ja, also." Ich werfe beiläufig einen Blick über seine Schulter. Niemand kümmert sich um uns, also sage ich, was ich will. „Über mich ist schon Schlimmeres gesagt worden."

Er beugt sich vor, und seine Augen funkeln amüsiert. „Was zum Beispiel?"

Sein Duft ist göttlich, wie frische Seeluft und provençalische Seife. Ich weiche einen Schritt zurück. Wir sind draußen. Natürlich riecht es nach frischer Seeluft. Okay, also hat er Seife benutzt. Große Sache. Jeder benutzt Seife.

Und dann lächelt er, seine Zähne blitzen weiß gegen die Stoppeln an seinem Kinn, und ich bin beeindruckt von der blendenden Schönheit seines Lächelns. Schlimmer als beeindruckt, ich bin sprachlos, und mein Kopf ist plötzlich leergefegt.

Er zwinkert mir zu. „Du kannst es mir sagen. Ich werde dich nur gnadenlos damit aufziehen."

Ich muss lachen. „Ich bin abenteuerlustig. Lassen wir es dabei." Ich möchte nicht wiederholen, was andere über mich sagen – ich sei impulsiv, eigensinnig, stur. Nichts davon ist je positiv gemeint. Ich lenke das Thema von mir zurück zu ihm. Männer lieben es, über sich selbst zu sprechen. „Erzähl mir von deiner Casino-Idee."

Er lächelt wieder, und diesmal erreicht es seine Augen und lässt sie strahlen. Ich bin *bezaubert*. Langsam wird es peinlich. Er ist wie eine seltene Sonnenfinsternis, ein atemberaubendes Phänomen, und ich kann nicht wegsehen, obwohl es mich sicherlich blind machen wird, wenn ich es nicht tue. Beim Abendessen hat er nicht ein einziges Mal gelächelt. Ich kann nicht glauben, dass ich genau wie die anderen willensschwachen Frauen bin, die wegen eines extrem gut aussehenden Mannes völlig weggetreten reagieren. Auf dem College war ich ziemlich immun gegen sie. Vielleicht habe ich mich an Marges Grippe angesteckt. Ich fühle mich definitiv nicht wie ich selbst, heiß und seltsam benommen.

„Es war Adrians Idee", sagt er, „aber ich stehe voll dahinter."

Er gibt Ehre, wem Ehre gebührt. Das gefällt mir. Ich konzentriere mich auf seine Augenbraue, während ich antworte. Das scheint mir am sichersten, um mich nicht von seiner Schönheit blenden zu lassen, obwohl sie einen perfekten Schwung hat. „Ich war noch nie in einem Casino. Ist es im wirklichen Leben so grell wie im Fernsehen?"

Seine Stimme ist warm und sanft. „Es ist anders, wenn man selbst da ist. Etwas, das man einfach von innen erlebt haben muss."

Ein Schauer läuft mir über den Rücken. *Von innen erlebt haben* klingt irgendwie suggestiv, aber dann wendet er sich von mir ab, und mir wird klar, dass er es nicht so gemeint hat.

„Spielt ihr Poker?", ruft er seinen Brüdern zu. „Ich will auch."

Ich drehe mich zur Bar um und bestelle einen weiteren Martini.

Oscars Stimme grollt plötzlich in meinem Ohr und erschreckt mich so sehr, dass ich von Kopf bis Fuß erröte. „Willst du spielen?"

Ich riskiere einen Blick auf ihn. Es fühlt sich an, als würde ich bereits ein Spiel spielen, dessen Regeln ich nicht kenne. „Ich weiß nicht, wie es geht."

Er nickt mit einem diabolischen Lächeln. „Komm. Ich werde es dir beibringen."

Ich folge ihm auf wackeligen Beinen, mein Kopf schwimmt vor etwas, das Lust sein muss. Mein erster Vorgeschmack darauf. *Willst du spielen? Ich werde es dir beibringen.*

Plötzlich ist niemand mehr hier außer uns beiden, und er möchte mich auf die erotischste Art und Weise unterrichten –

„Hab deinen Lieblingsspieler gefunden", sagt Oscar zu Adrian. „Ahnungslos. Bereite dich darauf vor, groß zu gewinnen."

Oder vielleicht braucht diese Jungfrau ein bisschen Privatunterricht. Amen.

$$4$$

Oscar

Ich setze mich an den runden Kartentisch neben Adrian, der mir einen warnenden Blick zuwirft. Polly sitzt auf meiner anderen Seite. Ich weiß, ich weiß, ich soll Abstand zu Polly halten. Aber sie stand nur einsam da und sah irgendwie verloren aus. Ich werde nichts tun. Es ist nicht so, dass ich dringend eine Frau brauche. Erst letzte Woche war ich mit Lisa … nein, es war Elise. Moira? Ich erinnere mich, dass sie dunkle Haare hatte. Punkt ist, das hier ist nur eine freundliche Geste, um Polly einzubeziehen.

Alice tauscht mit Lucas den Platz, um neben Polly zu sitzen, die sofort entspannter aussieht.

„Warte noch", sagt Lucas zu Adrian. „Gabriel und Anna wollen vielleicht mitspielen, wenn sie zurück sind."

„Arschkriecher", sagt Adrian.

Lucas lächelt und faltet die Hände hinter dem Kopf. „Ich bin CEO. Ich muss niemandem in den Arsch kriechen." Er beugt sich vor und trommelt mit den Fingern auf den Tisch. „Aber du musst mir vielleicht in den Arsch kriechen, wenn du dein Casino willst."

Adrian mischt die Karten. „Du hast gesagt, dass es eine gute Investition ist."

„Könnte sein", sagt Lucas. „Ein Restaurant aber auch. Auf

jeden Fall möchte ich, dass sich das Spa selbst trägt, bevor wir was Neues bauen."

„Das Spa öffnet in drei Wochen", sage ich. „Wie lange dauert es, bis es sich trägt?"

„Keine Ahnung", sagt Lucas. „Kommt darauf an, wie viele Kunden wir bekommen. Wir sind für den Sommer gebucht, aber darüber hinaus ist es ein Ratespiel."

„Ratespiel? Ist es nicht deine Aufgabe, das zu wissen?", frage ich.

Am Tisch wird es still. Alice und Polly lauschen gebannt.

Lucas sagt nichts, und mir wird klar, dass das eher ein Gespräch für einen privateren Moment ist. Wir alle achten darauf, nicht zu viele Informationen mit Außenstehenden zu teilen, insbesondere dann, wenn wir uns nicht einig sind. Polly ist nicht gerade eine Außenseiterin, da sie mit Anna verwandt ist, aber sie ist auch nicht wirklich eine Insiderin. Der Ruf unserer Familie muss um jeden Preis geschützt werden, insbesondere nach der schlechten Presse der letzten Zeit. Ich schwöre bei Gott, es hört sich so an, als würde ich mir dieses Zeug ausdenken, aber hier gab es eine Furry Hochzeit (ja, Spinner in gepolsterten Stofftieranzügen), die in zwei beliebten Brautmagazinen ausführlich behandelt wurde. Ganz zu schweigen von meiner Schwester Emma, die ihren Bräutigam am Altar stehengelassen hat, der jetzt der ganzen Welt erzählt, dass wir eine Familie betrügerischer Lügner seien. Ich sag ja, hier wird es nie langweilig.

Alice meldet sich zu Wort. „Vielleicht wäre es eine gute Idee, zuerst über Casinos zu recherchieren. Ich recherchiere immer, bevor ich in ein neues Buch eintauche." Sie dreht sich mit einem strahlenden Lächeln zu Lucas um. „Erinnerst du dich an den Ball in Versailles während unserer fingierten Verlobung? Fantastische Recherche!"

„Und als wir uns verliebt haben", sagt er.

„War es dabei?", fragt sie und stupst ihn mit der Nase an.

Er küsst sie zärtlich, und ich wende den Blick ab. Ich bin von liebeskranken Narren umgeben. Wenigstens ist Adrian noch bei Verstand. Er ist vierundzwanzig und läuft nicht Gefahr, sich demnächst niederzulassen.

„Vielleicht müssen wir uns für ein Casino nicht verschulden", sagt Adrian. „Wir könnten es selbst finanzieren. Oscar, hast du noch Geld aus deiner Fußballzeit?"

Ich schüttle meinen Kopf. Dieses Geld ist in die Anlaufkosten für das Spa geflossen. Der Rest ist an Land gebunden, von dem er weiß, dass ich es nie verkaufen würde. Sentimentaler Wert und so weiter. Es war das erste, das ich mir von dem Geld gekauft habe, das ich durch viel harte Arbeit *verdient* habe. Ich habe sogar meinen Vater dorthin gebracht, damit er es sich ansehen konnte – ein wunderschönes Weingut in Italien. Er war so stolz und glücklich für mich. Er hat sogar gesagt: „Wenn mein Bruder nicht abgedankt und mich gezwungen hätte, König zu werden, hätte ich es genauso gemacht wie du. Vielleicht wirst du eines Tages hier eine Familie gründen. Dein eigenes kleines Königreich." Ich stelle mir das gerne vor und weiß, dass er es sich für mich gewünscht hat. Keine Eile. Ehe und Familie sind weit weg. Vielleicht in zehn Jahren, wenn ich siebenunddreißig bin. Oder später. Ich mag meine Junggesellenfreiheit.

„Du hast Fußball gespielt?", fragt Polly mich. „Du meinst American Football, wo sie sich die Köpfe einrennen, oder Fußball-Fußball?"

„Die einzig wahre Art", sage ich trocken. Das ist wahrscheinlich das Thema, über das ich am wenigsten reden mag, da ich gezwungen war, in Ruhestand zu gehen.

„Ich habe auch Fußball gespielt", erzählt sie begeistert. „Und Basketball und Lacrosse."

Ich nicke und hoffe, dass sie das Thema fallen lässt.

„Du warst eine Sportskanone", sagt Alice zu Polly. „Endlich habe ich eine Sportskanone als Freundin! Ich bin ein Bibliothekenhocker/Geschichts-Nerd."

Sie lachen.

„Ich habe ein bisschen Geld beiseitegelegt", sagt Adrian und sieht erst mich und dann Lucas an. „Und ich kenne den Manager des Casino de Monte-Carlo. Vielleicht hätte er Interesse, sich zu beteiligen."

Lucas schüttelt den Kopf. „Gabriel sagt keine externen Investitionen. Sie würden Mitspracherecht wollen, und wir wollen die Kontrolle behalten. Du und Oscar, das ist okay. Dritte, nein. Darum habe ich ja den Bankkredit gebraucht, um die Produktion hochzufahren. Und wie gesagt, wir wollen jetzt keine weiteren Schulden mehr aufnehmen."

Ich stürze mich auf das Thema. „Selbst mit einem externen Investor, durch den wir die Kosten durch drei teilen können, hätten Adrian und ich die Mehrheit bei Entscheidungen."

Adrian deutet auf Lucas. „Und du bist jetzt für die Geschäftsentscheidungen verantwortlich, Mr. CEO, nicht Gabriel. Solange wir die Mehrheit besitzen, kann es funktionieren."

Lucas reibt sich den Bart. „Vielleicht könnte es mit dem *richtigen* Investor funktionieren." Er lehnt sich auf seinem Stuhl zurück. „Aber ich bin nicht davon überzeugt, dass ein Casino der richtige Weg ist."

„Deshalb habe ich eine Rerchercheise vorgeschlagen", sagt Alice.

„Du hast nichts von Reise gesagt", sagt Lucas.

„Dann sage ich es eben jetzt. Lass uns nach Monte Carlo fahren, sehen, wie das mit den High Rollern funktioniert, Fragen stellen und die Würfel rollen lassen!"

Ich beuge mich vor. Ich kann den Sieg fast schmecken. Lucas amüsiert sich gerne, und für Alice würde er alles tun. Wenn wir alle nach Monte Carlo gehen, wird er Spaß haben, und dann würde er eher zustimmen.

Lucas hebt seine Hände. „Okay, wir fahren nach Monte Carlo."

„Yay!", ruft Alice aus. Sie dreht sich zu Polly um. „Du musst mit uns kommen. Wir werden so viel Spaß haben!"

Polly lächelt. „Das würde ich gerne, aber was ist mit Anna? Sie sollte so spät in ihrer Schwangerschaft nicht mehr reisen, und ich muss zur Geburt hier sein."

„Sie hat noch drei Wochen bis zum Geburtstermin", sagt Alice. „Und sie meint, dass das erste Kind normalerweise pünktlich oder spät kommt."

Polly beißt sich auf die Unterlippe, und meine Hose wird eng. So verdammt heiß. *Schau weg, schau weg.*

Lucas streicht Alice eine Haarsträhne hinters Ohr. „Wir

fliegen am Samstag nach Oregon. Vielleicht ist das keine so gute Idee. Wir können abwarten, sehen, wie das Spa läuft, und dann nochmal darüber nachdenken."

Mist. Wir verlieren ihn.

„Wir fahren morgen", sagt Adrian. „Das gibt uns drei Nächte in Monte Carlo. Ich rufe Charles gleich an." Er steht auf und holt sein Handy aus der Tasche.

Lucas ruft Adrian zu: „Alice und ich müssen am Freitag zurück sein!"

Ich sehe Polly an, die aussieht, als würde sie sich bemühen, nicht zu aufgeregt zu wirken. Sie ist abenteuerlustig, also ist sie natürlich neugierig, ein Casino zu erleben. Ich frage mich, ob sie ein zweites Zimmer für ihre Anstandsdame braucht oder ob ihre Anstandsdame im selben Zimmer übernachtet, um sie im Auge zu behalten. Ich halte den Mund. Meine Neugier, was ihre Anstandsdame angeht, scheint ein wunder Punkt zu sein. Es ist einfach so ein altmodisches Arrangement, dass es mich interessiert, wie es funktioniert. Bekommt sie nur dann Freiheit, wenn sie sicher hinter Palastmauern eingeschlossen ist? Ich kann mir das gar nicht vorstellen. Es ist, als würde jemand ihr die Flügel stutzen, wenn sie fliegen will.

Anna und Gabriel kehren gerade zurück. „Was ist los?", fragt Anna. „Adrian klingt ganz aufgeregt da drüben und spricht Französisch."

„Klingt, als wäre ein Trip nach Monte Carlo in Arbeit", sagt Gabriel. „Sein Lieblingsort."

„Eine Recherchereise nach Monte Carlo", antwortet Alice. „Wir alle wollen fahren."

Anna zieht die Brauen hoch. Polly eilt zu ihr, um mit ihr und Gabriel zu reden. Ich kann nicht umhin mitzuhören, denn sie stehen hinter mir. Ich bewege mich vorsichtig auf meinem Stuhl und beobachte, wie Polly ihren Wunsch zu gehen herunterspielt, lächelt und darauf besteht, dass sie vollkommen glücklich ist, hier zu bleiben. Anna sieht mich an. Erwischt! Ich muss Polly subtiler ausspionieren.

Ich wende mich ab, doch die Spitzen meiner Ohren brennen. Es ist mir egal, ob Polly mit uns fährt. Ich dachte nur, es

wäre eine gute Erfahrung für sie angesichts ihres einge-
schränkten Lebens. Ja. Das ist es. Jeder sollte die Freiheit
haben, einen Ausflug nach Monte Carlo zu unternehmen,
wenn sich die Gelegenheit bietet.

Wichtig ist, dass Lucas an Bord ist. Drei Nächte in Monte
Carlo. Das wird genial. Ich war schon eine Weile nicht mehr
da. Es macht mir nichts aus, einen externen Investor zu
gewinnen, denn Adrian und ich werden auf Villroy diejenigen sein, die den Laden leiten. Unser Erbe. Mir gefällt, wie
sich das anhört. Wir werden einen Teil der Gewinne zurück
ins Königreich leiten. Eine echte Win-Win-Situation. Solange
die Zahlen stimmen, solange Lucas zustimmt und Gabriel
auch. Das ist alles andere als sicher, aber es sieht vielverspre-
chend aus.

Ich werfe einen Blick hinüber, als Polly sich neben mich
setzt und aufgeregt mit Alice spricht, während sie Pläne für
das machen, was sie in Monte Carlo unternehmen wollen.
Ihre braunen Augen strahlen, und ihre Wangen sind gerötet.
Sie *will* fliegen. Wärme strahlt durch meine Brust. Ich bin
begeistert von ihr, als ob ihr kleiner Sieg mein eigener ist.
Mein Kopf schwimmt wieder wie beim Abendessen, als ich
versucht habe, ihr Lächeln und Lachen direkt gegenüber von
mir zu ignorieren. Und ich habe bei der Gelegenheit auch
nicht *Jungfrau* gedacht, anders als Adrian, der gesagt hat, dass
wir das jedes Mal denken würden, wenn wir sie sehen. Sie ist
der Inbegriff von Anmut, Charme und Schönheit, alles, was
man von einer Prinzessin erwartet, und mehr. Sie leuchtet
von innen heraus. Vielleicht ist es ihre ansteckende Begeisterung, die so strahlt. Sie ist alles, was ich an einer Frau mag.
Und ich bin froh, dass ihre Anstandsdame nicht hier ist, um
Pollys schönes Leuchten zu dämpfen.

Schönes Leuchten? Die Lust macht mich dumm, und ich
werde poetisch. Himmel. Ich bin in Schwierigkeiten. Eine
jungfräuliche Prinzessin, die bald in einem fernen Königreich
heiraten muss, ist die ultimative verbotene Frucht für einen
eingefleischten Junggesellen wie mich, besonders jetzt, wo ich
für das Casino auf Villroy bleiben will.

Ich stehe abrupt auf und gehe zu Adrian, der immer noch

telefoniert. Ich muss dafür sorgen, dass mein Zimmer nicht in der Nähe von ihrem ist. Warum die Versuchung in Reichweite bringen?

~

Polly

Ich bin so aufgeregt, dass ich am nächsten Morgen praktisch vibriere, als ich den Flur entlanggehe, um nach Marge zu sehen. In einer Stunde geht es los. Ich werde den Privatjet der Rourkes von Nantes, Frankreich aus nach Monte Carlo nehmen, nur anderthalb Flugstunden entfernt. Alice und ich werden erst einmal einkaufen gehen, wenn wir dort angekommen sind. Das Gefühl vollkommener Freiheit bringt mich dazu, jeden umarmen zu wollen. Stattdessen begnüge ich mich mit einem fröhlichen „Guten Morgen!", begleitet von einem strahlenden Lächeln für jeden Diener und jede Wache, an der ich vorbei komme. Anna ist so süß gewesen und hat mir versichert, dass sie diese Woche garantiert keine Wehen bekommen würde. Und selbst wenn es passieren würde, würden sie mich direkt nach Paris fliegen, damit ich dabei sein kann. Mit dem Flugzeug ist es von Monte Carlo nur ein Katzensprung bis nach Paris.

Dieser Teil des Flurs ist leer, also pumpe ich meine Hände in die Luft und mache einen Siegesspaziergang und strahle vor mich hin. Ja, vollkommen korrekt. Ich bin frei. Ich spiele. Ich trinke. Ich packe das Leben mit beiden Händen, bevor ich meine Pflicht erfüllen muss. Verdammt, jedes Mal, wenn ich an meine Zukunft auf Beaumont denke, totaler Stimmungskiller. Bisher habe ich keine gute Strategie gefunden, um aus der Ecke herauszukommen, in die ich gedrängt worden bin. Die Ehe mit Peter ist immer noch eine sehr reale Möglichkeit. Meine Stimmung schwankt, meine Miene ist ernüchtert, was wahrscheinlich gut ist, weil ich fast bei Marges Zimmer angekommen bin. Sie wird nicht glücklich sein, dass ich ohne sie auf diese Reise gehe, aber ich werde sie nicht nach Monte Carlo schleifen, wenn sie krank ist. Es ist Zeit, dass meine Anstandsdame ihre Krankheitstage nimmt.

Ich klopfe an, und sie ruft „Herein!", dann hustet sie.

Ich öffne die Tür und nähere mich langsam. „Wie geht's dir?" Sie sitzt im Bett, an einen Stapel Kissen gelehnt. Ein Krug Wasser, ein Glas, Taschentücher und Ibuprofen stehen neben ihr auf dem Nachttisch.

„Die gute Nachricht ist, dass ich keine Grippe habe." Sie hebt eine Hand. „Halt! Komm nicht näher. Das willst du nicht haben." Sie hustet und krächzt. „Das Baby."

Ich bleibe stehen. „Ist es nur eine Erkältung?"

Sie trinkt einen Schluck Wasser. „Bisher. Ich bin anfällig für Lungenentzündungen. Der Arzt war vorhin hier und sagt, dass er in drei Tagen nochmal vorbeikommen wird, um zu sehen, ob es mir besser geht."

„Ich bin sicher, dass es schnell bergauf gehen wird. Du bist so stark, wie man nur sein kann."

Sie nickt. „Was hast du gestern so gemacht?"

Ich lege diskret meine Hände vor mir ineinander. „Ich habe Pläne mit Alice. Wir machen einen kurzen Ausflug nach Monte Carlo, um ein bisschen einkaufen zu gehen."

„Monte Carlo? Ist das nicht das Spielerparadies?"

Ich lächle. „Ja. Vielleicht probieren wir ein paar Automaten aus. Mädelstrip. Natürlich wird auch Prinz Lucas dabei sein. Er und Alice sind unzertrennlich. Wahrscheinlich auch seine Brüder."

Sie kneift die Augen zusammen. „Wahrscheinlich? Sind nicht zwei seiner Brüder unverheiratet?"

Ich nicke. „Denke ich zumindest. Sie haben was über Recherche über das Casinogeschäft gesagt. Ich werde wahrscheinlich wenig Zeit in ihrer Gesellschaft verbringen."

Sie hebt ihre Hände. „Ich bin nicht in der Verfassung zu reisen. Ich habe Fieber."

„Das ist okay. Ich werde die Bodyguards der Rourkes und Vaughn bei mir haben. Ich bin vollkommen sicher." Vaughn ist mein Leibwächter von zu Hause, ein gebürtiger Beaumonter Ende zwanzig mit kahlrasiertem Kopf und einer angeborenen furchteinflößenden Miene. Er würde einen guten Filmschurken abgeben. Er ist seit dem College bei mir, und ich mag ihn sehr. Als wir zum ersten Mal allein waren und auf Marge gewartet haben, hat er mir leise gesagt, dass er niemals irgendjemandem irgendetwas über mich berichten würde, nicht Marge, nicht einmal meinen Eltern. Seine einzige Aufgabe ist mein Schutz.

Sie blickt finster drein. „Du kannst nicht alleine mit unverheirateten Männern reisen. Ich kann nicht glauben, dass du es überhaupt vorschlagen würdest."

„Ich bin nicht alleine. Alice ist da und Lucas auch. Er ist der CEO des neuen Familienunternehmens. Es ist wie eine Geschäftsreise kombiniert mit einem Mädelsausflug."

„Du brauchst eine Anstandsdame."

Ich beiße die Zähne zusammen. „Ich komme gut allein zurecht."

„Polly." Sie macht eine Pause, um sich die Nase zu putzen, hustet wie verrückt und trinkt dann Wasser.

Ein leises Schuldgefühl erwacht. Wie kann ich so glücklich sein, einen seltenen Soloausflug machen zu können, wenn sie sich so schrecklich fühlt? „Ruh dich einfach aus, Marge. Ich möchte, dass es dir so schnell wie möglich besser geht. Lass mich dir einen Tee mit Honig bringen." Ich wende mich zum Gehen.

„Warte! Wenn du darauf bestehst, muss ich zu Hause anrufen und melden, was du vorhast. Das ist mein Job."

Ich wirbele herum und kämpfe darum, mein Temperament im Zaum zu halten. „Nein! Niemand muss wissen, dass du mich nicht begleitet hast."

„Ich werde nicht für dich lügen. Deine Eltern verlangen regelmäßig Bericht." Sie schüttelt den Kopf. „Ich weiß, dass du ein bisschen Spaß haben willst, und wir können es tun, sobald es mir besser geht."

Ich straffe meine Schultern, richte mich zu voller Größe auf und lege jeden Funken königlicher Autorität, den ich besitze, in meine Stimme. „Ich gehe."

Sie nimmt ihr Handy vom Nachttisch und lässt es darauf ankommen. Scheiße. Das Letzte, was ich will, ist, vorzeitig nach Hause beordert zu werden. Ich muss für Anna im Kreißsaal sein. Dann erinnere ich mich, dass Anna mir eine Zofe aus dem Palast angeboten hat, solange Marge krank ist.

„Oh, das hätte ich fast vergessen", sage ich. „Anna hat angeboten, mir eine Anstandsdame zur Verfügung zu stellen, und ich denke, ich werde ihr Angebot annehmen. Sie heißt Lina."

Marge presst die Lippen aufeinander und sieht mich misstrauisch an. „Ich will sie treffen."

Ich öffne meinen Mund und schließe ihn wieder. „Natürlich. Ich werde sie sofort rufen lassen."

Ich verlasse lässigen Schrittes den Raum und renne dann, sobald ich den Flur erreicht habe, zurück in mein Zimmer und rufe im Dienstbotenquartier an. Zuerst bitte ich Lina dringend auf Annas Befehl zu mir, dann bestelle ich noch schnell einen Tee mit Honig für Marge.

Nur fünf Minuten später klopft es an meiner offenen Tür. Eine junge brünette Frau, wahrscheinlich Mitte zwanzig, deren Wangen gerötet sind, als wäre sie gerannt, steht vor mir. Ich lächle. Sie ist perfekt.

Sie macht einen tiefen Knicks und senkt den Kopf. „Hoheit, ich bin Lina. Ich freue mich, Ihnen behilflich sein zu können."

„Danke, dass Sie so schnell gekommen sind, Lina. Waren Sie schon einmal in Monte Carlo?"

Sie richtet sich abrupt auf und macht große Augen. „Nein, Ma'am."

„Gute Nachrichten! Wir machen einen kleinen Ausflug. Es gibt nur eine Sache. Ich möchte, dass Sie auch Spaß haben. Ich zahle Ihnen hundert Euro pro Tag zusätzlich zu Ihrem üblichen Gehalt, damit Sie sich amüsieren können. Sie werden ein Zimmer mit mir teilen, um den Schein zu wahren, aber sonst möchte ich, dass Sie ausgehen und Spaß haben. Spielen, trinken, einkaufen. Was Sie möchten. Das ist auch Ihr Urlaub."

Ihr bleibt der Mund offenstehen.

„Ich bitte nur um Ihre Diskretion. Ich bekomme selten meine Freiheit. Sie sind technisch gesehen meine Anstandsdame, aber das nur dem Titel nach. Verstehen Sie? Und die Wachen werden da sein, also brauchen Sie sich keine Sorgen um meine Sicherheit zu machen."

Sie macht einen Knicks. „Ja, Ma'am. Ist sich Königin Anna meiner Rolle und der Reise bewusst?"

„Ja. Sie hat Sie vorgeschlagen."

Sie atmet scharf aus. „Ich freue mich, das zu hören, Ma'am. Das ist so eine Überraschung. Wann fahren wir? Brauchen Sie Hilfe beim Packen?"

„Ich bin fertig. Wir reisen in einer Stunde ab und sind drei Nächte weg. Packen Sie also entsprechend ein. Sind Sie aufgeregt? Ich bin es auf jeden Fall."

Sie lächelt zum ersten Mal. „Ich bin sehr aufgeregt."

„Ausgezeichnet! Bevor Sie packen, müssen Sie nur meine Zofe treffen, die sonst als Anstandsdame fungiert, und ihr versichern, dass Sie eine gute Stellvertreterin sind." Ich weise sie an, mir zu folgen.

„Wird sie verärgert sein, dass ich ihren Platz einnehme, Ma'am?", fragt sie, als wir in den Flur treten. „Ich möchte niemandem auf die Zehen treten, und es klingt nach einer wunderschönen Reise."

„Machen Sie sich keine Sorgen. Sie hat eine Erkältung und ist bei Weitem nicht so einschüchternd, wenn sie krank ist."

Ein paar Minuten später präsentiere ich Marge stolz die neue Anstandsdame.

„Komm her, Mädchen", befiehlt Marge.

Lina geht zögernd vorwärts und bleibt neben dem Bett stehen.

„Nicht zu nah", rufe ich. „Wir wollen nicht, dass Sie sich erkälten, mich anstecken, und ich stecke dann Anna und das Baby an."

Marge scheucht sie mit einer gereizten Handbewegung weg, als wäre es Linas Idee gewesen, näher zu kommen. „Lassen Sie Prinzessin Mary nicht aus den Augen. Sie müssen sie jederzeit begleiten. Das ist Ihr Job. Sie darf niemals mit einem Mann allein sein. Wenn Sie bei Ihrer Mission versagen, wird der Zorn des Königreichs Beaumont Sie treffen."

Lina wirft mir einen verängstigten Blick zu, ihre Augen sind riesig.

„Verstehen Sie?", fragt Marge.

Lina nickt.

Marge hustet und fährt heiser fort: „Ich möchte einen vollständigen Bericht, wenn Sie zurück sind."

„Ja, Ma'am", sagt Lina eingeschüchtert.

Marge brummt. „Du kannst gehen, Polly. Aber lass es mich nicht bereuen."

„Das würde ich nie tun." Ich werfe ihr einen Luftkuss zu. „Ruh dich aus. Ich erwarte, dass es dir besser geht, wenn ich zurückkomme."

Ich nicke Lina zu, und sie folgt mir. Ich warte, bis wir ein Stück vom Zimmer entfernt sind, bevor ich sage: „Ich werde Ihnen sagen, was Sie melden sollen. Unser Deal steht nach wie vor."

„Was ist mit dem Zorn des Königreichs Beaumont, Hoheit?", flüstert sie.

Ich richte mich zu meiner vollen Größe auf und antworte mit der Autorität meines Ranges: „Ich werde bald Königin sein. Es wird keinen Zorn geben."

Ihr Blick wandert zur Seite. „Ja, Ma'am."

Ich halte meinen Ton unbeschwert, weil ich sagen kann, dass sie besorgt ist. „Der einzige Zorn wird von mir kommen, wenn Sie sich nicht amüsieren."

Sie lacht nervös.

Ich lächle. Das wird großartig.

5

Polly

Alice packt mich am Arm, als unsere Limousine vor dem Casino de Monte-Carlo vorfährt. „Oh! Ich mach mir in die Hose! Ich muss Fotos machen, bevor wir reingehen. Das Gebäude ist 1863 gebaut worden. Ich habe online gelesen, dass es ein Paradebeispiel für die Architektur der Belle Époque ist, und es wurde von demselben Mann entworfen, der auch das Pariser Opernhaus gebaut hat! Aber es direkt vor mir zu sehen ist so viel atemberaubender!"

„Du musst unbedingt Fotos machen", sage ich und lächle über ihre Begeisterung.

„Es könnte euch auch aus den James-Bond-Filmen bekannt vorkommen", bemerkt Lucas.

Ich habe nur den neusten gesehen und kann mich nicht an das Casino erinnern.

„Er war schonmal hier", sagt Alice zu mir. „Er wollte mich nur meinen Spaß haben lassen."

Lucas grinst. „Stimmt, aber ich war noch nie hier, während ich über die Eröffnung eines eigenen Casinos nach-gedacht habe. Andere Perspektive."

Adrian und Oscar sagen nichts, sehen aber auch aus, als könnten sie es kaum erwarten. Die Nase meiner Zofe Lina klebt praktisch am Glas des Limousinenfensters.

In dem Moment, in dem wir aus dem Wagen steigen, sagt Alice: „Lasst uns den Anblick von der anderen Straßenseite genießen, bevor wir reingehen."

Wir gehen alle in einen wunderschönen Innenhof auf der anderen Straßenseite mit einem atemberaubenden Brunnen, Marmorstatuen und diversen Palmen und viel Grün. Die Palmen erinnern mich an zu Hause.

Ich drehe mich um und lasse den Anblick des Casinos vom Hof aus auf mich wirken, während Alice begeistert plappert und ein Bild nach dem anderen schießt. Es ist ein atemberaubendes Gebäude, groß und mehrstöckig mit einer wunderschönen Fassade mit Fenstern und Balkonen, Statuen und Türmchen. Hinter einem Glockentürmchen in der Mitte liegt eine große Kuppel, die von zwei kleineren Kuppeln flankiert wird. Es erinnert mich an ein französisches Schloss und ist weit entfernt von dem Casino, das ich mir vorgestellt habe. Mir ist jetzt klar, dass meine Vorstellung von einem Casino hauptsächlich von Fernsehsendungen über Las Vegas geprägt ist. Doch das hier ist der Glamour der alten Welt. Ein Schauer der Aufregung jagt durch mich hindurch. Bei so etwas Schönem denke ich, dass ein Casino eine großartige Ergänzung für Beaumont sein könnte. Ich frage mich, ob ich das Glücksspielverbot zu Hause aufheben könnte. Zweifelhaft. Während unsere Monarchie sich der modernen Wirtschaft und dem Gewinnstreben geöffnet hat, halten wir uns an einen strengen Moralkodex. Unsere Traditionen machen unser Königreich stark. Das ist mir von Geburt an eingebläut worden. Sozusagen das Familienmotto der Lyons.

Mein Bodyguard Vaughn wartet hinter mir. Adrian und Oscar unterhalten sich leise, während Lucas Alice anlächelt und ihre Begeisterung zu genießen scheint. Endlich hat Alice genug Fotos gemacht.

„Ich wette, drinnen ist es noch besser", sagt Alice. „Lasst uns reingehen!"

„Drinnen kannst du nicht fotografieren", erklärt Lucas. „Sie haben was dagegen. Hier kommen viele berühmte Leute her, die nicht fotografiert werden wollen."

„Ich bin mit einer Berühmtheit zusammen!", sagt Alice

und deutet auf ihn. „Darum gehöre ich dazu, und es wird ihnen nichts ausmachen."

„Doch, das wird es", sagen Lucas und ich gleichzeitig.

„Sei entspannt wie ich", sage ich zu Alice und gaffe und zeige dann mit dem Finger auf sie, als hätte ich gerade einen berühmten Filmstar entdeckt.

Sie lacht. „Bitte sag mir, dass ich nicht so aussehe."

Ich lächle. „Nein, das ist der nervtötende Tourist, der wir nicht sein werden. Wir werden uns unter die High Roller mischen."

„Oh ja, natürlich, wir mischen uns unter", sagt Alice.

„Es geht um die richtige Kleidung und Einstellung." Ich habe ein bisschen Erfahrung darin, mich anzupassen, nachdem ich aus meinem traditionellen Königreich ins Internat gekommen bin und dann am College war. Ganz zu schweigen von meiner kurzen Zeit als untergetauchte Prinzessin mit niedlichen Klamotten von Target. Ich liebe diesen Laden.

„Wir haben Zimmer hier drüben gebucht", sagt Lucas und zeigt auf ein anderes schönes Gebäude im gleichen Belle-Époque-Baustil auf der anderen Seite des Place du Casino. „Hôtel de Paris."

„Oh ja", sagt Alice mit einem langen Seufzer.

Alice und ich gehen den Weg zurück über die Straße, alle anderen folgen uns. Sie flüstert mir zu: „Anna sagt, du musst bald heiraten, um deinen Platz als Königin einzunehmen. Hast du einen Verlobten?"

„Den werde ich bald haben", antworte ich. „Wenn ich nach Beaumont zurückkehre, soll ich Peter heiraten – nach unserer obligatorischen sechswöchigen Brautwerbung mit Anstandsdame. Du verstehst sicher, warum ich hier ein bisschen Freiheit will, bevor ich gefesselt bin."

„Oh, Polly, du klingst so resigniert. Und das ist das Unromantischste, was ich je gehört habe!"

„Es soll nicht romantisch sein. Ich soll meine Pflicht erfüllen, ein für Beaumont günstiges Bündnis schließen und den nächsten Erben produzieren." Ich erkläre ihr die traditionellen Erwartungen, die an mich gestellt werden, und arbeite hart daran, meine Frustration über meine Situation zu verbergen. Ich möchte keine weiteren Fragen zu Peter.

Ich spüre, wie mich jemand anstarrt, und drehe mich um. Mein Blick kollidiert mit dem von Oscar. Seine Augen sind mitfühlend. Ich will sein Mitgefühl nicht.

Ich wende mich wieder Alice zu und sage fest: „Ich bin zufrieden mit dem Arrangement. Peter hat das erwartete königliche Blut, er besitzt die Hälfte der Resorts auf unserer Insel, und unsere Ehe wird alle Bestände zusammenbringen. Unsere Familie besitzt die andere Hälfte."

„Liebst du ihn?", fragt sie.

„Nein, aber ich kenne meine Pflicht."

Sie gestikuliert aufgebracht. „Du solltest nur aus Liebe heiraten. Selbst in meinen Regency-Romanzen sorge ich dafür, dass günstige Allianzen durch Liebe ausgeglichen werden."

Ich presse meine Lippen aufeinander. „Das ist der Unterschied zwischen Fiktion und Realität."

Sie bleibt am Eingang des Casinos stehen und packt mich am Arm. „Bitte heirate nicht aus Pflichtgefühl."

„Wenn ich es nicht tue, geht mein Geburtsrecht auf meinen männlichen Cousin über." Ich ringe meinen aufsteigenden Zorn nieder. Das ist nicht die Zeit dafür. „Bitte, lass uns nicht darüber reden. Ich möchte meine Zeit hier genießen."

Lucas hält die Tür für uns auf und tauscht einen Blick mit Alice aus. Ich spüre, dass er meine Position als Angehöriger der königlichen Familie von Villroy besser versteht als Alice. Sie ist Amerikanerin mit einer sehr romantischen Sichtweise und noch dazu eine Romanautorin.

Zum Glück ist Alice sprachlos, als wir das Casino betreten, und das Thema meiner zukünftigen Ehe wird gnädiger Weise fallen gelassen. Lina sieht sich mit großen Augen um, und ich lasse einfach alles auf mich wirken. Das Atrium ist ein massiver zweistöckiger Raum mit Gewölbedecke, der mit ionischen Marmorsäulen beeindruckt, die einen Balkon mit einer Galerie tragen. Zwei große Ölgemälde in der Galerie ziehen meinen Blick auf sich. Das Dekor ist überbordend, aber elegant gestaltet, mit einer geätzten Glasdecke, Kristall-leuchtern und einem Mosaikmarmorboden.

„Ich habe gehört, dass sie hier coole Events und Performances haben", flüstert Alice.

Lucas küsst sie auf die Wange. „Ich bete dich an." Liebe macht dumm.

Adrian kommt zu uns. „Kommt, ich werde euch rumführen, und dann sind wir heute Abend zu einer Party bei Charles eingeladen. Er ist einer der privaten Investoren dieses Casinos und verwaltet es. Er hat nicht die Mehrheitsbeteiligung hier und ist offensichtlich nicht Teil der königlichen Familie, aber seine Taschen sind tief, und er hat die Art von Erfahrung, die für uns nützlich sein könnte."

Alice hüpft auf Zehenspitzen herum, und Lucas legt einen Arm um ihre Schultern, um sie am Boden zu halten.

Ich versuche nicht zu gaffen, als wir unsere Tour beginnen und Raum für Raum voller opulenter Eleganz besichtigen – dabei bin ich Eleganz gewohnt. Das hier ist jedoch anders, als wäre ich in der Zeit zurückgereist. Kristallleuchter beleuchten historische Fresken in einem intimen Raum, ein anderer ist ein großer zweistöckiger Raum mit Gewölbedecke, der an einen großen alten Bahnhof erinnert, mit Spieltischen und einem Restaurant. In einem kleineren Raum ganz in Bronze und Grün leuchtet sanftes Licht über Mahagonitischen. Es gibt die erwarteten Münzspielautomaten, aber auch Black-jack, Poker, Roulette und Craps. Sogar die Spieltische sind exquisit. Das Holz ist auf Hochglanz poliert und das Logo des Casinos ist in den grünen Filz eingestickt.

Wir beenden unsere Tour und Adrian erklärt: „Man braucht eine spezielle Einladung, um Zugang zu den privaten Spielräumen zu bekommen. Die sind für High-Stakes-Spiele. Ich hoffe, das gibt euch ein paar Ideen für das, was wir zu Hause verwenden könnten. Ich werde ein bisschen Poker spielen gehen. Treffen wir uns um sieben zum Abendessen. Ich kümmere mich um die Reservierung."

Oscar salutiert ihm.

Adrian grinst. „Bin ich zu bestimmend? Das hier ist wie mein zweites Zuhause. Bitte, schlagt was vor."

„Nein, alles okay", sagt Oscar. „Spielen, Abendessen, Party. Meine Art von Tag."

Alice dreht sich zu mir um. „Bereit zum Shoppen? Lucas hat mir erzählt, dass es gleich die Straße runter Geschäfte und eine fabelhafte Eisdiele gibt."

„Aber sowas von!"

Ich drehe mich zu Lina um, die still an meiner Seite steht. Sie trägt immer noch ihre Palastuniform aus weißem Hemd und schwarzer Hose. „Möchten Sie sich uns anschließen?"

Sie lächelt. „Wenn ich ehrlich bin, Ma'am, würde ich mich gerne an den Spielautomaten versuchen."

„Selbstverständlich. Viel Spaß! Treffen Sie sich mit uns zum Abendessen. Ich werde Ihnen eine SMS schicken, wenn ich weiß, wohin wir gehen."

Sie senkt den Blick. „Sind Sie sicher, dass Sie mich beim Abendessen dabei haben wollen, Hoheit?"

„Ja, Sie gehören dazu. Es sei denn, Sie möchten lieber den Zimmerservice ausprobieren oder allein irgendwohin gehen."

Sie hebt den Kopf. „Ich werde mit Ihnen essen, Ma'am, danke. Ich werde äußerst diskret sein, wie Sie es gewünscht haben."

Da öffne ich meine Handtasche, verdopple das heutige Schweigegeld im Voraus, und drücke es ihr in die Hand. „Ein kleines Extra zum Spielen."

„Danke, Ma'am", strahlt sie.

Sobald sie geht, fragt Alice ungläubig: „Du bezahlst sie in bar? Ich dachte, sie wäre Angestellte des Palasts."

Ich hake mich bei ihr unter und führe sie hinaus in den strahlenden Sonnenschein, wo ich mich leicht und frei fühle. Vaughn folgt in höflichem Abstand. „Das ist eine lange Geschichte."

„Ich liebe Geschichten."

„Ich sollte deine Bücher lesen. Ich war noch nie ein großer Leser. Die meisten Bücher langweilen mich, aber ich habe das Gefühl, deine sind anders."

„Ich hoffe, dass sie dich nicht langweilen würden, und wenn doch, möchte ich es lieber nicht wissen. Also, wofür bestichst du Lina?"

Ich drehe mich zu ihr um. Ihre blauen Augen leuchten mit scharfer Intelligenz durch ihre Cateye-Brille. „Aufmerksam und direkt."

Sie lächelt. „Das bin ich. Warte." Sie bleibt stehen, zieht eine riesige weiße Sonnenbrille aus ihrer Handtasche und tauscht sie gegen ihre Brille aus. „Mit eingeschliffenen Gläsern, sonst sehe ich nichts. Also, was ist es, das Lina für dich tut oder nicht?"

„Das bleibt zwischen uns?"

„Na sicher."

Ich gehe weiter. „Ich bezahle sie dafür, mich *nicht* zu beaufsichtigen."

„Oh, wegen der Jungfrauen-Sache?"

Ich bleibe wie angewurzelt stehen. „Hat Anna es dir gesagt?"

Sie verzieht das Gesicht. „Tut mir leid. Sie hat erwähnt, dass du mit einer Anstandsdame und einer Wache ankommen würdest, daher habe ich aus angeborener Neugier Fragen gestellt. Ist es ein Geheimnis?"

Ich seufze und gehe weiter. „Nicht gerade ein Geheimnis, aber du müsstest mit den Eigenheiten meines Königreichs vertraut sein, um es zu wissen. Wir halten uns weitgehend nichts, um das ich herumkomme."

„Oh. Ähm, Lucas weiß es auch. Anna vertraut sich mir oft an und vergisst, dass er auch da ist. Aber er ist sehr diskret. Wenn du nicht willst, dass er etwas sagt, werde ich ihn wissen lassen, dass es ein Geheimnis ist."

Jetzt weiß ich, woher Oscar gestern Abend von meiner Anstandsdame wusste. Wahrscheinlich weiß es jeder. Ich beiße die Zähne zusammen. „Jetzt spielt es auch keine Rolle mehr." Etwas in mir rebelliert. Wenn ich Peter heiraten muss, falls es keinen anderen Ausweg gibt, dann möchte ich nicht, dass er meine Jungfräulichkeit bekommt. Ich möchte sie in einer großen Nacht, einem großen Abenteuer, verschenken. Warum sollte er alles bekommen?

Natürlich gibt es das Problem, dass der königliche Arzt mich vor der Hochzeitszeremonie untersucht. Vielleicht könnte ich ihn bezahlen. Nein, das würde nicht funktionieren.

Ich habe ihm zu oft in die Nüsse getreten, wenn er versucht hat mich zu impfen, um mit seiner Gnade rechnen zu können. Und natürlich würde Peter es bemerken. Vielleicht würde es ihn wegen der finanziellen Vorteile nicht stören. Die Konsolidierung der Beteiligungen, von denen er persönlich profitieren würde, könnte viele Wogen glätten. Niemand weiß besser als ich, wie sehr Geld ihn motiviert.

Würden meine Eltern zugunsten des Bündnisses mit Peter darüber hinwegblicken, oder riskiere ich den Thron für ein letztes Abenteuer? Vielleicht bin ich nicht mehr so impulsiv wie früher. Schau mich an, ich denke tatsächlich voraus. Ugh. Ich wünschte, ich müsste nicht über so etwas nachdenken.

„Es tut mir leid", sagt Alice. „Ich stecke meine Nase immer wieder in diese heiklen Themen hinein. Von jetzt an gibt es nur noch Spaß. Wir gehen einkaufen, trinken fruchtige Cocktails und ziehen durch das Casino, als gehören wir dazu."

„Wir gehören dazu, Dummchen."

Sie grinst. „Lass uns auch so aussehen. Wir sind schließlich in Glam City."

„Du bist schon glamourös."

„Vielen Dank! Das ist mein Partykleid." Sie fährt mit der Hand über ihr rosa gepunktetes Kleid. „Aber Lucas hat mir seine Kreditkarte gegeben, damit ich wild und nach Herzenslust shoppen kann."

Ich lache. „Das hört sich nach Spaß an." Ich bin ein großer Fan von wild.

Oscar

Endlich Party. Wir befinden uns in Charles Blancs' Penthouse, einem Apartment in einem umgebauten Hotel unweit des Casinos. Seine Wohnung ist ultraelegant und modern, ganz in Weiß gehalten – weiße Marmorböden, weiße Wände, hohe weiße Decken. Im Hauptwohnbereich, einem großen offenen Raum, in dem sich alle versammeln, stehen verstreut weiße Sofas und Sessel mit tiefblauen Kissen. Moderne Kunst

verleiht den Nischen in den Wänden einen weiteren Farbtup-
fer, und in der Mitte des Raums befindet sich ein nach zwei
Seiten offener Kamin. Eine deckenhohe Fensterfront mit Blick
auf die Stadt und das Meer ziehen sich über zwei Seiten des
Raumes. Ich mag es, obwohl ich glücklicher wäre, wenn wir
tatsächlich Zeit mit unserem Gastgeber, dem Investor, den wir
für Villroys potenzielles Casino gewinnen möchten,
verbringen könnten.

Ich schließe mich Lucas und Adrian an und genieße den
Blick auf die Stadt.

„Wo ist deine bessere Hälfte?", frage ich Lucas.

Er zieht eine Braue hoch. „Sie ist gerade Pollys andere
Hälfte. Nach dem Abendessen sind sie in die Le Bar Améri-
cain gegangen, um die Speakeasy-Atmosphäre der Zwanzi-
gerjahre zu erleben. Sie nennt es Pollys dreitägige
Junggesellinnenparty."

Mein Magen verknotet sich. Ich habe gehört, wie Polly
heute über ihre bevorstehende Ehe gesprochen hat. Ich habe
nicht gewusst, dass sie einen Verlobten hat, nur, dass sie bald
heiraten muss, und das Schlimmste ist, dass ich nichts von
ihrem üblichen Licht gesehen habe, als sie darüber gesprochen hat. Sie sah innerlich tot aus. Ich will mich nicht einmi-
schen, aber wie kann ich zusehen, wenn sie sich in eine Ehe
stürzt, die sich eher nach einer geschäftlichen Transaktion
anhört? Sie klang so resigniert, überhaupt nicht wie die
lebhafte Polly, die ich kenne.

Obwohl ich keine Lust habe, bald zu heiraten, weiß ich,
dass es mit dem richtigen Partner gut sein kann. Meine Eltern
standen sich sehr nahe, und ich habe gesehen, wie glücklich
meine älteren Brüder mit ihren Frauen sind. Sogar meine
Schwester Emma, die verantwortungsbewusste Prinzessin,
hat sich von ihrer lieblosen, arrangierten Ehe befreit. Jetzt ist
sie glücklich mit dem Mann verheiratet, den ich mir am
wenigsten an ihrer Seite hätte vorstellen können: Rocklegende
Jackson Walker. Es ist wichtig, wen man heiratet. Und ich
weiß, dass Polly gesagt hat, sie kenne ihre Pflicht, aber vielleicht hat sie nicht oft genug Liebe in Aktion gesehen, um zu
wissen, was ihr entgeht. Vielleicht öffnet die Nähe zu meiner

Familie ihr die Augen. Hoffentlich. Ich kann es nicht ertragen, daran zu denken, dass sie innerlich tot ihre Pflicht für den Rest ihres Lebens erfüllt.

Lucas fährt fort. „Als Romantikerin ist Alice alles andere als glücklich über Pollys bevorstehende Hochzeit, aber ich habe ihr gesagt, dass Zweckehen um irgendwelcher Allianzen willen in vielen Monarchien üblich sind. Sogar unsere Eltern haben uns arrangierte Ehen vorgeschlagen."

„Nur Gabriel und Emma haben das Angebot angenommen", sage ich. „Und keiner von ihnen hat es durchgezogen." Gabriel als Thronerbe musste sich an einem höheren Standard messen lassen. Ich nehme an, dasselbe gilt für Polly als Thronerbin.

„Wir können nichts dagegen tun", sagt Lucas und sieht mich direkt an. „Das habe ich Alice auch schon erklärt."

Ich wende den Blick ab und trinke einen Schluck von meinem Scotch. Es sollte mich nicht so sehr stören, wie es das tut. Es ist nur so, dass Polly jung und voller Leben ist. Sie hat beim Abendessen so glücklich ausgesehen. Sie hat mit Alice und Lucas geredet und gelacht. Ich habe sie wieder zu viel beobachtet und mich gezwungen, mich auf das Geschäft mit Adrian zu konzentrieren. Trotzdem kann ich nicht anders, als an ihren Verlobten zu denken. Was ist, wenn er sie nicht schätzt und versucht, ihr das Licht zu nehmen?

Jeder sollte entscheiden dürfen, wen er heiratet. Ich weiß nicht, warum ich so auf sie fixiert bin. Es muss daran liegen, dass sie eine verbotene Frucht ist. Ich kann mir nicht vorstellen, warum sonst meine Reaktionen auf sie so intensiv sind. Selbst wenn sie nicht im Zimmer ist, reicht es, wenn ich an sie denke oder ihren Namen höre, und schon steigere ich mich in die Sache hinein.

„Geht's in dieser Bar ziemlich wild zu?", fragt Lucas Adrian. „Da muss ich vielleicht mal vorbeischauen."

„Es ist ziemlich ruhig da", sagt Adrian. „Jazzmusik und Klavier. In den meisten Bars wird es erst spät wild."

Lucas nickt. „Ich habe Louis mit ihr geschickt, und Pollys Wachhund ist auch da." Louis ist einer unserer größten Sicherheitsmänner. Wir haben seinen Kollegen Michael hier bei uns, der sich diskret im Hintergrund hält. Lucas zieht sein Handy aus der Tasche. „Ich hör einfach mal, wie's ihnen geht."

Adrian verdreht die Augen. Ich schüttle den Kopf. Erbärmlich. Lucas kann nicht einmal einen Drink genießen, ohne sich bei seiner Frau zu melden. Er steht wirklich unterm Pantoffel.

„Wo ist Charles?", frage ich Adrian. Ich habe unseren Gastgeber nicht gesehen, seit wir vor einer halben Stunde hergekommen sind.

„Er hat ein privates Meeting oben", sagt Adrian mit einem Grinsen. Dort sind die Schlafzimmer.

„Er kann nicht bis nach der Party warten?"

Adrian zuckt mit den Schultern.

Ich lasse den Blick über die bunt gemischten Gäste schweifen. Der Großteil der Konversation findet auf Englisch statt, die gemeinsame Sprache unter den Weltberühmten und Reichen. Ich schwöre, da ist ein Schauspieler, der im letzten Bond-Film mitgespielt hat. Ich erkenne auch ein paar Schauspielerinnen, aber sie halten mein Interesse nicht lange gefangen. Deswegen bin ich nicht hier.

Eine Stunde später bin ich gereizt. Charles ist schließlich aufgetaucht, aber wir haben nur ein paar Minuten mit ihm gesprochen, bevor er mit jemand anderem verschwunden ist. Ich verstehe es natürlich. Er mischt sich unter seine äußerst wohlhabenden Gäste, die für das Casino wichtig sind, aber wir haben ein Geschäft mit ihm zu besprechen.

„Hör auf, so böse zu gucken", sagt Adrian leise zu mir. „Heute Abend geht's nicht ums Geschäft."

„Wir haben den Typen kaum gesehen."

Lucas verschwindet plötzlich.

„Wo will er denn so plötzlich hin?", frage ich Adrian.

Und dann verstehe ich, was los ist. Lucas führt Alice herein. Sie trägt ein schwarzes Kurzarmkleid mit Fransen im Flapperstil und eine schwarze Schleife im Haar. Louis, unser Bodyguard, steht an Alice' Seite; Pollys Wache steht hinter ihnen. Lina, eines der Mädchen aus dem Palast trägt ein schwarzes ärmelloses Kleid und wirft Louis immer wieder verstohlene Blicke zu. Und dann tritt *sie* hinter ihnen hervor, und die Luft wird aus dem Raum gesaugt.

Sie sieht umwerfend aus. Polly trägt nicht mehr dieselbe züchtige Bluse und den Rock, die sie beim Abendessen getragen hat. Jetzt trägt sie ein Kleid, das in der Mitte des Oberschenkels endet, mit silbernen Fransen, dünnen Spaghettiträgern, die ich mit einer Handbewegung zerreißen könnte, und einem tiefen Ausschnitt. Ihre Haut ist samtig, glatt und perfekt. Ihre Beine sind lang, ihre Füße stecken in silbernen High Heels mit einem sexy Riemen um den Knöchel. Mein Blick wandert zurück, ihren kurvigen Körper empor. Ihr dunkles lockiges Haar ist zu einem hohen Pferdeschwanz gebunden und gibt den Blick auf ihren eleganten Hals frei. Mein Herz pocht, das Blut schießt durch meine Adern, meine Finger kribbeln vor dem Bedürfnis, sie zu berühren.

Sie sieht nicht aus wie eine jungfräuliche Prinzessin.

Sie ist wunderschön, sexy, und ich will sie so sehr, dass ich kaum denken kann. Ich bin an ihrer Seite, bevor ich überhaupt bemerke, dass ich den Raum durchquert habe. „Wie war die Bar?"

Sie strahlt, und es versetzt mir einen Stich in meine Brust, sie so begeistert zu sehen. „Wunderbar!"

Alice lehnt sich an meinen Arm, ein wenig wackelig und definitiv betrunken. „Polly ist heute Abend besonders ungezogen. Sie soll ihre Schultern nicht in der Öffentlichkeit zeigen."

Polly kichert. „Oder meinen Rücken." Sie dreht sich um und zeigt uns ihren tiefen Rückenausschnitt, der kurz oberhalb ihres süßen Pos endet. Sie wirbelt zurück, und der Fransensaum peitscht mit ihr herum. „Oder meine Knie." Sie beugt sich vor, legt die Hände auf die Knie und gewährt mir einen erstklassigen Blick auf ihr Dekolleté. Mein Mund wird trocken. Sie richtet sich auf und hebt die Hände in die Luft. „Ta-da! Seid schockiert, alle zusammen."

Ich schmunzle. „Wieviel hast du getrunken?"

Sie tippt mir auf die Nase. „Genau die richtige Menge, Prinz Oscar." Sie dreht sich zu meinem Bruder um. „Hallo, Prinz Adrian. Du siehst schnittig aus in diesem Jackett."

Hallo, ich trage auch ein Jackett. Steht sie auf Adrian?

Adrian lächelt sie langsam an. „Danke. Du bist süß, wenn du betrunken bist."

„Bin ich absolut nicht." Sie beugt sich ganz dicht an Alice' Gesicht vor. „Richtig, Alice?"

„Richtig!", ruft Alice laut aus. „Nicht betrunken, aber trotzdem total süß."

Louis nimmt Lucas für ein vertrauliches Gespräch beiseite. Es bedeutet oft nichts Gutes, wenn einer unserer Jungs diskret mit einem von uns reden will. Ist in der Bar irgendwas passiert?

Ich sehe Lina an, die schüchtern den Blick gesenkt hat und ihren Kopf in Richtung Lucas und Louis neigt, offensichtlich, um zu lauschen.

„Also, was steht noch auf der Tagesordnung eures Junggesellinnenabschiedsplans?", frage ich Alice.

Sie hebt einen Finger. „Erstens, sehr wichtig. Ein Penishut."

„Shh!", zischt Polly mit einem lauten Flüstern. „Penis sagt man nicht laut. Es ist ein Glied, Mitglied oder nicht. Schon vergessen?"

Sie brechen lachend zusammen.

Alice hustet: „Ein Glied. Mitglied oder nicht. Das ist Regency-Humor!"

„Schwanzhumor!", ruft Polly aus. „Was in aller Welt ist Regency?"

Mir bleibt der Mund offenstehen. Polly hat seit unserer ersten Begegnung kein vulgäres Wort ausgesprochen. Dadurch wirkt sie nahbarer.

Ich nehme ihre Hand und drücke einen Kuss auf ihre Fingerknöchel, eine Geste von vielen in meinem geschmeidigen Arsenal. Ich bin heute Abend auch ungezogen.

Ihre braunen Augen weiten sich vor Schock.

Ich will fast lachen. „Regency ist Alice' bevorzugte historische Zeit, darüber schreibt sie am liebsten."

„Oh." Sie starrt auf ihre Hand in meiner. „Warum hast du das getan?"

„Weil ich einen Schwanzwitz zu schätzen weiß."

Sie rümpft ihre süße Nase. „Das ist ein überaus unangemessenes Thema, um es vor einer Frau meines Ranges anzusprechen."

„Ich bin vom selben Rang, oder nicht?"

Sie neigt den Kopf zur Seite. „Das bist du." Sie lächelt, hebt meine Hand und studiert die Innenseite meines Handgelenks. „Sieh dir das an. Blaues Blut genau wie ich."

„Ich auch!", sagt Alice und hält ihr Handgelenk hoch. „Lucas pumpt es mir bei jeder Gelegenheit, die er bekommt, rein. Kein Kondom, also denke ich–"

„Alice!", bellt Lucas.

Sie dreht sich um und lächelt. „Lucas, ich habe gerade über dich gesprochen."

Polly wirft mir einen amüsierten Blick zu und flüstert: „Unangemessen."

Lucas legt einen Arm um Alice. „Ja, das haben wir alle gehört. Möchtest du was essen?"

„Ich hab keinen Hunger. Hast du das Abendessen vergessen? Soooo lange ist das nun auch wieder nicht her."

Er lächelt nachsichtig. „Wie wäre es mit Schokolade?"

„Oh ja! Für Schokolade hab ich immer Platz."

Er führt sie durch den Raum zu einem Tisch voller Desserts.

„Ich denke, dann sind nur wir zwei übrig", sagt Polly zu mir.

Ich sehe mich um. Adrian ist auf der anderen Seite des Raums und spricht mit ein paar Leuten, die er gut zu kennen scheint. Louis verzieht sich mit Lina. Ich denke, er hat Feierabend, da wir ja mit zwei Sicherheitsmännern hier sind. Ich wende mich wieder ihr zu. „Sieht so aus."

„Ich hätte gerne einen Drink", sagt sie mit einem Nicken.

Und eins ist klar, ich kann es ihr unmöglich verweigern, sich zu amüsieren, auch wenn sie es am Morgen bereuen wird. Wie oft kommt eine jungfräuliche Prinzessin mit einer permanenten Anstandsdame als Begleitung schon zum Feiern? Ihr Bodyguard hält sich im Hintergrund. Er beschützt sie, gibt ihr aber etwas Spielraum.

Ich nicke, und wir gehen zur Bar gleich neben der Küche.

„Was möchtest du trinken?", frage ich, als wir uns hinter ein paar Schauspielerinnen anstellen.

„Mal sehen, ich hatte vorhin zwei Martinis, zu Ehren von Bond geschüttelt, nicht gerührt, also nehme ich jetzt ..." Sie tippt mit dem Finger an ihre rosa Lippen. „Was trinkst du?"

Ich schwenke den Rest meines Drinks in meinem Glas. „Scotch."

„Das habe ich noch nie probiert. Darf ich?"

Ich gebe ihr mein Glas. Sie trinkt einen Schluck und spuckt ihn fast aus. „Oh mein Gott! Das schmeckt widerlich! Wie der Hustensaft, den Marge mir als Kind in den Hals gekippt hat."

Ich unterdrücke ein Lächeln. „Okay, dann vielleicht nicht Scotch. Wie fühlst du dich?"

Sie fährt mit den Händen über ihre Seiten und wackelt mit den Hüften. „Ich fühle mich fabelhaft."

Ich unterdrücke ein Lachen. Ich fasse sie nicht an, buchstäblich oder zum Flirt. „Wie wäre es mit Wein? Chablis? Chardonnay?"

„Dein Französisch ist sehr gut." Sie wechselt zu Französisch, da sie offensichtlich annimmt, dass meine Aussprache der Weinsorten auf mehr schließen lässt. Zum Glück stimmt das. Ich bin zweisprachig aufgewachsen wie meine ganze Familie. Sie erzählt mir von ihrer Anstandsdame Marge und wie schuldig sie sich fühlt, hier in Monte Carlo so glücklich zu sein, während Marge in Villroy ist und sich so schrecklich fühlt.

Ich antworte auf Französisch. „Sie ist da, wo sie sein muss, und es ist nichts Falsches daran, dass du dich in der Zwischenzeit amüsierst. Du bist eine erwachsene Frau, und eine Anstandsdame ist übertrieben. Es ist schade, dass sie nicht ab und zu eine Pause macht und sich auch amüsiert. Dann könntest du alleine ohne Schuldgefühle Spaß haben."

„Ja! Genau deshalb habe ich Lina bestochen – damit ich mich amüsieren kann. Ich meine, damit ich mich amüsieren kann und sie sich auch. Wir beide können. Sie ist so heiß auf Louis. Ich persönlich finde allerdings, dass sein Hals zu dick ist."

Meine Lippen zucken, und ich lasse eine weitere Flirtgelegenheit verstreichen. Dick kann an den richtigen Stellen gut sein. Ich kann freundlich sein, ohne die Grenze zu überschreiten. „Du hast Lina bestochen?"

Sie seufzt und geht auf den Barkeeper zu. „Ich nehme Ihre Spezialität."

Er dreht sich fragend zu mir um.

„Ein Glas Chablis, bitte." Ich frage Polly nochmal: „Warum bestichst du Lina? Sie steht auf unserer Gehaltsliste."

„Eben. Sie steht auf *eurer* Gehaltsliste. Ich brauche sie auf meiner. Marge hat gedroht", – sie nimmt ihr Getränk. „Danke!"

Wir gehen von der Bar weg und mischen uns wieder unter die Gäste. „Womit gedroht?"

„- sie den Zorn meines Königreichs spüren zu lassen, wenn Lina mich unbeaufsichtigt lässt." Sie hebt ihr Glas. „Aber rate mal, wer im Königreich das Sagen hat?"

„Du?"

Sie runzelt die Stirn. „Fast. Nachdem ich geheiratet habe." Sie trinkt einen langen Schluck Wein. „Oscar, ich möchte weder auf Französisch noch auf Englisch über mein Königreich sprechen. Vor allem nicht auf Französisch. Das ist meine Muttersprache und erinnert mich nur an die Schlinge um meinen Hals durch Peter."

Ich erwähne nicht, dass sie diejenige ist, die angefangen hat, Französisch zu sprechen, weil ich es hasse, dass sie das Gefühl hat, eine Schlinge um den Hals zu haben. Sie ist ein freier Geist, der zu ihren eigenen Bedingungen leben dürfen sollte. Ich wechsle zurück zu Englisch. „Was ist mit diesem Peter?"

Sie trinkt ihren Wein in einem langen Zug aus und hält das Glas hoch. „Ich denke, ich nehme noch eins."

Ich sehe zu, wie sie ein weiteres Glas bestellt. Wenn sie sich betrinken will, ist das okay. Ich werde sie beschützen. Sie braucht diese Auszeit von all dem Druck auf ihr.

Nachdem sie ihr Getränk bekommen hat, lenke ich sie in eine ruhige Ecke des Raumes. Sie lehnt sich seufzend an die Wand. „Alice hat so eine schmutzige Fantasie."

Ich stehe ihr gegenüber und achte darauf, Abstand zu halten. „Ich habe gehört, dass ihre Geschichten ziemlich heiß sind. Hast du sie gelesen?"

„Nein, aber ich habe es vor. Obwohl das vielleicht eine schlechte Idee ist, weil ..." Sie blickt nachdenklich an die Decke, bevor sie wieder meinem Blick begegnet. „Erwartungen. Ich muss sie niedrig halten." Sie gestikuliert wild mit einer Hand. „Ich nehme an, du hast auch von der Jungfrauensache gehört."

Ich trete näher. „Nicht so laut."

„Warum?", fragt sie laut. „Jeder weiß es! Anna kann den Mund nicht halten und Lucas auch nicht." Sie sticht mir einen Finger ins Gesicht. „Ich weiß, dass du es deswegen weißt."

Ich halte meine Stimme gesenkt und hoffe, dass sie meinem Beispiel folgt. „Es ist egal."

„Ist es nicht!" Ihre Augen sind riesig und glasig. „Ich will es zu meinen Bedingungen. Meine Jungfräulichkeit, mein Abenteuer. Vielleicht heute Nacht!"

Ich flüstere ihr zu, verzweifelt bemüht, sie zu beruhigen. Ich bin sicher, dass hier Leute sind, die sie erkannt haben, und das wird ihrem Ruf nicht helfen. „Wie ist der Wein? Kannst du ihn schmecken, oder bist du zu betrunken, um zu bemerken, wie gut er ist?"

Sie setzt ihr Glas an und steckt ihre Zunge hinein, um zu schmecken. Mein Gott, alles, was sie tut, führt mich in Versuchung. Ich reiße meinen Blick los. Ich muss Alice bitten, Polly zurück in ihr Zimmer zu bringen, wenn sie zu betrunken ist.

Sie nippt an ihrem Wein und schmatzt mit den Lippen. „Schmeckt nach Wein." Sie trinkt das Glas aus und gibt es mir, als wäre ich ihr persönlicher Butler.

Jetzt habe ich in jeder Hand ein Glas, und als sie sich plötzlich an mich pflastert, bin ich in ihrer Umarmung gefangen. Eine heiße Welle durchströmt mich. Sie fühlt sich richtig an, gut, *perfekt*. Das ist ein Problem.

Sie sieht zu mir auf, ihre Arme um meine Mitte geschlungen. „Wir sind Magneten. Ich wusste es, seit wir uns begegnet sind."

„Magneten?", wiederhole ich verwirrt.

Sie lacht. „Ja. Es ist der Magnetismus, der mich dazu bringt, mich an dich zu pressen." Sie stellt sich auf ihre Zehenspitzen und flüstert mir ins Ohr: „Kann ich dir ein Geheimnis verraten?"

Ich unterdrücke ein Stöhnen, aber ich ziehe mich nicht zurück. Sie fühlt sich zu gut an. Außerdem wird sie sich am Morgen wahrscheinlich an nichts erinnern.

Sie flüstert mir so nah zu, dass mein Ohr vibriert. „Alice hat mir gesagt, dass du mich anhimmelst. Bedeutet das, dass sie den Magneten auch spürt?"

„Ja, sie ist gegenseitig." Sie seufzt glücklich, und ich füge hinzu: „Nicht, dass wir ihr nachgeben werden."

Sie umarmt mich fest und schmiegt ihre Wange an meine Brust. Es gefällt mir viel zu sehr. „Ich bin froh. Sonst wäre diese Umarmung so peinlich." Sie sieht zu mir auf. „Willst du mich nicht auch umarmen?"

„Meine Hände sind voll." Ich versuche, mich zurückzuziehen, doch sie bewegt sich mit mir. „Lass mich die Gläser abstellen."

Sie schmollt, nickt aber und beobachtet mich genau. Ich gehe zu einem kleinen Tisch, stelle die Gläser ab und drehe mich wieder zu ihr um. Sie hat ihre Arme für mich ausgebreitet, ein großes albernes Lächeln auf ihrem Gesicht, und wartet darauf, mich wieder zu umarmen. Ich würde über ihre Begeisterung lachen, wenn ich nicht so angetörnt wäre. Das ist in so vielerlei Hinsicht falsch – sie ist betrunken, sie ist praktisch verlobt, sie ist Jungfrau. Das ist keine Frau, mit der ich ungezwungen rummachen kann.

Ich nehme ihre Hand und führe sie zum Ende eines langen Sofas, damit sie sich setzen kann. Ich setze mich neben sie, und sie schiebt sofort ihre Finger in meinen Nacken und streichelt meine Haare. Ich bleibe nicht unberührt davon.

„Weich", sagt sie.

Ich nehme ihre Hand von meinem Nacken und drücke sie sanft, bevor ich sie auf die Sitzfläche drücke. „Hast du schon jemals so viel getrunken?"

„Oh, ich bekomme nie einen Kater. Ich bin sehr vorsichtig. Zwei Drinks, das war's."

„Ich habe vier gezählt."

Sie hält zwei Finger hoch. „Zwei Martinis." Sie senkt sie und hebt sie wieder. „Zwei Glas Wein."

„Das sind vier."

Sie grinst. „Nur zwei von jedem." Sie lehnt sich an meinen Arm. „Weißt du, was Alice sonst noch gesagt hat?"

Ich atme scharf aus. „Ich will es nicht wissen."

„Sie sagt, der Mund eines Mannes auf einem ist magisch."

Ich zucke zusammen, die Lust strömt durch mich, das Blut schießt durch meine Adern.

Sie hört nicht auf. „Es ist noch besser als ihr Vibrator, und der hat drei Stufen. Das habe ich auch nie ausprobieren können." Sie sieht mich erwartungsvoll an. „Weder das eine noch das andere. Nur meine eigenen Finger kreisen und kreisen und kreisen."

Ich bin steinhart. Ich reiße meinen Blick von ihrem los und sehe, wie der dünne Träger ihres Kleides von ihrer Schulter rutscht. Wie kann eine glatte Schulter so sexy sein? „Das habe ich jetzt nicht gehört", murmele ich. Jungfrau Pollys Dirty Talk. Nein. Ich habe nichts gehört.

„Ist dein Mund magisch?", flüstert sie.

Wenigstens flüstert sie. „Es ist spät. Wir sollten Alice bitten, dich zurück zum Hotel zu bringen."

„Wag es nicht, mich nach Hause zu schicken!" Sie richtet sich auf, steif wie ein Brett. „Ich habe den hören Rang von uns beiden. Ich bin eine Prinzessin."

Ich unterdrücke ein Lachen. „Ich bin ein Prinz. Das ist derselbe Rang."

„Ich werde bald Königin sein!" Es wäre wahrscheinlich eindrucksvoller, wenn ihre Zunge nicht so schwer wäre.

Ich neige meinen Kopf, um nahe an ihr Ohr zu sprechen. „Im Moment bist du eine betrunkene, notgeile, jungfräuliche Prinzessin, und leider muss ich hier der Vernünftige sein."

Sie schnaubt. „Ich werde einen anderen Magneten finden." Sie zeigt durch den Raum. „Der Mann da sieht mich auch an."

Ich sehe mich um. Ein paar Gäste blicken in unsere Richtung und tuscheln. Sie müssen zumindest etwas von dem gehört haben, was sie gesagt hat.

Ich lege einen Arm um sie und ziehe sie vom Sofa. „Lass uns an einen privateren Ort gehen."

Ihre Augen leuchten. „Endlich sind meine subtilen Botschaften bei dir angekommen."

„Ja, ich hab's verstanden."

Nach einem kurzen Gespräch mit Adrian gestikuliere ich Polly, mir nach oben zu folgen.

Auf halbem Weg die Treppe hinauf verkündet sie: „Vaughn, ich brauche Abstand für intime Angelegenheiten."

Ich drehe mich um, und ihr Bodyguard mustert mich. Ich bemühe mich um ein unschuldiges Gesicht. Ich mag scharf auf sie sein, aber ich werde der Versuchung nicht nachgeben.

„Bitte", sagt Polly leise.

Er nickt und bleibt auf dem Treppenabsatz stehen.

Sie stößt gegen meinen Rücken und schiebt mich nach oben. „Beeil dich, bevor Vaughn seine Meinung ändert."

6

———————

Polly

Mein Herz rast und mein Kopf *schwimmt* in Martinis, Wein und Oscars sexy Duft. Diese Nacht wird immer besser. Zuerst hatte ich eine tolle Zeit mit Alice und Lina bei unserer Flappergirl-Nacht in den Zwanzigerjahren, auch bekannt als meine Junggesellinnenabschiedsparty, und jetzt werde ich etwas Schmutziges machen. Ich bin allein mit Oscar! Unerhört! Ich habe nie um Zeit allein mit einem Mann gebeten. War nie versucht gewesen. Es war Alice, die mich dazu gebracht hat. Sie schwört, es gibt nichts Besseres als einen Mann, der es einem mit der Zunge macht. Und genaugenommen ist das kein Sex. Zumindest nicht die Art, die der königliche Arzt bemerken würde. Ziemlich sicher. Lina hat Alice' Einschätzung voll und ganz zugestimmt und bestätigt, dass es auch heiß sei, den Gefallen zu erwidern. Das hat Louis' Aufmerksamkeit erregt, und die beiden haben für den Rest der Zeit, die wir an der Bar waren, sehnsüchtige Blicke ausgetauscht. Sie sind wahrscheinlich gerade damit beschäftigt, Gefälligkeiten auszutauschen. Es war praktisch alles, woran ich seitdem denken konnte. Für mich meine ich, nicht Lina. Ich glaube Alice auch. Sie war todernst, als sie das gesagt hat, und ihre Wangen waren grellrot. Ein verräterisches Zeichen echter Ehrlichkeit.

Oscar war heute Abend sehr aufmerksam, und wem versuche ich etwas vorzumachen? Er sieht so aus, als wäre er sexuell nicht unbedarft. Wenn es jemals einen idealen Kandidaten für einen sexuellen Gefallen gegeben hat, dann ihn. Außerdem ist er warmherzig und freundlich und spricht Französisch. Ideal hoch drei oder vier! So viel Ideales! Ich wusste nicht, wie ich Oscar bitten sollte, mir zu helfen, deshalb habe ich einfach wiederholt, was Alice gesagt hat. Ich bin so froh, dass sie nicht weiß, wann man besser mit dem Erzählen aufhören sollte. Jetzt kann ich ein Abenteuer haben, und es ist von der Art, die keine schlimmen Konsequenzen hat. Ein Gewinn für alle Jungfrauen dieser Welt!

Wir kommen im Flur oben an. Das Licht geht an, und ich sehe zwei Räume mit geschlossenen Türen. „Welches Zimmer?", frage ich.

Er schüttelt den Kopf, ein Lächeln umspielt seine Lippen. „Du hast Glück, dass du bei mir bist. Komm." Er nickt zum Ende des Flurs.

„Ich *habe* Glück."

Ich höre ihn leise lachen, als ich ihm zu einer angelehnten Tür folge und er sie aufstößt. Ich bin mir nicht sicher, warum er lacht. Vielleicht kann er Komplimente nicht gut annehmen, und sie bringen ihn unbeholfen zum Lachen. Oh! Es gibt noch eine Treppe. Ich folge ihm. Sein Po ist süß in seiner schwarzen Hose. Vorhin konnte ich ihn nicht so gut sehen, als sein Jackett ihn bedeckt hat. Hey! Wir sind auf einer Dachterrasse. Nur ein paar Paare sitzen hier oben auf Chaiselongues, entspannen sich und genießen die Aussicht.

Er geht zu einem runden Tisch mit einem Sonnenschirm und zieht zwei gepolsterte Stühle herum, damit wir einen Blick auf das Meer haben. Ich setze mich, und er nimmt neben mir Platz.

„Hier oben ist es nicht sehr privat", flüstere ich. „Da sind noch andere Paare." Ich blicke hinter uns. „Und der Sonnenschirm ist zugeklappt, also kann man sich nicht dahinter verstecken."

Er neigt den Kopf. Mr Cool ist kurz davor, öffentlichen Sex zu haben. Vielleicht hat er irgendwas Verstecktes im Sinn.

Dass er vor mir kniet und ich mein Kleid ein bisschen hochschiebe, zum Beispiel. Ich werde heiß, wenn ich nur daran denke. Moment, er weiß, dass er es mir mit der Zunge machen soll, oder? Vielleicht war ich zu subtil. Ich meine, ich wollte ausdrücklich, dass *er* es tut, nicht irgendein Mann, der mich ansieht. Das war ein totaler Bluff. Oscar ist seit Tagen mein Magnet. Seit zwei Tagen, genau genommen. Seit wir uns kennengelernt haben.

Ich sehe ihn an. Er hat ein kleines wissendes Grinsen im Gesicht.

Ja, er weiß es. Wir können gleich zur Sache kommen.

Ich schiebe mein Kleid hoch, fast bis zu meinem schlichten weißen Höschen. „Dann eben in der Öffentlichkeit", sage ich kühl und ungezwungen. Mein Atem geht etwas schwerer. Ich starre auf das Meer und vibriere fast vor Vorfreude.

Seine Stimme wird leiser. „Wir sind hier, weil weniger Leute auf der Terrasse sind, die Prinzessin Polly Lyon über Oralsex und jungfräuliche Abenteuer reden hören können. Jetzt kannst du sagen, was du willst, ohne dass es dich später in den Allerwertesten beißt. Du trägst vielleicht ein Flapperkleid, aber ich würde wetten, dass die Leute wissen, wer du bist."

Die Luft ist raus. „Also sind wir nicht hier, um ..."

„Nein."

Argh. Das ist sooo enttäuschend. Es ist fast so, als hätte ich eine Anstandsdame gegen eine andere ausgetauscht. Ich hätte schwören können, dass er der Typ für alles ist. Hat Anna nicht gesagt, dass er der Partylöwe ist? Mist. Vielleicht meinte sie die Art Löwe, die brüllt, aber nicht beißt. Typisch für mein Glück.

Aber er duftet so gut. Ich sehe ihn entspannt und sexuell selbstbewusst an. Ich wette, er ist gut mit der Zunge, und er enthält es mir absichtlich vor.

Ich sehe ihn finster an. „Ich bezweifle, dass mich jemand ohne meinen Schleier und mit nackten Schultern erkennt."

„Du musst auch einen Schleier tragen?", fragt er leise.

Ich ignoriere den Anflug von Mitgefühl in seiner Stimme. „Zweitens bin ich erst nach der obligatorischen sechswö chigen Werbung offiziell verlobt. Wenn es das ist, das dich dazu bringt, mir oralen Sex vorzuenthalten, brauchst du dir darüber keine Gedanken zu machen."

Er reibt sich den Nacken. „Anna sagt, du hast gerade deinen MBA gemacht."

„Und?"

„Du musst also ein Interesse am Geschäft haben. Was könnten wir tun, um unser Casino von dem abzuheben, was die Leute hier in Monte Carlo bekommen können?"

Ich blinzele ein paarmal. „Du willst meine Meinung zu geschäftlichen Angelegenheiten?"

„Ja. Es ist besser, als mit dir über Nicht-Sex zu reden. Und übrigens, auch das zählt immer noch als Sex. Lass dir da von niemandem etwas anderes einreden."

Ich beuge mich vor und will mehr. Ich mag es, dass er mich nach dem Geschäft gefragt hat, aber ich habe immer noch diesen Reiz in mir, diese Anziehung, die mich nicht loslässt.

Er kneift mein Kinn, seine aquamarinblauen Augen liegen warm auf meinen. „Polly."

Meine Lippen öffnen sich. Ich werde so selten berührt. Die unberührbare Prinzessin, hochgehalten als Inbegriff der Tugend. „Ja?"

„Ich versuche wirklich, hier der Vernünftige zu sein. Können wir bitte über etwas anderes sprechen?"

„Okay", flüstere ich.

Er lässt seine Hand sinken. „Also, ich denke, was man hier in Monte Carlo bekommen kann, ist Glamour der alten Welt. Was ist, wenn wir in die andere Richtung gehen und unser Casino hochmodern machen, mit der neuesten Technologie ausgestattet, dem neuesten Gaming, während wir immer noch die Klassiker haben? Wir könnten sogar Online-Poker haben, das Spieler aus der Ferne anzieht und ihnen vielleicht mit einem Rewards-Programm einen Anreiz gibt, persönlich zu kommen."

Mein Hals schnürt sich zu. Da ist einfach etwas so Schönes dran, über Geschäfte zu reden. „Ich habe einen MBA und einen Abschluss in Wirtschaftswissenschaften, und du bist der Erste außerhalb eines Hörsaals, der meine Meinung zu geschäftlichen Angelegenheiten hören will."

Er reibt sich das stoppelige Kinn. „Du bist intelligent."

Ich richte meine Schultern aus und straffe meine Haltung. „Das bin ich."

„Also, was denkst du?"

„Ich denke, und vergiss nicht, dass ich gerade ein bisschen beschwipst bin, aber ich denke, du solltest in Richtung Brooklyn Hipster gehen. Mach es cool, mach es lässig, mach es so, dass es Spaß macht. Aber auch traditionell."

„Bist du jemals in Brooklyn gewesen?"

„Nein, aber ich habe darüber gelesen. Ich finde es faszinierend. Dort ist das Interesse an traditioneller Kunst und Handwerk wieder aufgeflammt. Zum Beispiel traditionell hergestellte Gourmetgurken."

Er lacht. „Gurken."

Ich lächle. „Ja, aber hör mir zu. Villroys Stärke liegt in seiner langen, stolzen Geschichte. Warum das nicht auch eine Rolle spielen lassen? Vielleicht was mit Wikinger-Dekor oder Essen. Historische Akzente mit einer coolen, entspannten Atmosphäre. Ich wette, Alice könnte bei all dem Geschichtskram helfen. Ich brainstorme nur." Ich stoße seine Brust an, überrascht, wie hart sie ist. „Du solltest mich morgen nochmal fragen, wenn mein Kopf nicht so benebelt ist." Ich stoße ihn wieder an. „Warum ist deine Brust so hart?"

Er grinst. „Was hast du erwartet? Dass sie weich ist?"

Ich blicke geradeaus und merke jetzt, warum ich überrascht bin. Weil ich in meinem Leben nur wenige Männer berührt habe und sie alle nicht so fit waren wie er. Natürlich ist er ein Athlet. Ich hatte drei Küsse mit weichen Männern und habe kein einziges Mal Leidenschaft empfunden. Das deprimiert mich.

Jetzt stößt er meine Schulter an. „Weißt du was? Deine Idee für das Casino gefällt mir."

Mein Blick wandert zu seinem. „Wirklich?"

Er nickt. „Ich habe Verwandtschaft in Brooklyn. Vielleicht sollte ich ihnen einen Besuch abstatten und mir die Szene da ansehen. Ich habe sie nie kennengelernt, aber ich habe durch meine Schwester Silvia viel von ihnen gehört. Sie lebt in den USA."

„Wieso hast du sie nie kennengelernt?"

Und dann erzählt er mir die Art von Geschichte, die mich tief in meiner Seele trifft. Sein Onkel, der einstige Thronfolger von Villroy, hat sich in eine Bürgerliche verliebt, eine Frau aus Brooklyn. Seine Eltern wollten die Ehe nicht zulassen. Er war gezwungen, den Thron aufzugeben, um seine Liebe zu heiraten. Er zog mit ihr nach Brooklyn und wurde für immer von Villroy verbannt. Seine ganze Familie war unerwünscht, und keiner seiner Söhne genoss den Reichtum oder das Privileg, das ihr Geburtsrecht war. Es ist eine warnende Geschichte, die mir klar macht, dass ich heute Abend dumm mit dem Feuer gespielt habe.

„Danke, dass du heute Abend der Vernünftige bist", sage ich düster. „Ich bin in einer ähnlichen Position wie dein Onkel, nur, dass ich nicht auf der Suche nach Liebe bin. Ich will nur das, was mir rechtmäßig gehört. Wenn ich den für mich ausgewählten Mann nicht heirate, verliere ich mein Geburtsrecht. Ähnlich wie dein Onkel." Meine Stimme klingt bitter. „Und ich werde ins Exil gehen, bevor ich mitansehen muss, wie mein Cousin den Thron besteigt."

Er runzelt die Stirn. „Dein Cousin würde den Thron besteigen, wenn du diesen Mann nicht heiratest? Warum?"

„Weil mein Cousin ein Mann ist. Ein achtzehnjähriger, unerfahrener, schlecht vorbereiteter, unreifer Mann, aber anscheinend ist das immer noch besser als eine alleinstehende Frau."

Er versteift sich. „Weiß dein Königreich nicht, dass sich die Welt vorwärts bewegt hat? Frauen haben an vielen Orten Führungspositionen."

„Unsere Traditionen machen unser Königreich stark", sage ich automatisch.

Er starrt mich einen langen Moment an. „Bist du deshalb letztes Jahr mit einer falschen Identität in die USA geflohen? Um deine Hochzeit mit ihm hinauszuzögern?"

„Ja. Natürlich kann ich nicht für immer wegbleiben. Es ist

Zeit. Mein Vater möchte abdanken. Seine Parkinson-Krankheit wird immer schlimmer."

Sein Blick ist auf mich gerichtet, seine Stimme eindringlich. „Es ist falsch, und ich finde es furchtbar, dass du in dieser Position bist."

Etwas in mir reißt auf, die Luft rauscht aus meinen Lungen. Meine Augen brennen. Hier ist ein Mann, der glaubt, ich hätte ein Recht auf den Thron, einer, der mich nach meiner Meinung zu geschäftlichen Angelegenheiten fragt und mich ernst nimmt. Er ist so viel mehr als ein Partylöwe. Er ist wunderbar.

„Danke", bringe ich heraus und wende meinen Kopf ab. Ich versuche, sie zurückzuhalten, aber eine Träne rollt trotzdem über meine Wange.

„Weinst du?"

„N-nein."

„Okay."

Und dann legt er seinen Arm um meine Schultern und zieht mich an sich. Ich schließe die Augen und schmiege meine Wange an seine warme, harte Brust. Zum ersten Mal in meinem Leben fühle ich mich unterstützt. Und das Traurige ist, ich kann mich nicht erinnern, wann ich das letzte Mal gehalten wurde. Ich fühle mich innerlich wachsweich.

„Ich bin nicht die Prinzessin, die ich sein sollte", sage ich an seiner Brust. „War ich noch nie."

Sein Arm legt sich fester um mich. „Du bist genau richtig, wie du bist. Lass sie dir das *nicht* wegnehmen."

Ich hebe meinen Kopf. „Was wegnehmen?"

„Dein Licht. Du strahlst vor Lebensfreude. Halte daran fest, egal was passiert. Sowas ist selten."

Ich kuschle mich näher an ihn, weil es so klingt, als ob er mich für etwas Besonderes hält. Mein ganzes Leben lang habe ich mich wie ein Zahnrad in einer Maschine gefühlt, das viel stärker ist als ich. Ich möchte dieses neue Gefühl nie verlieren. Ich schließe meine Augen und sauge es so lange in mich auf, wie er es zulässt, was sich als sehr lange herausstellt. Ich schlafe fast, als ich eine tiefe Stimme sagen höre: „Da seid ihr ja!"

Oscar richtet sich sofort auf und nimmt seinen Arm von mir. „Hey, Lucas, wir genießen nur die Aussicht."

Ich spüre sofort den Verlust. Und werde dieses Gefühl vielleicht nie wieder haben.

~

Oscar

Meine Brüder und Alice haben meine Zeit auf dem Dach mit Polly unterbrochen, und es ärgert mich mehr, als es vernünftig wäre. Es ist nur so, dass ich Polly trösten konnte, und es fühlte sich gut an. Niemand wendet sich jemals an mich, um sich trösten zu lassen. Ich bin der Typ, mit dem man feiert oder lacht, nicht der, an den man sich in einer Zeit der Not wendet.

„Sieht nicht gut aus für Charles' Investition", sagt Lucas. „Er ist gerade knapp bei Kasse, weil er in ein anderes Casino investiert hat, das bald hier eröffnet wird."

„Scheiße", sage ich. „Kein Wunder, dass er sich heute Abend kaum Zeit für uns genommen hat."

„Wir werden uns morgen trotzdem noch mit ihm treffen", sagt Adrian. „Er hat möglicherweise Leads für andere Investoren, und ich will jeden Rat hören, den er für das Casino-Geschäft hat."

„Sicher", sage ich ausdruckslos, obwohl ich den Sinn nicht sehe. Wir wollen jemanden, den wir kennen, nicht nur jemanden mit Geld.

Polly meldet sich zu Wort. „Ich könnte investieren."

Alice wedelt mit dem Finger. „Polly, Trinken und Investieren sind keine gute Kombination."

„Ich bin schon wieder ziemlich nüchtern", sagt Polly.

„Oh, ich fliege immer noch ganz hoch", sagt Alice. „Wahrscheinlich, weil ich diese Pralinen gegessen habe. Sie waren wie kleine Schnapsflaschen mit Drinks drin."

Lucas küsst sie auf den Kopf. „Da ist kaum Alkohol drin, Darling."

Ich wende mich Polly zu. „Hast du eigene Mittel? Musst du dir keine Genehmigung von jemandem zu Hause holen?"

So streng bewacht, wie sie ist, stelle ich mir vor, dass ihr Geld noch strikter verwaltet wird.

Sie presst die Lippen zusammen. „Ich erhalte erst dann vollen Zugang zu meinem Geld, wenn ich heirate."

„Und dann wird dein Mann mitreden wollen", warne ich.

Sie hebt einen Finger. „Schreib mich noch nicht ab. Lass mich darüber nachdenken und einen Weg finden. Ich möchte morgen zu eurem Meeting mitkommen, um zu sehen, was Charles über das Casino-Geschäft zu sagen hat."

Ich sehe Adrian fragend an. Er kennt Charles von uns allen am besten.

„Sicher, einer mehr bei unserem Meeting macht ihm sicher nichts aus", sagt Adrian.

Polly lächelt, doch sie sieht besorgt aus. Wahrscheinlich überlegt sie, ob es überhaupt eine Möglichkeit für sie ist zu investieren. Sie will ihren Geschäftssinn einsetzen, doch ihr rückständiges Königreich hält sie wieder zurück. Ein Teil von mir möchte sie davor retten, sie einfach da rausholen und sie frei leben lassen, aber ich weiß, dass sie das nicht will. Sie will ihr Geburtsrecht – das Recht Königin zu sein. Das würde ich auch wollen, wenn ich Erbe eines Königreichs wäre. Ich wünschte nur, ich könnte mehr tun.

„Jemand Lust, in einen Nachtclub zu gehen?", fragt Adrian uns.

„Ja!", kreischen Polly und Alice gemeinsam und dann: „Jinx!" Sie versetzen sich gegenseitig einen Klaps auf den Arm und dann: „Au!"

Ich schmunzle. „Lasst uns gehen."

Wir gehen nach unten, um uns von Charles zu verabschieden, und sehen, dass er sich mit einer Gruppe schöner Frauen unterhält, die Arme um zwei von ihnen gelegt. Er ist Ende dreißig mit sonnengebleichten Strähnen in seinen braunen Haaren und einem extrem weißen Zahnpastalächeln. Ich wette, er bekommt Post-Party-Action zusätzlich zu der Action, die er bereits oben hatte.

„Wir machen uns auf den Weg", sagt Adrian. „Vielen Dank, wir sehen uns morgen."

„Natürlich", sagt Charles mit starkem Akzent. Er zieht

sich von den Frauen zurück und geht auf Polly zu. „Wo hast du dich den ganzen Abend versteckt? Bitte sag mir deinen Namen."

Polly lächelt höflich. „Ich bin Polly, sehr schön dich kennenzulernen. Ich werde morgen beim Meeting dabei sein."

Er nimmt ihre Hand und küsst sie auf den Rücken. Das ist meine Nummer. Es sieht so falsch aus, wenn er es tut. „Du siehst so vertraut aus. Bist du eine Adlige wie deine Freunde? Du hast so eine majestätische, anmutige Ausstrahlung."

„Ja", sagt sie nur.

Er lässt ihre Hand sinken und schiebt sich in ihre persönliche Distanzzone, wie man es so gar nicht mit Frauen aus dem Hochadel tun sollte. Arsch. „Woher kommst du?"

Sie sieht ihm in die Augen, während sie diskret zurückweicht. „Beaumont Isles."

„Beaumont?" Er wechselt zu Französisch. „Ein beliebtes Urlaubsziel. Du bist die Prinzessin mit dem Schleier und den züchtigen Kleidern." Er deutet auf ihre Haare. „Was ist passiert? Die Luft von Monte Carlo hat dich befreit." Er lächelt und zeigt seine gebleichten weißen Zähne. Meine eigenen Zähne knirschen.

Polly nickt. „So ähnlich. Ich liebe Monte Carlo. So viel Energie und Aufregung in der Luft."

„So viel Leben in dir." Er gestikuliert vor ihrem Körper, nah, aber ohne sie zu berühren. Ich schaffe es gerade so, mir zu verkneifen, seine Hand wegzuschlagen. „Die Aura eines glitzernden Geistes."

Aura? Oh bitte! Doch sie *hat* ein Leuchten. Ich denke, ich bin nicht der einzige, der es bemerkt.

„Gute Nacht", sage ich.

Polly macht einen Schritt zurück. „Ja. Danke nochmal. Gute Nacht."

„Gute Nacht, meine Schöne", sagt er mit heiserer, suggestiver Stimme.

Sie dreht sich um und geht. Wir alle folgen ihr.

„Passiert dir das oft?", frage ich sie. „Irgendwelche Typen, die dich angraben?"

Sie sieht überrascht aus. „Nicht wirklich. Ich meine, ein paarmal auf dem College, aber Marge ist ein gutes Abwehrmittel gegen Männer."

Ich schneide eine Grimasse. „Sein Verhalten war unangemessen. Du hast ihm gesagt, dass du an einem geschäftlichen Meeting mit ihm teilnehmen wirst, und er hat ganz widerlich mit dir geflirtet. Er hätte sich professionell verhalten sollen."

„Vielen Dank für deine Einschätzung der Situation", sagt sie sachlich.

Ich versteife mich. Ich habe nur versucht, ihr zu helfen.

Wir erreichen den Aufzug, und ich trete mit meinen Brüdern beiseite und lasse den Frauen den Vortritt. „Du hörst dich eifersüchtig an", sagt Adrian leise zu mir. „Reg dich ab."

Ich schieße ihm einen finsteren Blick zu. *Eifersüchtig*. Ich war noch nie in meinem Leben eifersüchtig. Charles hat sich daneben benommen. Außerdem hat er bei Polly keine Chance. Sie ist praktisch verlobt.

Ich steige in die Aufzugskabine und sehe Polly an. Sie zwirbelt ihren langen Pferdeschwanz um ihren Finger und macht eine einzelne Korkenzieherlocke daraus. Wenn ich daran ziehen würde, würde sie wahrscheinlich zurückspringen. Ihr Bodyguard steht in der Ecke hinter ihr.

Ich schiebe meine Hände in meine Taschen und blicke geradeaus. Ich kann sie immer noch am Rand meines Sichtfeldes sehen — dunkles Haar, samtige Haut, silbernes Kleid. Was ist, wenn sie Charles bittet, es ihr mit dem Mund zu machen? Warum war ich so verdammt vernünftig? Ich hätte es tun sollen. Man kann eine Menge tun, ohne tatsächlich … Nein. Ich muss sie vor lüsternen Männern schützen, und das schließt mich mit ein.

Ich sehe sie von der Seite an, und unsere Blicke begegnen sich für einen elektrisierenden Moment. Die Anziehungskraft ist ein lebendiges, atmendes Ding zwischen uns. Ihr Blick ist fast … sehnsüchtig, bevor ihre Wimpern flattern und sie die Lider senkt.

Ich schlucke schwer. Ich muss das Richtige tun, obwohl mich jede Zelle in meinem Körper zu ihr zieht.

„Wir sollten heute Abend nach Vegas-Style durchbrennen!", kündigt Alice an.

Lucas lächelt breit. „Im Ernst?"

Alice strahlt. „Ja! Lass uns heiraten!"

„Bist du betrunken?", fragt er sanft.

Sie hält ihre Finger hoch und zeigt einen winzigen Zwischenraum zwischen Zeigefinger und Daumen an. „Nur ein bisschen, aber ich will dich heiraten."

Lucas schluckt sichtlich. „Alice, Darling, ich würde nichts lieber tun, als dich zu heiraten, aber du kannst in Monte Carlo nicht nach Vegas-Style heiraten. Das geht hier rechtlich nicht."

Sie lässt die Schultern hängen. „Oh."

Ich tausche einen amüsierten Blick mit Adrian aus. Es ist bizarr, auf beengtem Raum im Aufzug eine Art Heiratsantrag mitanzusehen.

Die Türen öffnen sich, und wir treten in das Foyer aus weißem Marmor.

„Es ist besser, nicht durchzubrennen", sagt Lucas. „Du willst deine Eltern doch bei unserer Hochzeit dabeihaben, oder?"

„Ja", gibt Alice zu. „Es war einfach so romantisch, von einem Monte-Carlo-Moment mitgerissen zu werden, aber du hast recht. Eine Blitzhochzeit wäre nicht so romantisch wie eine mit allen, die wir lieben."

Lucas geht ein paar Schritte vor ihr her und bleibt dann in der Mitte im Foyer stehen und signalisiert uns zu warten.

Wir alle bleiben stehen und starren ihn an.

Er winkt Alice mit einem Finger zu sich, und sie eilt auf ihn zu. Er nimmt ihre Hand und spricht mit einer klaren Stimme, so laut, als wollte er, dass die ganze Welt es hört. „Ich habe auf dein Signal gewartet, und du hast es mir gerade einfach gegeben. Ich liebe dich. Es wird nie wieder eine andere für mich geben. Du bist meine Geliebte, mein Leben, mein Alles. Süße Alice, ich werde den Rest meines Lebens jeden Tag damit verbringen, deine Realität besser zu machen als Fiktion." Sehr passend für eine Romanautorin.

„Oh süßer Lucas", sagt sie seufzend.

Und dann überrascht er uns alle, indem er auf ein Knie geht und eine kleine Samtschachtel aus der Innentasche seines Jacketts zieht.

Alice schlägt sich die Hand vor ihren Mund. „Lucas!" Sie lässt die Hand fallen. „Hast du diesen Ring etwa die ganze Zeit mit dir rumgetragen?"

„Ich habe gewartet", sagt er heiser. „Ich habe noch nie in meinem Leben etwas so sehr gewollt." Er öffnet die Schachtel und hält ihr einen runden Diamanten in einer Platinfassung entgegen. „Alice Segal, willst du mir die große Ehre erweisen, meine Frau zu werden?"

„Ja!", schnieft sie.

Er schiebt den Ring an ihren Finger, steht auf und zieht sie für einen leidenschaftlichen Kuss in seine Arme.

Ich wende den Blick ab. Adrian lächelt. Unsere Wache und die beiden Wachen des Gebäudes auch. Pollys Bodyguard ist teilnahmslos. Und Polly ... meine Brust schnürt sich zu. Ihre Arme sind verschränkt, als ob sie sich selbst umarmt, ihre Lippen aufeinandergepresst. Sie wischt eine Träne mit der Faust weg, als wären ihre Gefühle in diesem Moment ein Ärgernis. Sie wird niemals das haben, was Lucas und Alice haben, niemals eine Wahl bekommen. Mit tut weh, dass ihr das entgeht, was seltsam ist. Es ist nicht so, als wäre ich jemals verliebt gewesen, aber zumindest weiß ich, dass es möglich ist.

Ich wende mich wieder Lucas und Alice zu und hoffe, dass sie mit dem Küssen fertig sind.

Lucas hält Alice' Gesicht in seinen Händen. „Ich liebe dich."

„Ich liebe dich auch!", weint sie. „So sehr. Es ist verrückt, wie sehr." Sie schluchzt, und dann küsst sie sein ganzes Gesicht.

Sie umarmen einander und flüstern leise.

Ich bekomme einen Kloß im Hals, und meine Augen brennen. Zum ersten Mal in meinem Leben sehe ich den Reiz, mich an jemanden zu binden. Selbst, wenn man nur zusieht, ist es ein starker Moment.

Lucas dreht sich mit einem Lächeln und feuchten Augen zu uns um. „Ich denke, wir gehen jetzt zurück ins Hotel."

„Herzlichen Glückwunsch", sagt Polly lächelnd und eilt zu Alice.

Adrian und ich schließen uns verspätet mit unseren Glückwünschen an.

Dann machen wir uns alle auf den Weg, und Lucas und Alice vor uns unterhalten sich leise und intim miteinander.

„Ich werde auch schlafen gehen", sagt Polly mit einem angespannten Lächeln. „Ich bin müder, als ich dachte. Gute Nacht." Sie eilt voraus, um sich Alice und Lucas anzuschließen.

„Dann lassen wir das mit dem Nachtclub", sagt Adrian zu mir. „Willst du mit an den Terrassentisch?"

Das ist der High-Stakes-Pokertisch. Adrian gewinnt regelmäßig da. Ich möchte jetzt nichts riskieren, da ich eine Investition habe, die ich tätigen möchte.

Ich schüttle den Kopf. „Nein danke. Ich gehe auch zurück ins Hotel."

„Komm schon", sagt er. „Eine Hand. Es ist noch früh."

Er hat recht. Es ist noch nicht einmal Mitternacht, und ich bin eine Nachteule. „Okay. Eine Hand." Es ist nicht so, als würde ich mit Polly rumhängen. Wir hatten unseren Moment auf der Dachterrasse, und es hat keinen Sinn, mehr Zeit mit ihr zu verbringen, wenn sie für einen anderen bestimmt ist.

Pollys Bodyguard begleitet Lucas, Alice und Polly zum Hotel. Adrian und ich gehen ins Casino, gefolgt von unserer Wache.

Sobald wir im Casino sind, werden wir sofort von ein paar Frauen begrüßt, die Adrian kennt. Zwei junge, hübsche, flirtende Frauen, die Spaß haben wollen. Ich kann nicht einmal zurückflirten, weil ich nur Pollys betretene Miene nach Lucas' Antrag vor mir sehe.

Ich entschuldige mich und überlasse Adrian den beiden Frauen. Ich erkenne mich kaum wieder und verlasse die Party früh.

Das war eine wirklich seltsame Nacht.

7

Ich gebe einem handgeschriebenen Businessplan den letzten Schliff, lehne mich im Schreibtischstuhl in meinem Hotelzimmer zurück und lächele vor mich hin. Ich habe während des Mittagessens gearbeitet, um mich auf das Meeting mit Charles vorzubereiten. Ich möchte auf jeden Fall in das Casino von Villroy investieren. Ich liebe alles daran – die potenziellen Einnahmen, die Energie und die Aufregung des Casinos selbst, all die beweglichen Teile, die mit dem Aufbau von Grund auf verbunden sind. Wann werde ich jemals wieder eine Gelegenheit für ein solches Geschäft haben?

Ich habe einige der Investitionen zu Hause gesehen und habe eine Vorstellung von dem Kapital, das für den Bau und den Betrieb eines gut besuchten Resorts benötigt wird. Ein Casino mit einem Restaurant könnte in kleinerem Maßstab vergleichbar sein. Wenn ich die Mittel bekommen könnte – und das ist ein großes *Wenn* –, wäre das eine fantastische Investition und ein Hedgegeschäft gegen die Investitionen in der Heimat, die immer Stürmen ausgesetzt sind, und touristisch ruhigere Jahreszeiten erleben. Villroy hat keine Sturmsaison. Außerdem gibt es auf Beaumont keine Casinos – Glücksspiel ist dort illegal –, also ist das eine Diversifizierung.

Und es ist Annas Königreich. Ich würde sie durch die Investition unterstützen. Ich wäre jedoch kein stiller Partner. Ich möchte ein Drittel, gleichberechtigt mit Oscar und Adrian. Ich hoffe, ich kann sie überzeugen, mich einsteigen zu lassen. Adrian kennt sich mit Glücksspiel aus. Ich bin mir nicht sicher, was Oscar mit an den Tisch bringt, aber er ist intelligent, und ich mag ihn.

Ich falte meinen Entwurf zusammen und stecke ihn in meine Handtasche. Ich bin alleine hier im Zimmer, und Vaughn wartet vor der Tür. Lina isst mit Louis zu Mittag. Sie haben die Nacht zusammen verbracht. Ich habe heute Morgen alles darüber gehört, als Lina, Alice und ich Monaco erkundet haben. Lina hat gestrahlt und gestanden, dass sie halb in ihn verliebt ist. Sie sagt, er ist ein sanfter Riese, der ihr das Gefühl gibt, sicher zu sein. Ich habe es kaum geschafft, für sie zu lächeln. Ich gebe zu, ich beneide sie um die Freiheit, jemanden zu ihren eigenen Bedingungen zu genießen. Es hat wahrscheinlich nicht geholfen, dass Lucas' liebevoller Antrag für Alice mich letzte Nacht fast zum Heulen gebracht hat.

Wenn ich nur ein bisschen Geld aufbringen könnte, wären alle meine Probleme gelöst. Ich könnte die Schulden meiner Eltern zurückzahlen und Peter effektiv aus meiner Zukunft verbannen – und ich könnte Teil eines wirklich coolen Geschäfts sein, das letztendlich Gewinne erwirtschaften würde, die ich in mein Königreich fließen lassen könnte. Ich könnte meinen eigenen Ehemann wählen und den Thron zu meinen Bedingungen besteigen. Ich unterbreche mich, bevor ich mich zu sehr hineinsteigere. Neue Chancen bedeuten neue Möglichkeiten für eine andere Zukunft, aber ich muss vorsichtig sein – bedacht und strategisch vorgehen –, wenn ich diesem neuen Weg folge.

Ich verlasse mein Zimmer und nicke Vaughn zu, der mir folgt, während ich die Treppe hinunter gehe. Charles' Büro befindet sich im ersten Stock des Casinos nebenan, und ich treffe Oscar, Adrian und Lucas im Atrium, bevor wir zusammen rübergehen.

Wenn ich die Brüder sehe, die alle das gleiche dicke dunkelbraune Haar haben und ähnlich gebaut sind, fällt mir auf, wie nahe sie einander stehen. Als ich zu ihnen stoße, finde ich sie in unbeschwertem Geplänkel vor – ein Lächeln von Lucas, ein Nicken von Adrian, und Oscar lacht laut auf. Er amüsiert sich auf eine Weise, die ich gerne erleben würde.

Oscar dreht sich um und entdeckt mich zuerst. Und dann lächelt er nur für mich, ein wunderschönes, sexy Lächeln, das seine aquamarinblauen Augen zum Strahlen bringt. Ich schwebe fast durch den Raum und sonne mich in diesem warmen Lächeln.

„*Bonjour, Oscar*", sage ich, als ich ihn erreiche.

„Zurück zu Französisch?", fragt er auf Englisch.

Ich blinzele. Normalerweise fange ich nicht wieder an Französisch zu sprechen, bevor ich wieder zu Hause bin. „Oh, tut mir leid. Keine Ahnung, wo das herkam."

Seine Lippen krümmen sich gerade so weit, dass die Vertiefung eines Grübchens in seiner stoppeligen Wange zum Vorschein kommt. Das hatte ich vorher nicht bemerkt. „Wir haben gestern Abend auf der Party auf Französisch gesprochen. Vielleicht liegt es daran."

„Ja. Das muss es sein." Aber ich bin beunruhigt. Französisch ist meine Muttersprache, und ich spreche es instinktiv, wenn ich beschwipst oder in Not bin, doch gerade bin ich weder das eine noch das andere.

„Wie geht's dir nach der letzten Nacht?", fragt er leise.

Ich lächle. „Kein Kater, wenn du das meinst. Ich habe viel Wasser getrunken, als ich zurück ins Zimmer gekommen bin, um zu verhindern, dass dehydriere."

Adrian und Lucas begrüßen mich, und ich sage verspätetet Hallo.

Adrian sagt: „Lasst uns gehen", und geht voran.

Wir folgen ihm durch eine Tür nur für Mitarbeiter und dann durch einen langen Flur mit einer Reihe von Büros mit offenen Türen. Ich bin gespannt zu hören, was Charles zu sagen hat. Ich interessiere mich nicht für andere mögliche Investoren, die er uns vor der Nase baumeln lassen könnte. Ich möchte seinen Einblick in das Casinogeschäft bekommen.

Als wir sein Büro betreten, kommt Charles hinter seinem Schreibtisch hervor, um uns zu begrüßen. Er wendet sich mir zu und streckt mir seine Hand entgegen. Er will meine an seine Lippen heben und küssen.

Ich lasse es jedoch nicht zu und begrüße ihn mit einem festen Händedruck. „Hallo. Schön dich wiederzusehen, Charles."

„Dich auch", murmelt er. „Bitte, setzen wir uns." Er deutet auf einen runden Tisch in der Ecke des Raumes.

Ich gehe hinüber, und Charles rückt mir meinen Stuhl zurecht, während ich Platz nehme. „Danke."

„Ist mir ein Vergnügen", sagt er herzlich an meinem Ohr.

Er ist ein Flirter, doch es ist mir egal. Ich bin geschäftlich hier.

Oscar

Ich will diesen Typen schlagen. Charles sabbert praktisch über Polly, und mir ist nicht entgangen, dass er ihr auf den Po geglotzt hat, als er ihr den Stuhl zurechtgerückt hat. Sie trägt ein weißes, kurzärmeliges Kleid mit einem ausgestellten Rock, der ihren Po gerade so bedeckt. Natürlich ist sie höllisch sexy, aber zeig bitte ein bisschen Respekt. Das ist ein Geschäftstreffen.

Nachdem alle Platz genommen haben, bietet Charles uns Wasser aus einem Krug auf dem Tisch an, das wir höflich ablehnen. Nach etwas Smalltalk legt Charles die Finger auf den Tisch und sagt: „Womit kann ich euch helfen?"

Adrian legt los. „Erst einmal würde ich gerne wissen, ob du Leads für potenzielle Investoren hast."

Polly sitzt ganz gerade. Ich weiß, dass sie mitmischen will, aber ich glaube nicht, dass wir uns darauf verlassen können, dass sie Zugang zu ihrem Geld bekommt.

Charles nickt. „Ich werde mich umhören und sehen, wer darauf anspringt."

„Ich wüsste gern mehr über die Gewinnspannen eines Casinos", sagt Lucas. „Und Anlauf- und Betriebskosten."

„Der Neubau eines kleinen Casinos dürfte im Bereich von

zehn Millionen Euro liegen", sagt Charles. „Es ist nichts, was man unterschätzen darf."

Adrian tauscht einen Blick mit mir aus. Der Betrag ist keine Überraschung, nur eine Bestätigung. Und es ist mehr, als wir zusammen haben. Außerdem fallen Betriebskosten an. Wir brauchen definitiv Kapital von einem Investor, denn Lucas weigert sich, ein weiteres Darlehen aufzunehmen. Darum ist das Casino momentan nicht realisierbar. Wir können nur auf einen guten Tipp für einen potentiellen Investor hoffen. Es sei denn, ich verkaufe mein Weingut in Italien, aber das will ich nicht. Es ist das erste, was ich mit dem Geld gekauft habe, das ich durch das Fußballspielen verdient habe, und das kann ich nie wieder tun. Ich hoffe, eines Tages dort ein Haus für mich und meine zukünftige Familie bauen zu können. Mein Vater wollte das für mich, und ich erinnere mich noch daran, wie stolz er war, dass ich mein eigenes Land hatte, mein eigenes „persönliches Königreich", wie er es ausgedrückt hat. Jetzt ist es viel mehr wert, als ich damals bezahlt habe. Adrian weiß, wie sehr ich daran hänge, und würde mich niemals bitten zu verkaufen.

Charles fährt fort. „Ein gut besuchtes Casino kann fast eine Million Euro am Tag einnehmen. Das hängt allerdings von so vielen Dingen ab – Anzahl und Art der Gäste, die Art der Spiele, die ihr anbietet, die Einsätze."

Polly beugt sich vor. „Nehmen wir an, das Casino hat die besten Moneymaker für das Haus – Spielautomaten, Baccarat, Blackjack, Roulette – und eine fixe Klientel von High Rollern." Sie wendet sich Adrian mit einem Lächeln zu. „Poker zieht die Spieler an, aber das weißt du ja."

Er grinst.

Charles fängt an, mit Zahlen um sich zu werfen, als wollte er versuchen, sie damit zu beeindrucken. Mein Kopf dreht sich vor Zahlen, aber Polly scheint das nichts auszumachen. Es ist fast wie ein Mathe-Marathon, den beide sehr genießen.

Ich sehe Adrian an, der aufmerksam zuhört. Er ist der Zahlentyp. Ich habe vor, der Marketingtyp zu sein.

Pollys Wangen sind gerötet, ihre Stimme voller Leben. Sie ist in ihrem Element und liebt es.

Als alle Zahlen ausgetauscht sind, flacht die Intensität im Raum sofort ab.

Polly sieht begeistert aus. Charles beäugt sie wie eine Süßigkeit, bei der er kaum abwarten kann, sie zu verschlingen. Zu dumm aber auch! Sie ist bereit, einen Mann zu heiraten, der für ihr Königreich nützlich ist. Der Gedanke hinterlässt einen bitteren Geschmack in meinem Mund.

Lucas stellt noch ein paar Fragen zum Betrieb des Casinos, insbesondere zum Umgang mit dem Geld, das jeden Tag ein- und ausgeht. Dann steht er schließlich auf und dankt Charles für seine Zeit.

Charles verabschiedet sich abwesend, während er eine Visitenkarte aus der Tasche zieht. Dann dreht er sich um und reicht sie ihr. „Ruf mich an, wenn du Fragen hast oder sonst irgendeinen Grund."

„Danke", sagt sie herzlich und steckt die Karte in ihre Handtasche.

Ich knirsche mit den Zähnen und schlucke eine scharfe Erwiderung hinunter. Das Gespräch mit Charles war hilfreich für uns, und er könnte sich in Zukunft noch hilfreicher erweisen. Ich darf es mir nicht mit ihm verderben.

Wir verabschieden uns und gehen zurück ins Atrium, wo wir uns in einer ruhigen Ecke unterhalten.

„Eine interessante Aussicht", sagt Lucas. „Aber ich denke, wir müssen sie zurückstellen. Ein bisschen warten, bis Geld aus dem Spa kommt. Dann könnten wir einen Kredit aufnehmen. Es war eine Sache, Charles investieren zu lassen, jemanden, den Adrian kennt, aber jetzt reden wir von der Empfehlung eines potentiellen anderen Investoren, den wir nicht kennen."

„Eine Empfehlung könnte okay sein", sagt Adrian. „Wenn Charles demjenigen vertraut, können wir das auch. Ich kenne ihn seit Jahren, und die Fürstenfamilie hier vertraut ihm."

Lucas schüttelt den Kopf. „Vertrauen durch Assoziation? Zu riskant. Tut mir leid."

„Denkt über mich nach", sagt Polly. „Ich werde euer Investor sein. Ich bin so begeistert von der Idee. Ich habe einen Businessplan entworfen." Sie zieht einen dicken gefalteten Papierstapel aus ihrer Handtasche. „Hör mich einfach an. Ich kann den Entwurf basierend auf dem, was Charles gesagt hat, verfeinern. Ich möchte eine Partnerschaft mit euch zu je einem Drittel." Sie deutet auf mich und Adrian. „Ich muss mich auf euch verlassen, dass ihr die Alltagsentscheidungen ohne mich trefft, da ich wieder in Beaumont sein werde, aber ich möchte zu den wichtigsten Entscheidungen konsultiert werden. Was denkt ihr? Zieht ihr mich in Betracht? Ich könnte alles mit euch durchgehen. Alle meine Ideen."

„Hast du so viel Geld?", fragt Lucas ohne Umschweife.

„Ja", sagt Polly. „Ich meine, noch nicht, aber ich kann es bekommen."

Lucas reibt sich den Bart. „Ich mag dich, Polly, und du bist mit Anna verwandt, wodurch alles in der Familie bleibt. Wenn du dich beteiligen willst, bin ich dafür."

Adrian zieht eine Augenbraue hoch.

Ich nicke. „Polly, lass uns ins Restaurant gehen und einen ruhigen Platz finden. Dann kannst du uns von deinen Ideen erzählen."

Polly lächelt mich an, und mein Atem stockt. Sie sollte immer so glücklich sein. Es ist so schön.

Eine Stunde später bin ich fertig mit den Nerven. Sie ist nicht nur herzlich und humorvoll. Sie ist supersmart, mutig und selbstbewusst. Ihr Plan, alles an das Day Spa anzugliedern und Incentives und Rewards zu bieten, die Kunden sowohl im Spa als auch im Casino zu halten, ist brillant. Ihre Idee, traditionelles Dekor mit einem lebhaften, hippen Vibe zu verbinden, ist brillant. *Sie* ist brillant.

Ich will sie, aber ich kann sie nicht haben, und jetzt wird sie meine Geschäftspartnerin sein – eine ganz neue Ebene des Verbotenen.

Ich bin erledigt.

~

Polly

Ich kehre umgeben von einem Glorienschein in mein

Zimmer zurück. Die Brüder sind an Bord. Ich bin unheimlich gespannt darauf, dieses Casino von Grund auf aufzubauen. Ich weiß, dass es ein impulsiver Schritt war, da ich noch nicht über das Geld verfüge, aber ich konnte mir diese Gelegenheit nicht entgehen lassen. Gut, dass strategisches Denken meine Spezialität ist. Ich brauche sowieso Geld, um Peter loszuwerden. Jetzt muss ich nur in größeren Dimensionen denken, um beides zu erreichen. Ich könnte meinen Schmuck verkaufen. Meine Eltern wären wütend, wenn sie wüssten, was ich schon für mein Abenteuer in den USA versetzt habe. Das ist jetzt Eigentum der US-Regierung. Wenn ich noch mehr meiner Juwelen auf den Markt werfe, könnte es auffallen. Es gehört sich wirklich nicht, sie zu verkaufen. Die Juwelen gehören der Familie und werden seit Generationen weitergegeben. Ich soll sie eines Tages an meine Kinder weitergeben. Okay, Schmuck ist raus.

Ich gehe in meinem Zimmer auf und ab. Ich muss über den nächsten Schritt nachdenken. Ugh. Zeit. Ich brauche mehr Zeit. Leider ist das das Einzige, worauf ich keinen Einfluss habe.

In diesem Moment bemerke ich, dass mein Zimmertelefon mit einer Nachricht blinkt. Ich höre die Nachricht ab, in der mich die Rezeptionistin bittet, sie zurückzurufen. Als ich es tue, sagt sie: „Charles Blanc möchte ein Dinner-Meeting mit Ihnen. Er bittet um einen Rückruf, falls Sie heute Abend frei sind. Er sagt, Sie haben seine Nummer."

„Danke", sage ich und lege auf. Ein Dinner-Meeting? Ist das ein Date oder geschäftlich? Wenn es ums Geschäft geht, bin ich interessiert. Vielleicht hat er eine Idee zur Finanzierung. Aber Moment, woher wusste er, wo ich wohne? Vielleicht hat uns jemand erkannt. Er hat wahrscheinlich überall in der Stadt seine Quellen, und das Hotel befindet sich direkt gegenüber des Casinos.

Ich fische seine Visitenkarte aus meiner Handtasche und rufe ihn an. „Hallo Charles. Worum soll es heute Abend gehen?"

„Hallo meine Liebe. Ich habe ein Geschäftsangebot für dich. Bist du heute Abend zum Abendessen frei?"

„Ja." Ich schreibe die Zeit und den Ort auf, die er mir gibt. Es ist ein Casino-Restaurant. „Geht es um die Finanzierung des Casinos auf Villroy?"

Seine Stimme ist seidig. „In der Tat."

„Soll ich Adrian und Oscar bitten, sich uns anzuschließen?"

„Ich würde das gerne privat mit dir besprechen."

„Warum?"

„Das verrate ich dir heute Abend." Er legt auf.

Ich presse meine Lippen aufeinander. Worüber könnte er privat mit mir reden wollen? Das einzige, was mir einfällt, ist, dass er über Geschäft *und* Vergnügen sprechen möchte. Keine verlockende Aussicht. Doch Vaughn wird mich begleiten, falls Charles irgendetwas Unangemessenes versucht. Ich werde ihn nur anhören. Ich brauche etwas, irgendetwas, um aus dieser unmöglichen Ecke herauszukommen, in die Peter mich gedrängt hat.

Mein Handy klingelt. Ich zucke zusammen und gehe ran. Meine Eltern.

Ich antworte trotz meiner aufgewühlten Gedanken in einem fröhlichen Ton. „Hallo."

Ich höre die Stimme meiner Mutter. Sie spricht schnell Französisch. „Marge hat uns gesagt, dass sie krank ist. Wir machen uns solche Sorgen um sie. War ein Arzt bei ihr?"

Schuldgefühle beginnen sofort wieder an mir zu nagen. Ich habe Marge heute nicht angerufen. Ich wechsle zu Französisch. „Ja, und es ist nichts Ernstes. Nur eine Erkältung."

„Ich hoffe, du hast dir nichts eingefangen."

„Nein, mir geht's gut."

„Sorg dafür, dass sie viel Tee mit Honig und Zitrone trinkt."

„Ja, natürlich."

„Genießt du deine Zeit mit Anna im Palast?"

Ich gehe auf und ab, denn das Schuldbewusstsein treibt mich mit zusätzlicher Energie an. Aber wie kann ich ihr die Wahrheit sagen? Zu sagen, ich bin in einem Casino ohne Anstandsdame, trinke und spiele, würde nur dazu führen, dass sie mich sofort nach Hause beordern. „Es ist wunderbar.

Ich bin so dankbar, dass ich für sie und das Baby hier sein kann. Ich werde mit ihr in den Kreißsaal gehen."

„Oh! Haben sie dafür denn keinen Arzt?"

„Ja, aber Anna und ich stehen uns so nahe wie Schwestern. Darum bin ich ihr Coach."

„Polly, Geburt ist eine sehr schwierige, sehr schmerzhafte, persönliche Sache. Du hast vierundzwanzig Stunden gebraucht, um dich heraus zu bequemen. Ich dachte, ich würde sterben." Das ist eine Geschichte, die sie mir viele, viele Male erzählt hat, besonders, als ich sie als kleines Mädchen in den Wahnsinn getrieben habe. Sie hat mich immer getadelt und gesagt: „Du gehorchst mir nicht! Und das, nachdem ich fast gestorben bin, als ich dich zur Welt gebracht habe!"

„Ja, gut, aber du bist nicht gestorben, und ich bin dankbar dafür."

„Das Zittern deines Vaters wird schlimmer. Er will, dass du heiratest und deinen Platz mit Peter einnimmst."

Ich spanne mich sofort an. „Natürlich, Marge hat mich informiert. Kann ich mit Papa sprechen?"

„Er schläft. Er ist nicht mehr jung, Polly."

War er nie. Er war Witwer, als er meine Mutter geheiratet hat. Ich bin zur Welt gekommen, als er fünfzig war. Seine erste Frau konnte keine Kinder haben und ist bei einem Bootsunfall ertrunken. Es gibt immer noch Getuschel, dass es kein Unfall war, aber ich glaube das nicht. Mein Vater spricht immer liebevoll von ihr, auch wenn er enttäuscht war, dass sie keinen Erben produzieren konnte.

Meine Mutter redet weiter. „Er hat seinen Vater und Großvater bereits überlebt. Die Gene auf seiner Seite der Familie sind nicht die Langlebigsten. Es ist Zeit, dass du deine Pflicht erfüllst."

„Ja, ich weiß."

„Wirklich?", fragt sie in scharfem Ton.

„Ja", presse ich durch meine Zähne hervor.

„Ich hoffe, Anna bringt bald ihr Kind zur Welt. Wir brauchen dich sofort danach zu Hause."

Ich brauche mehr Zeit, um einen Plan auszuarbeiten. „Ich

habe versprochen, bei der Taufe dabei zu sein. Es ist eine sehr große Sache, die Erbin eines Königreichs. Anna würde mir niemals vergeben, wenn ich es verpassen würde." Ich habe keine Ahnung, wann die Taufe ist, ich muss nur sicher sein, dass ich nicht zu früh nach Hause beordert werde.

„Die wird doch bald nach der Geburt stattfinden?"

„Anna ist Amerikanerin. Sie entscheidet sich oft für den unkonventionellen Weg." Ich korrigiere schnell den Kurs, bevor ich sofort nach Hause zitiert werde, weil ich einer unkonventionellen Königin zu nahe stehe. „Im Rahmen des Zumutbaren. Sie hat das königliche Protokoll und alle Erwartungen an sie sehr gut eingehalten. Ein leuchtendes Beispiel dafür, was eine Königin sein sollte, genau wie du."

Ich kann das Lächeln in ihrer Stimme hören. „Danke, Polly. Das ist das erste Mal, dass du das sagst. Ich habe mich sehr bemüht, ein Vorbild für dich zu sein. Ich war mir einfach nicht sicher, ob es gewirkt hat."

Ich ignoriere ihre Bemerkung. Mir ist klar, dass meine Eltern mich für schwierig halten. „Ich gehe besser zu Marge und kümmere mich um alles, was sie braucht. Sag Papa, dass ich ihn liebe." Ich verabschiede mich und lege auf. Sie hat mir keine weitere Zeit eingeräumt, aber sie hat sie mir auch nicht verweigert. Ein gutes Zeichen.

Ich rufe Marge an, um nach ihr zu hören, obwohl ich sicher bin, dass es ihr gut geht. „Wie geht's dir? Besser oder schlechter?"

Marges Stimme klingt noch immer belegt. „Ich fühle mich bescheiden, aber es ist nur eine Erkältung. Das Fieber ist weg. Wie macht Lina sich?"

„Wunderbar. Ich hätte mir keine bessere Begleiterin wünschen können."

Sie schnaubt.

„Natürlich abgesehen von dir."

„Lass mich mit dem Mädchen sprechen."

Ich verziehe das Gesicht. Mist. Ich habe Lina seit heute Morgen nicht mehr gesehen. Ich kann mir vorstellen, dass sie mit Louis unterwegs ist. „Sie ist im Bad."

„Dann warte ich."

„Sie duscht, nachdem sie im Meer geschwommen ist. Sie klebt von Sand, Salz und Sonnencreme. Schrecklicher Sonnenbrand auch. Ich kann mir vorstellen, dass sie nach dem Duschen lange brauchen wird, um sich mit Aloe einzucremen."

„Bist du geschwommen? Wir haben deinen Badeanzug nicht mitgebracht. Was hast du angehabt?", näselt sie vorwurfsvoll. Ich darf aus Gründen der Sittsamkeit nicht viel Haut zeigen, und mein Badeanzug ist einteilig mit kurzen Ärmeln und einem langen Rock. Es ist eher ein sperriges Rüschenkleid als ein richtiger Badeanzug. Sie glaubt wahrscheinlich, ich hätte einen skandalösen normalen Einteiler oder – Gott bewahre – einen Bikini getragen.

„Ich bin nicht geschwommen. Ich habe nur meine Zehen ins Wasser getaucht."

„Hast du deinen Hut und Schleier getragen?"

„Der Wind hat ihn weggeweht." Das ist die Ausrede, die sie erwartet, von mir zu hören.

Sie stöhnt und hustet dann. „Bitte Lina, mich anzurufen, wenn sie kann."

„Wir sind ziemlich beschäftigt damit, die Natur hier zu erkunden, aber ich werde die Botschaft weitergeben."

„Wenn sie einen Sonnenbrand hat, sollte sie die Natur nicht erkunden."

„Ich werde dafür sorgen, dass sie unter einem Sonnenschirm bleibt."

„Du solltest auch einen benutzen. Sonst bekommst du Falten und Sommersprossen."

Ich unterdrücke ein Seufzen. „Großartige Idee. Gute Besserung!"

„Ich würde mich besser fühlen, wenn ich dich im Auge hätte."

Ich presse meine Lippen aufeinander, murmle auf Wiedersehen und lege auf. Ich weiß, dass sie nur ihren Job macht und dass ich ihr ans Herz gewachsen bin, genau wie sie mir, aber sie erinnert mich auch an die Einschränkungen, die mir auferlegt wurden. Ich muss mich befreien. Von Peter, von allen Regeln. Ich muss diejenige werden, die die Regeln macht.

Das Abendessen mit Charles ist sehr schön. Er hat ein privates Zimmer im hinteren Teil eines eleganten Restaurants mit fabelhaftem französischem Essen reserviert, und ich muss zugeben, es ist schön, mich mit jemandem in meiner Muttersprache zu unterhalten, der mich versteht. Er ist mit Beaumont vertraut, hat es mehrmals im Urlaub besucht und es geliebt. Es ist eine wunderschöne Inselgruppe mit weißen Sandstränden, klarem blauem Wasser und geschmackvoll gestalteten Resorts.

Sobald das Abendessen abgeräumt ist, bestellt Charles einen Brandy. Ich nippe an meinem Wasser, denn ich möchte einen klaren Kopf für unser Gespräch bewahren.

Schließlich wendet er sich dem Thema zu, als sein Brandy serviert wird. „Wir haben einen gemeinsamen Freund auf Beaumont."

„Wen?"

„Peter Boucher."

Mein Magen verknotet sich. Er ist mit Peter befreundet? Das ist mein künftiger Verlobter. Kennt er die Wahrheit über meine Familie?

Er fährt nahtlos fort. „Ich weiß, dass er dich erpresst, ihn zu heiraten, und ich weiß warum."

Mein Puls pocht in meinen Ohren. Ich kann das nicht glauben. Niemand weiß davon.

Ich finde endlich meine Stimme, doch sie kommt atemlos heraus. „Warum sollte Peter dir davon erzählen?"

„Ich war schon mehrere Male in seinen Resorts, und er weiß von meinen Verbindungen zur Fürstenfamilie hier. Wir haben uns angefreundet. Offensichtlich ist er sich seiner ziemlich sicher, dass er mir alles so unverblümt sagt."

Mir wird kalt. Charles will mich wahrscheinlich auch erpressen, damit er das Ganze nicht an die große Glocke hängt. „Aber was willst du?"

Sein öliges Lächeln lässt mich frösteln. „Ich will dir nur helfen. Wenn du die Schulden deiner Eltern bezahlst, hat Peter kein Druckmittel mehr gegen dich in der Hand."

„Und du willst mir helfen, das zu tun?" So einfach kann es nicht sein. Ich weiß das, aber ich will, dass er auf den Punkt kommt.

Er beugt sich vor und senkt seine Stimme, obwohl wir alleine in einem privaten Raum des Restaurants sind. Vaughn steht vor dem Eingang. „Hast du jemals darüber nachgedacht, wie wertvoll deine Jungfräulichkeit ist?"

Ich keuche.

„Hör mich an. Eine Auktion für deine Jungfräulichkeit, diskret durchgeführt, hier in einer Hotelsuite. Die Ultrareichen suchen das Rare, das Einzigartige, das Unerreichbare. Du bist alles drei. Du wirst nie mehr Reiche an einem Ort finden als hier. Eine Stunde deiner Zeit, um deine Freiheit zu erlangen."

Galle steigt mir in meinen Hals. „Du widerst mich an. Ich würde meinen Körper niemals verkaufen."

Er lehnt sich zurück. „Verständliche Reaktion auf eine ungewöhnliche Idee, aber du befindest dich in einer ungewöhnlich schwierigen Situation, nicht wahr?"

Ich werfe meine Serviette auf den Tisch. „Wir sind hier fertig."

„Vielleicht möchtest du hören, was Peter mit deinem Palast vorhat, wenn er König ist."

Ich starre ihn an. „Was er mit dem Palast vorhat? Was meinst du?"

Er holt sein Handy heraus und tippt ein paarmal darauf. „Peter will deinen Palast in eine Touristenattraktion verwandeln. Wie Disneyland." Er zeigt mir den Bildschirm. „Da ist dein Beweis."

Ich lese mit wachsendem Entsetzen eine Mail von Peter, in der er nach europäischen Schlössern fragt, die als Touristenattraktionen ausgebaut wurden, und sich nach den Kosten erkundigt, einen Teil unseres Palasts in eine Art Disneyland umzuwandeln. Er schließt damit, dass Beaumont derzeit keinen Themenpark hat und es damit aber für Familien attraktiver wäre. Plötzlich erinnere ich mich, dass Peter mich nach meiner Reise nach Villroy gefragt hat und alles über ihre Erfahrungen mit Hochzeiten und der königlichen Hochzeitssuite wissen wollte. Das ist surreal. Er will den Palast, der seit Jahrhunderten im Besitz der Familie Lyon ist, in einen Themenpark verwandeln? Das ist Blasphemie.

In meinem Kopf dreht sich alles um die Konsequenzen. Peter darf niemals König werden. Ihn zu heiraten löst keines meiner Probleme. Es macht alles nur noch schlimmer. Ich muss ihn ausbezahlen und ihn so schnell wie möglich loswerden.

„Niemand würde es jemals erfahren", sagt Charles leise. „Ein kleines Opfer für das Wohl deines Königreichs."

Ich zittere und bekomme eine Gänsehaut. Das Königreich kommt an erster Stelle, dann erst ich. Das ist tief in mir verwurzelt. Doch das ist zu viel verlangt. Jede Zelle meines Körpers schreit *nein*.

Er lächelt, seine Stimme ist sanft, und ich bin vor Entsetzen erstarrt. „Ich versuche nur, dir zu helfen, dich aus seinen Klauen zu befreien. Du brauchst das Geld, und ich kann dir versprechen, dass sofort nach Abschluss der Transaktion das Geld auf deinem Konto eingehen wird. Morgen Nacht. Ich erhalte nur einen kleinen Anteil als Provision."

Ich begegne seinem Blick, und seine Augen strahlen vor Gier wie die von Peter. Er sieht das große Geld, was bedeutet, dass er erwartet, dass viel Geld für mich geboten wird. Bei dem bloßen Gedanken daran wird mir übel. Ich hatte die Idee, meine Jungfräulichkeit in einem großen Abenteuer zu verschenken, damit Peter nicht alles bekommt, aber ich habe es nie durchgezogen. Ich habe es sogar gewagt, das Thema gestern Abend in meinem betrunkenen Zustand mit Oscar anzusprechen, doch er war zu sehr Gentleman und hat auf mich aufgepasst. Ich habe das sehr geschätzt, als ich wieder nüchtern war.

„Gehen wir zurück in mein Büro, um die Details zu klären", sagt er.

Ich schlucke schwer. „Ich brauche Zeit zum Nachdenken."

Er lächelt mich nachsichtig an. „Mein Angebot läuft heute

um Mitternacht aus, Prinzessin. Dann gehe ich mit dem, was ich weiß, an die Öffentlichkeit."

„Also erpresst du mich jetzt auch?"

Er hebt seine Hände. „Ich bin der einzige, der dir anbietet zu helfen."

Ich stehe auf. „Ich brauche deine Hilfe nicht."

Ich drehe mich um und stürme aus dem Restaurant, doch auf dem Weg nach draußen höre ich seine Erinnerung. „Mitternacht, meine Schöne."

8

Polly

Ich nicke Vaughn zu, der auf mich wartet, sein Gesicht ist wie immer teilnahmslos.

„Ich brauche nur einen Moment", bringe ich heraus, meine Stimme ein bisschen zittrig. Ich gehe ein paar Schritte vom Restauranteingang weg.

Er reagiert nicht. Seine einzige Aufgabe ist es, wachsam zu sein, wenn es um körperliche Gefahren für mich geht.

Ich versuche tief durchzuatmen, schaffe es aber nicht. Mein Atem geht viel zu schnell. Meine Fingernägel graben sich in meine Handflächen. Ich muss mich beruhigen, um nachdenken zu können. Ich schaffe einen tiefen Atemzug und gehe zügig zum Atrium. Ich bleibe stehen, als ich plötzlich Oscar auf mich zukommen sehe. „Hallo!", quietsche ich.

Geh weiter und bleib nicht stehen, bis du die beruhigende Aussicht aufs Meer vor dir siehst. Das ist das einzige, was mich an diesem Punkt beruhigen könnte, abgesehen von einem tatsächlichen Beruhigungsmittel.

Oscar bleibt vor mir stehen und blockiert mir den Weg. Er runzelt die Stirn. „Stimmt was nicht?"

„Ich habe gerade einen Spaziergang gemacht und das Casino erkundet."

Seine Augen verengen sich. „Warum glaube ich dir nicht?"

Ich hebe eine Hand. „Ich weiß nicht. Ich bin neu hier, und es gibt viele Räume und Flure zu erkunden."

„Polly, wir werden Geschäftspartner. Ich kann nicht mit dir arbeiten, wenn du mich anlügst. Was ist los?"

Ich schlucke schwer. Dann wird mir bewusst, dass er es auf Französisch gesagt hat, als wüsste er, wie man zu mir durchkommt. Leider hat es funktioniert. Ich möchte mein Ansehen bei ihm oder Adrian nicht gefährden. „Tut mir leid. Ich fühle mich ein bisschen seltsam darüber zu reden, also habe ich nur das erste gesagt, was mir in den Sinn gekommen ist."

„Worüber zu reden?"

Ich will nicht lügen, aber ich kann mich nicht dazu bringen, ihm die Wahrheit zu sagen. Er würde die verzweifelte Situation, in der ich mich befinde, nicht verstehen, und ich muss das Ganze diskret behandeln. Darum sage ich ihm nur einen Teil davon, weil ich schnell weg will, bevor ich die Fassung verliere. „Ich habe gerade mit Charles zu Abend gegessen." Adrenalin jagt durch meine Adern, Energie schießt mir in die Beine. Ich muss fliehen. Egal wohin, nur weg von hier.

Sein Kiefer knirscht. „Ich bin hergekommen, um ihm zu sagen, er soll dich in Ruhe lassen. Du bist praktisch verlobt ... Moment. Du bist mit ihm zum Abendessen gegangen? Du heiratest jemanden, sobald du wieder nach Hause kommst."

Mein Hals schnürt sich zu. Ich kann Peter unmöglich heiraten, und die Alternativen sind nicht minder beschissen. „Ich kann mit Leuten zu Abend essen."

„Nicht mit ihm", blafft er.

Ich gehe um ihn herum in Richtung Ausgang des Casinos. Ich bin den Tränen nahe und kann mich momentan nicht mit ihm auseinandersetzen.

Er holt mich draußen ein. „Er ist ein One-Night-Stand-Typ. Auf der Party ist er zwischendurch nach oben gegangen, um ... du weißt schon, und nach der Party ging's weiter. Er ist wahrscheinlich sexsüchtig, und du bist ... nun, du bist ..."

Ich bleibe stehen. „Was?“

Seine Lippen verziehen sich zu einem kleinen Lächeln, das das Grübchen wieder zum Vorschein kommen lässt, das sich unter seiner stoppeligen Wange versteckt. „Du bist du.“

Und es klingt tatsächlich so, als wäre das eine gute Sache. Ich schlucke den Kloß in meinem Hals herunter. „Ja, nun, ich bin ich, ob ich mit ihm zu Abend gegessen habe oder nicht. Bitte lass es einfach auf sich beruhen. Ich brauche nicht noch eine Anstandsdame.“

Ich gehe zurück ins Hotel. Ich brauche ein bisschen Zeit alleine, um mich zu fassen. Er hält mit mir Schritt.

Ich drehe mich zu ihm um. „Ich habe letzte Nacht nicht gut geschlafen, also gehe ich jetzt in mein Zimmer, um ein Nickerchen zu machen.“

„Nein, das tust du nicht.“

„Doch, das tue ich.“

„Nein. Du bist ein Energiebündel, und das Letzte, was du tun würdest, wenn du auf einer seltenen Reise ohne deine Anstandsdame unterwegs bist, ist, ein Nickerchen zu machen.“

Ich weiß nicht, was ich dazu sagen soll. Es schockt mich ein bisschen, dass er mich nach nur wenigen Tagen so gut kennt.

Ich gehe zum Fahrstuhl. Oscar und Vaughn folgen. Ein Paar mittleren Alters ist schon in der Kabine.

Die Türen des Aufzugs schließen sich, und ich starre geradeaus. Ich weiß nicht, wie ich Oscar loswerden soll, aber jetzt, da er so nah bei mir steht, bin ich mir nicht sicher, ob ich es überhaupt will. Er ist alles, was Charles nicht ist – ein guter Mann, aufrichtig und ehrlich. Er will mich beschützen. Und er duftet so gut. Die Anziehung überwältigt mich.

Konzentrier dich. Was sind Oscars Absichten? Wird er mir in mein Zimmer folgen und mich über die Gefahren des Abendessens mit einem sexsüchtigen Menschen belehren? Charles ist viel gefährlicher als das. Er ist ein Widerling, doch das ist Peter auch. Ist es möglich, dass Peter hinter dieser Jungfräulichkeitsauktion steckt? Vielleicht will er mich diskreditieren und es mir unmöglich machen, meinen Platz als Königin einzunehmen, weil ich die Untersuchung nicht bestehen würde? Nein, er will, dass ich Königin werde, da das seine einzige Chance ist, König zu werden. Das muss Charles' Idee sein, um von meinem Elend zu profitieren. Er ist ein Opportunist.

Oscar beugt sich zu meinem Ohr herunter. „Lad mich ein."

Trotz der schrecklichen Wendung der Ereignisse wird mir warm. Bei Oscar habe ich das Gefühl, sicher zu sein.

Ich blicke zu ihm auf, und er lächelt mich angespannt an. „Ich möchte privat mit dir reden, weg von deinem Gefolge." Er meint Vaughn.

„Worüber?"

„Das Casino und deinen Platz darin."

Ich glaube ihm nicht. Er will mir eine Predigt halten. „Dann rufen wir Adrian an."

„Adrian hat gerade eine Glückssträhne. Das Gebäude könnte um ihn herum zusammenbrechen, er würde sich nicht vom Tisch weg rühren."

Ich blicke geradeaus. Ich muss klar denken, aber es ist unmöglich. Mein Treffen mit Charles hat mich schon aus dem Gleichgewicht gebracht und jetzt sind meine Sinne von Oscars sexy Duft und seiner Nähe überwältigt. Ich erröte, so heiß ist mir. Eine sehr unpassende Zeit für mich, Lust zu empfinden. Welch Ironie.

„Wir reden nur übers Geschäft", sage ich, als sich die Aufzugstüren öffnen. „Keine Predigt."

„Predigt", schnaubt er. „Was denkst du, was ich bin, eine biedere Anstandsdame?"

Ich sehe ihn von der Seite an. „Du hast dich vorhin wie eine angehört."

Er grinst. „Ich wollte nur sicherstellen, dass du weißt, womit du es zu tun hast, was Charles angeht."

Mehr als du dir vorstellen kannst. Dass er sexsüchtig ist, ist Charles' geringste Sünde.

Ein paar Minuten später lasse ich ihn in mein Zimmer. Vaughn bleibt auf dem Flur.

Oscar schaltet den Fernseher ein.

„Du willst fernsehen?", frage ich.

Er geht zu mir und spricht leise in der Nähe meines Ohrs. „Ich möchte ein privates Gespräch führen. Ich weiß, was man dafür tun muss, wenn Bedienstete in der Nähe sind. Ich habe mein ganzes Leben lang meine Privatsphäre geschützt."

„Ich wünschte, es wäre so einfach für mich."

Er legt die Fernbedienung auf die Kommode, geht dann zur anderen Seite des Raumes und setzt sich auf den Schreibtisch. „Setz dich." Er zeigt auf den hölzernen Schreibtischstuhl.

Ich gehorche. Dann wird mir klar, dass ich zu ihm aufblicken muss, und ich fühle mich zu klein, fast in einer unterlegenen Position gefangen. Ich stehe auf, schiebe den Stuhl weg und setze mich neben ihn auf den Schreibtisch.

Ich bin plötzlich nervös. Ich kann ihn nicht einmal ansehen, aber alles an mir ist sich seiner plötzlich hyperbewusst – der dunkle Umriss seiner Beine in der maßgeschneiderten Hose, seine große Hand auf seinem Oberschenkel, die Hitze, die er ausstrahlt, sein sexy Geruch. Ich bin so *aufgedreht*. Er hat mich letzte Nacht getröstet, aber ich bin so angespannt, dass ich das Gefühl habe, als würde ich an die Decke springen, wenn er „Boo!" sagen würde. Es muss daran liegen, dass ich zu viele Geheimnisse habe.

„Polly."

Ich begegne dem Blick seiner blaugrünen Augen. Sie sind scharf und studieren mich. Ich räuspere mich. „Worüber wolltest du sprechen?"

„Wenn wir Geschäftspartner sein wollen, musst du ehrlich zu mir sein."

„Ich weiß. Es tut mir leid. Ich verwische instinktiv meine Spuren, wenn ich unerwartet erwischt werde."

Er kneift die Augen zusammen. „Das klingt nach mehr als Abendessen. Deine Spuren verwischen? Erwischt? Was genau läuft da mit Charles?"

Ich schließe meinen Mund. Ich muss ehrlich sein, doch ich kann einfach nicht über diese schreckliche Wendung der Ereignisse mit ihm reden. „Es hat nichts mit dir zu tun."

„Willst du irgendeine Art Nebendeal mit ihm für das Geschäft abschließen?", fragt er in scharfem Ton.

„Nein! Nichts dergleichen."

„Was dann?"

Ich wende mich ab. „Ich kann es dir nicht sagen, okay? Aber geschäftlich läuft da nichts hintenrum."

Seine warme Hand berührt meine Wange und dreht mich zu ihm um. „Du wirst nicht nochmal mit Charles zu Abend essen oder sonst was tun, verstehst du? Ich mag es nicht, wie er dich behandelt."

Meine Unterlippe zittert.

„Pol?"

Ich ziehe mich zurück, stehe auf und verschränke meine Arme fest um meine Mitte. Ich möchte wirklich nicht vor ihm zusammenbrechen. „Du solltest gehen."

Er steht ebenfalls auf. „Sag mir, was mit Charles passiert ist."

„Ich kann nicht", sage ich mit erstickter Stimme. „Es ist schimpflich … Meine Familie."

Ich gehe blind durch den Raum, meine Brust angespannt, meine Augen heiß.

Seine Stimme ist dicht hinter mir. „Wenn du es mir nicht sagst, werde ich zu ihm gehen und ihn fragen. Ich werde es aus ihm herausprügeln, wenn ich muss."

Ich drehe mich zu ihm um. „Oscar, nicht." Trotz meiner tapferen Bemühungen, sie zurückzuhalten, quellen die Tränen über.

Er zieht mich in seine Arme, und ich vergrabe mein Gesicht an seiner warmen Brust. Die ganze Zeit habe ich all diesen Horror für mich behalten, und jetzt kann ich es einfach nicht mehr. Es ist zu viel.

„Peter ist ein Widerling", sage ich an seiner Brust. „Und Charles ist ein Widerling, und ich bin in der Mitte gefangen. Erpressung und Schlimmeres."

Er streichelt meine Haare zurück. „Eins nach dem anderen. Fang ganz von vorne an mit dem ersten Widerling."

Es fällt mir irgendwie leicht, an seine Brust geschmiegt, ohne ihn anzusehen. Ich erzähle ihm alles von den Schulden meiner Eltern über Peters Erpressung bis zu seinen Plänen für meinen Palast und Charles' abstoßender Idee. Ich erzähle ihm auch von meinem traditionellen Königreich, einschließlich aller patriarchalischen Beschränkungen, die mir auferlegt wurden, um Königin zu werden. Er stellt keine Fragen, und als ich mit der schmutzigen Geschichte fertig bin, schweigt er.

Ich riskiere einen Blick zu ihm und finde kein Urteil in seinen Augen. Ein Muskel zuckt in seinem Kiefer, als wäre er meinetwegen wütend. Eine Welle der Zuneigung durchströmt mich, und ich umarme ihn fest für diese wunderbare Reaktion.

Er erwidert die Umarmung. Schließlich sagt er: „Lass mich sehen, ob ich das richtig verstanden habe. Du hast der Verlobung mit einem Mann zugestimmt, von dem du weißt, dass er ein Widerling ist, um deine Familie und dein Königreich zu retten."

„Ja. Das ist die Rolle einer Königin. Meine Pflicht gegenüber meinem Königreich geht vor, ganz gleich, was ich will."

Er legt eine Hand an meine Wange und zwingt mich, ihn anzusehen. „Du bist alles, was eine Königin sein sollte, aber du wirst dich nicht opfern, um deinen rechtmäßigen Platz einzunehmen. Und ich werde dafür sorgen, dass Charles kein Wort darüber verliert. Vergiss alles über diese Jungfrauenauktion, denn die wird nicht stattfinden." Er presst seine Lippen fest aufeinander. „Ich werde einen anderen Weg finden, um die Schulden deiner Eltern zu bezahlen. Du wirst Peter nicht heiraten."

Ich sacke vor Erleichterung fast zusammen, weil er so selbstsicher klingt, aber dann kommen mir Zweifel. „Wie? Woher willst du das Geld nehmen?" Es ist keine kleine Summe.

Sein Daumen streichelt meine Wange. „Gib mir einfach ein bisschen Zeit. Kannst du mir vertrauen, was das angeht?"

„Mir läuft die Zeit davon", sage ich leise. „Mein Vater wird sehr bald abdanken."

Seine Lippen verziehen sich zu einem leisen Lächeln. „Sie haben Prinzen erfunden, um Prinzessinnen zu retten."

Ich muss lachen. „Ich würde mich gerne selbst retten."

„Lass mich dir helfen. Du musst nicht alles alleine machen."

Tränen brennen mir in den Augen. Ich wollte die Last nicht teilen und wollte meine Familie nicht bloßstellen. Ich weiß nicht, warum er glaubt, dass er mich aus dieser Situation herausholen kann – aber ich habe keine gute Lösung gefunden, und ich bin verzweifelt genug, um ihm einen Vertrauensvorschuss zu geben.

Ich umarme ihn fest. „Ich vertraue dir."

Seine Stimme grollt in seiner Brust. „Gut."

Wir bleiben für einige Momente so und umarmen uns einfach nur. Langsam werde ich mir der Hitze bewusst, die zwischen uns strahlt, und seines harten Körpers, der sich an meine Weichheit drückt.

Ich hebe meinen Kopf und unsere Blicke begegnen sich in einem elektrischen Moment. Mein Atem stockt angesichts des rohen Verlangens in seinen Augen. Sein Blick fällt auf meinen Mund, und meine Lippen öffnen sich, mein Atem wird schwerer.

Seine Lippen treffen meine in einem heftigen Kuss, der alles in mir aufrüttelt. Mein Magen schlägt einen Purzelbaum, Blut schießt durch meine Adern. Ich hätte nie gedacht, dass sich ein Kuss so anfühlen könnte – elektrisierend. Seine Finger wandern an meinen Hals und zur empfindlichen Haut unter meinem Ohr. Ich kann nicht aufhören, ihn zu küssen und will immer mehr und mehr. Er übernimmt die Kontrolle und vertieft den Kuss. Ich werde feucht zwischen den Beinen und spüre ein tiefes Ziehen in meinem Bauch, das mir fremd ist. So fühlt sich wohl Leidenschaft an – dringlich, heiß, sehnsüchtig. Ich habe mich in meinem Leben noch nie so gefühlt.

Er unterbricht den Kuss und schiebt mich abrupt von sich weg. In meinem Kopf dreht sich für einen Moment alles, mein ganzer Körper prickelt und sehnt sich nach ihm.

Ich strecke die Hand nach ihm aus, und er zieht sich zurück und fährt sich mit beiden Händen durch die Haare. „Scheiße", flucht er leise.

Ich lege meine Finger auf meine immer noch prickelnden Lippen.

Seine Stimme ist heiser. „Das hier ist nie passiert."

„Warum?"

„Weil du du bist – die künftige Königin. Die jungfräuliche Prinzessin." Er sieht sich aufgewühlt um, als hätte er etwas vergessen, dann tastet er seine Taschen ab und eilt zur Tür.

Dort bleibt er stehen und dreht sich um. „Halt dich von Charles fern."

„Okay." Meine Stimme kommt leise heraus. „Willst du mich bitte noch einmal küssen? Ich brauche das gerade mehr als meinen nächsten Atemzug."

Er stöhnt und tritt einen Schritt zurück.

„Oscar."

Er sieht mich einen langen Moment an und studiert mein Gesicht. Ich kann die Unentschlossenheit in seinen Augen sehen. Er will bleiben, doch er ist hin und her gerissen. Ich denke, er will mich vor sich selbst schützen. Doch dadurch will ich ihn nur noch mehr.

Er schüttelt den Kopf, dreht sich um und geht zur Tür hinaus.

Ich starre eine ganze Minute lang auf die Tür. Kein Wunder, dass ich mich noch nie von einem Mann versucht gefühlt habe. Ich habe nie Leidenschaft empfunden. Es ist schockierend intensiv. Selbst jetzt bin ich immer noch heiß, und meine Gliedmaßen sind schwer und sehnen sich nach ihm. Ich will sein Gewicht an mir, will Haut an Haut spüren. Das sind Dinge, die ich in meinem ganzen Leben nie gewollt habe.

Er hat meine peinliche, furchtbare Situation ohne Urteil akzeptiert. Phänomenal. Ich mag diesen Mann wirklich sehr. Ich bin mir nicht sicher, was ich dagegen tun soll, doch mein Instinkt sagt mir, ihm nah zu bleiben. Oder vielleicht ist das meine rasende Lust. Auf jeden Fall bin ich mit Oscar noch nicht fertig.

9

Oscar

Ich habe es vermasselt. Ich hätte sie nicht küssen sollen. Was zum Teufel habe ich mir dabei gedacht? Sie muss bald heiraten, und wir haben eine Geschäftspartnerschaft. Ich will ihr helfen, nicht sie ruinieren. Sie muss Königin werden – eine jungfräuliche Prinzessin, die so bleiben muss, bis sie heiratet, denn die mittelalterlichen Traditionen ihres Königreichs schreiben das vor, da sie sonst ihr Geburtsrecht nicht einfordern kann.

Ich habe den Verstand verloren. Das ist die einzige Erklärung.

Herrgott. Dieser Kuss. Feurige Hitze, dringendes, ursprüngliches Verlangen. Ich muss aufhören darüber nachzudenken, aufhören, ihre sehnsüchtigen Worte in meinem Kopf abzuspielen: „Willst du mich bitte noch einmal küssen? Ich brauche das gerade mehr als meinen nächsten Atemzug."

Es ist nie passiert. Ich werde es niemandem erzählen. Sie wird es niemandem erzählen. Darum existiert dieser Kuss nicht.

Ich habe sie beim Abendessen gemieden und mich für Zimmerservice entschieden. Jetzt bin ich mit Adrian am High Stakes-Tisch auf der Terrasse und spiele Ultimate Texas Hold'em Poker. Ich habe eine verdammt gute Hand, und wenn ich mich nur konzentrieren könnte, könnte ich groß gewinnen. Ich brauche schnell Cash, um Charles auszuzahlen. Ich habe ihn bereits angerufen und ihm gesagt, dass Polly raus ist. Er hat nicht diskutiert, sondern einfach nur gesagt: „Ich freue mich auf dein Gegenangebot." Offensichtlich ist alles, was ihn interessiert, sein Schnitt. Er sagte, er würde heute Abend in seinem Büro sein, um sich wie gewünscht mit mir zu treffen.

Ich sehe mich am Tisch um und versuche, die Gesichter zu lesen. Adrians Blick ist auf den Tisch gerichtet, seine Miene verrät nichts. Gegenüber sitzen ein Ölmagnat mittleren Alters mit einem Cowboyhut, der fröhlich aussieht (wahrscheinlich betrunken), und ein saudischer Ölscheich, der ernst dreinblickt (möglicherweise eine gute Hand). Die beiden treffen sich wahrscheinlich geschäftlich hier. Außerdem sitzen noch drei italienische Männer in Designeranzügen am Tisch. Sie sind jetzt nach viel gut gelauntem Geplapper still (wahrscheinlich schlechte Hände).

Kurze Zeit später mache ich meinen Zug und gewinne den Pot. Alle anderen stöhnen. Der Dealer gibt mir eine rechteckige goldene Karte mit darauf eingeprägtem Wert. Adrian lächelt. Er hat versucht, mein Spiel zu verbessern. Er hat ein fast fotografisches Gedächtnis, was beim Kartenspielen hilft.

„Bleiben Sie hier", sagt der Cowboy zu mir. „Geben Sie uns die Chance, was davon zurückzugewinnen."

„Ein andermal."

Ich lasse mich auszahlen und gehe direkt zu Charles' Büro. Die Tür ist angelehnt, also gehe ich gleich hinein. Er sitzt hinter seinem Schreibtisch und blickt zur Decke, sein Gesichtsausdruck ist verzückt. Ich sehe einen hohen Absatz, der seitlich unter seinem Schreibtisch herausragt.

Charles sieht mich an, ein mildes Grinsen im Gesicht. Was für ein Arsch. Er wusste, dass ich heute Abend vorbeischauen würde. Und er hat die Tür offen gelassen. Ich gehe wieder hinaus und warte.

Fünf Minuten später streift eine große Rothaarige mit riesigen Brüsten an mir vorbei.

Charles ruft: „Du kannst reinkommen, Oscar."

Ich schwöre, dieser Typ ist sexsüchtig und ein Arschloch, und ich möchte ihn nicht in der Nähe von Polly haben.

Ich marschiere zu seinem Schreibtisch. Das Wichtigste zuerst, weil ich diesem Sack nicht vertraue. „Hast du die Auktion wie besprochen abgesagt?"

Er seufzt. „Dafür ist es viel zu spät. Es gibt hundert Leute, die sich dafür angemeldet haben und genug Geld haben, um ein kleines Land zu kaufen. Vielleicht könnten sie deins kaufen."

Ich schäume vor Wut. Villroy hat vielleicht wirtschaftliche Probleme, aber wir haben Aufwind, und bald wird es ein Kraftpaket sein. „Das ist illegal. Du kannst eine Frau nicht versteigern, sie hat dem nie zugestimmt."

„Das wird sie. Ich habe ihr bis Mitternacht gegeben, und sie ist ziemlich verzweifelt."

Ich balle meine Hände zusammen, und die Wut kocht in mir hoch. Ich will ihm die Fresse polieren, trotz meines ursprünglichen Plans, ihn auszuzahlen.

„Ich werde auch auf sie bieten", sagt er mit einem breiten Lächeln. „So ein feines Stück Fleisch ist selten."

Ich packe ihn am Kragen und schüttle ihn. „Halt den Mund! Das ist vorbei."

„Ich habe den Sicherheitsdienst gerufen", sagt er. „In meinem Schreibtisch ist ein Rufknopf eingebaut."

Ich lasse ihn los und kehre zu meinem ursprünglichen Plan zurück. „Du wirst deinen Schnitt bekommen. Beende die Auktion. Sie steht nicht zur Verfügung." Ich ziehe das Bündel Geldscheine, das ich gerade gewonnen habe, aus meiner Tasche und werfe es auf seinen Schreibtisch. Fünfzigtausend Euro. „Und du hältst den Mund wegen Polly."

Er wirft einen Blick auf das Geld. „Nicht annähernd genug. Ich kann so viele Kunden des Casinos nicht enttäuschen."

Ich höre Schritte den Flur entlangstürmen. Der Sicherheitsdienst. Ich kann die schlechte Presse für meine Familie nicht riskieren, wenn ich vom Sicherheitsdienst weggeschleppt werde. In diesem Moment weiß ich, was ich tun muss. Ich weiß, was mein Weingut in Italien wert ist, und ich weiß, dass ich es schnell verkaufen kann.

„Hunderttausend Euro", knurre ich.

Er lacht. „Eine Million."

„Eine halbe Million, und ich gehe nicht zur Polizei."

„Abgemacht." Seine blauen Augen leuchten. Bastard. Ich bin froh, dass wir keine Geschäfte mit ihm machen. Das wäre ein verdammt großer Fehler gewesen.

Ich drehe mich gerade um, als der Sicherheitsdienst ins Zimmer stürzt.

Charles begrüßt sie gut gelaunt. „Entschuldigung, ich muss versehentlich auf den Knopf gedrückt haben. Ich hatte eine Frau unterm Schreibtisch."

Die Männer ziehen sich grinsend zurück.

„Ich melde mich", sage ich ihm und gehe zur Tür hinaus.

Ich habe viel zu tun, um das durchzuziehen. Und ich werde es Polly erst erzählen, wenn alles unter Dach und Fach ist, da ich nicht möchte, dass sie sich noch mehr Sorgen macht. Ausnahmsweise braucht mich jemand, und ich werde sie nicht im Stich lassen.

~

Polly

Ich habe Oscar heute nicht gesehen. Adrian sagt, er wollte nach seinem Weingut sehen, das nicht weit von hier entfernt liegt. Er hat auch die Nachricht weitergegeben, dass Oscar „sich darum gekümmert hat". Adrian hat mich neugierig angesehen, aber ich habe keine Erklärung angeboten. Oscar hat sich um das Charles-Problem gekümmert. Er hat wirklich Wort gehalten. Eine große Erleichterung. Ich wünschte, ich könnte mich entspannen, doch Peters Erpressung schwebt noch immer wie ein Damoklesschwert über mir.

Ich liege im Bett, es ist spät, und ich kann nicht schlafen. In meinem Kopf schwirren die Gedanken, und ich überlege verzweifelt, wie man Peter schlagen kann. Ich weiß, dass Oscar gesagt hat, dass ich alles ihm überlassen soll, doch ich bin noch nie ein passiver Mensch gewesen. Ich muss etwas unternehmen.

Es klopft an meiner Tür. Ich erstarre, mein Herz rast. Ich bin allein hier, und heute Abend sollte die Jungfrauenauktion stattfinden. *Okay, beruhige dich.* Vaughn steht draußen. Ich bin sicher. Es sei denn, ein Mob wütender Männer, denen ihre jungfräuliche Eroberung vorenthalten wurde, hat sich leise angeschlichen und meine einzige Wache ausgeschaltet.

Ich nehme meinen Bademantel und ziehe ihn über mein Nachthemd, bevor ich durch den Spion blicke. Oscar. Ich entspanne mich.

Ich öffne die Tür. „Hallo."

Er lächelt herzlich. „Bitte mich rein."

Ich trete zurück und lasse ihn ein.

Er blickt auf meinen langen Bademantel und meine nackten Füße, bevor er meinem Blick begegnet. „Es ist vorbei. Ich habe dich gerettet."

Ich ertappe mich bei einem Lächeln. Ich denke, er mag es, der Retter und Held zu sein, und ich bin überrascht, wie sehr es auch mir gefällt. Ich habe mich immer selbst um alles gekümmert. „Danke, Oscar. Ich weiß das sehr zu schätzen."

„Gern geschehen."

„Glaubst du, Charles wird den Mund halten? Er weiß viel zu viel."

Er fährt sich mit der Hand durchs Haar. „Mein Bauchgefühl sagt mir, dass er sich nur für das schnelle Geld interessiert. Er will nicht zu hart dafür arbeiten."

„Ich hoffe, du hast recht."

Er blickt mir auf eine abwägende Art und Weise in die Augen und versucht, meine Seele zu lesen. Ich warte darauf, dass er sich zu einem Kuss herunterbeugt, doch er beobachtet mich einfach nur. Eine flirrende Hitze zieht mich an. Ich kann nichts dagegen tun. Ich lege meine Arme um seinen Hals und presse einen Kuss auf seine Lippen. Seine Hände bleiben an seinen Seiten.

Ich küsse ihn erneut und wage es, mit meiner Zunge über seine Unterlippe zu streichen, und sein Mund schließt sich über meinem, seine Zunge schießt in meinen Mund.

Funken fliegen über meine Haut. Seine Arme schließen sich um mich und pressen mich bündig an ihn. Mein Körper summt, mein Kopf schwimmt vor purer Begierde. Ich bin überwältigt von einer Leidenschaft, die mich verzehrt.

Er bricht den Kuss ab, zieht meine Arme von sich und tritt zurück. „Nein.“

„Nein?“

Er gräbt eine Hand in seine Haare, seine Stimme ist heiser. „Ich habe dich gerettet, damit du bleiben kannst, wer du bist. Du bist eine Königin. Das ist dir bestimmt.“

„Das interessiert mich im Augenblick wirklich nicht. Ich will dir nur nah sein.“

Er weicht zurück. „Ich werde in Kürze viel Geld bekommen. Und wenn es soweit ist, nutze ich einen Teil davon zur Tilgung der Schulden deiner Eltern, einen Teil, um Charles auszubezahlen und der Rest finanziert das Casino auf Villroy. Ich werde dich zu einem gleichberechtigten Partner mit mir und Adrian machen.“

Mir bleibt der Mund offenstehen. „Was hast du getan? Hast du Land deiner Vorfahren verkauft? Familienschmuck?“ Ich weiß, dass er selbst nicht so viel Geld hatte.

Er schnaubt. „Der Prinz aus der Mitte des Rudels hat weder geerbtes Land noch Familienschmuck.“

Mein Hals schnürt sich vor Emotionen zu. Ich kann nicht glauben, was er für mich getan hat. „Oscar, danke, wirklich, aber du kannst mir nicht einfach einen Teil des Casino-Geschäfts geben. Ich habe das nicht verdient.“

Sein Blick ist zärtlich. „Ich entscheide mich für eine Partnerschaft mit dir, weil ich mit dir zusammenarbeiten möchte. Ich mag deine Begeisterung für das Projekt, deine Ideen und was du an den Tisch bringst. Und du brauchst es, um deine Familie in Zukunft zu schützen.“

Genau das hatte ich mir für meine Familie mit diesem Investment erhofft, doch ich hatte nicht gedacht, dass er es mir einfach geben würde. „Ich kann das nicht annehmen.“

„Du musst, sonst ist das eine Beleidigung für den Prinzen, der dich gerettet hat.“ Er legt dramatisch eine Hand auf seine

Brust. „Eine Beleidigung meiner Ehre. Ich müsste dich womöglich zu einem Duell herausfordern."

Ich lache. „Oh, Oscar." Ich senke den Kopf, dankbar für seinen Glauben an mich und fassungslos angesichts seiner Großzügigkeit. Ich schwöre, diese Großzügigkeit zehnfach zurückzugeben, so gut ich kann. „Vielen Dank."

„Gern geschehen."

Er kommt zu mir zurück und streicht mir die Haare aus dem Gesicht. Seine Finger streichen über meinen Nacken, und ich erschauere. Ich will ihn umarmen, aber zuerst muss ich etwas sehr Wichtiges wissen.

„Bitte sag mir, woher du das Geld hast. Wenn du es die ganze Zeit hattest, hättest du keinen anderen Investor für das Casino gebraucht."

Er kneift spielerisch in mein Kinn. „Ich habe ein Investment liquidiert, um dich zu retten. Mach dir keine Sorgen, es ist alles legal und redlich."

„Adrian wird dich für verrückt halten, mich zum Partner zu machen", flüstere ich, immer noch von ihm und seiner großen Geste überwältigt.

Sein Blick fällt auf meine Lippen. „Vielleicht bin ich das."

Meine Knie werden schwach, und eine leise Sehnsucht in meinem Bauch lässt mich auf ihn zu schwanken.

Er tritt zurück, und sein Blick brennt sich in meine Augen, bevor er sich umdreht und zur Tür geht.

Sobald sie sich hinter ihm schließt, sinke ich auf mein Bett. Ich bin enttäuscht und dankbar und gleichzeitig frustriert.

Aber hauptsächlich bin ich dankbar.

～

Oscar

Adrians Brauen schießen über großen haselnussbraunen Augen in die Höhe. „Was hast du getan?", fragt er zum zweiten Mal.

„Ich habe mein Weingut verkauft." Ich lasse mich auf das Sofa in seiner Hotelsuite fallen. Es ist spät, aber ich bin aufgedreht nach dem enormen Kraftaufwand, der nötig war, um

Polly heute Abend (weitgehend) unberührt zu lassen. „Es war ein Handschlag-Deal. Es wird ein bisschen dauern, bis die Unterlagen erstellt sind und alles geklärt ist, aber ich bin sicher, dass es reibungslos ablaufen wird. Das benachbarte Weingut hat mir seit Jahren Angebote gemacht. Jetzt haben wir für das Casino, was wir brauchen."

Adrian fährt sich mit der Hand durchs Haar. „Oscar, das ist dein Vermächtnis. Du hast gesagt, dass du dich irgendwann einmal da mit deiner zukünftigen Familie niederlassen willst. Und es muss das Letzte sein, was du aus deinen Fußballtagen hattest."

Ich zucke mit einer Schulter. „Meine Fußballtage sind vorbei, und ich habe nicht vor, in nächster Zeit zu heiraten. Ich werde wahrscheinlich mehr Geld mit dem Casino verdienen und einfach ein anderes Stück Land kaufen."

Er sitzt neben mir auf dem Sofa und runzelt die Stirn. „Du hast das alles für eine Frau getan, die bald nach Hause gehen wird, um einen anderen Mann zu heiraten."

Ich seufze. Peter kann sie nicht mehr erpressen, ihn zu heiraten, sobald ich die Schulden ihrer Eltern bezahlen kann, doch es ist wahr, dass sie bald heiraten muss, um als Königin zu regieren. So funktioniert das nun einmal in ihrem traditionellen Königreich.

Er versteht es nicht, weil ich mich noch nie für etwas so eingesetzt habe. Es war einfach nicht nötig gewesen. Niemand hat mich je so gebraucht. „Ich habe es getan, um sie aus einer schlimmen Situation zu retten, von der sie nicht will, dass sie an die große Glocke gehängt wird. Und ich habe es auch für uns getan. Jetzt haben wir unseren eigenen Beitrag. Ich hätte nie gedacht, dass ich die Chance bekommen würde, Teil des Familienerbes zu sein. Jetzt tun wir beide genau das."

Er schüttelt den Kopf. „Glaub mir, ich verstehe. Ich bin der Jüngste von sieben. Sogar mein Zwilling ist mir bei der Geburt um eine Minute zuvorgekommen. Aber Oscar, das ist eine große Sache."

„Sie hat mich gebraucht." Es ist die schlichte Wahrheit,

und ich bin stolz darauf, dass ich für sie mein Wort gehalten habe.

Er stupst mich mit einem Finger an. „Du bist in sie verliebt."

Ich versteife mich. „Nein, bin ich nicht." *Bin ich?* Ich will es nicht sein. Das Letzte, was ich will, ist, meinen Platz auf Villroy aufzugeben, um sie zu heiraten und in ein rückständiges Königreich zu ziehen. Ich mag sie verlockend finden, aber so verloren bin ich noch nicht.

„Ja! Von dem Moment an, als du sie kennengelernt hast, warst du dumm vor Liebe. Lucas und ich haben es beide gesehen."

Ich ziehe an meinem Kragen, plötzlich überhitzt. „Vielleicht dumm vor Lust. Ich werde noch viele andere Frauen kennenlernen."

Er stützt seine Ellbogen für einen Moment ruhig auf die Knie, bevor er sagt: „Es gibt nichts, was ich mehr möchte, als dieses Casino mit dir zu bauen und zu betreiben."

„Und mit ihr."

Er sieht mich von der Seite an. „Das meine ich ja. Du hättest einfach dein Weingut verkaufen können, und dann wären du und ich Partner gewesen. Jetzt haben wir eine Dritte, die … Ach, vergiss es."

„Sag es einfach."

Er richtet sich auf. „Sie ist Teilhaberin des Casinos und profitiert auf Dauer, ohne Geld dafür aufzubringen. Frag dich warum, Oscar. Was denkst du, was du dafür bekommen wirst?"

„Du verstehst es nicht. Ich habe das nicht für mich getan."

„Okay, dann sag mir, wie es ist."

„Sie wird dazu beitragen. Sie hat großartige Ideen für das Casino." Und ich möchte, dass sie alles bekommt, was sie sich erträumt. Sie ist genauso begeistert von dem Casino wie ich. Und vielleicht möchte ich selbstsüchtig eine Verbindung zu ihr aufrechterhalten, selbst wenn es nur ums Geschäft geht. Das behalte ich allerdings für mich.

Adrian sieht mich hart an. „Großartige Ideen und kein Geld, aber sie ist Teilhaberin. Du hast es ihr einfach *gegeben*."

Ich beiße die Zähne zusammen. „Ich habe das Richtige getan. Sie hat ihr ganzes Leben strenge, rückständige Regeln ertragen, nur, damit sie ihren rechtmäßigen Platz einnehmen kann. Sie ist eine Königin."

Er atmet scharf aus. „Okay."

„Sie war in einer schlechten Situation. Ich habe das Problem für jetzt und die Zukunft gelöst."

Sein Blick ist direkt. „Du weißt, dass du am Ende enttäuscht werden wirst."

„Ich werde nicht enttäuscht. Ich muss nur sehen, wie sie ihren Platz als Königin einnimmt."

„Du willst sie. Das ist offensichtlich."

Ich werde es nicht leugnen, aber ich weigere mich, ihre Chance zu ruinieren zu sein, was ihr bestimmt ist. Sie soll den Thron besteigen, und das kann sie mit mir auf Villroy nicht tun.

Ich stehe auf. „Ich will das Casino, und jetzt habe ich es."

10

Polly

Es ist spät am Freitagnachmittag, und ich bin zurück im Palast von Villroy. Als erstes habe ich Anna besucht, und ihr geht es großartig. Der Arzt glaubt, dass es noch ein oder zwei Wochen dauern wird, bis das Baby zur Welt kommt. Sie hofft auf mehr Zeit, denn die Eröffnung des Day Spa ist in zwei Wochen. Jetzt bin ich wieder in meinem Zimmer und blicke hinaus auf das Meer, ungewöhnlich entspannt und glücklich. Bald kann ich der Last von Peters Drohungen entkommen, und nebenbei werde ich Teil eines Geschäfts, an dem ich sehr interessiert bin. Vielleicht kann ich die Notwendigkeit zu heiraten noch ein bisschen hinauszögern, mir irgendwie ein bisschen Zeit erkaufen. Ich weiß noch nicht ganz wie, aber die dunkle Wolke hat sich aufgelöst und ich denke jetzt klarer, da ich mein schreckliches Geheimnis mit Oscar geteilt habe.

Ich habe sogar ein bisschen Freiheit. Marge bleibt in ihrem Zimmer, um zu vermeiden, dass sie andere ansteckt, und Vaughn hat festgestellt, dass die Gefahr für mich hier angesichts der Palastwachen so gering ist, dass er sich vollständig zurückgezogen hat. Wenn ich den Palast verlassen würde, hätte ich natürlich sofort Vaughn und eine Anstandsdame an meiner Seite, aber ich bleibe gern hier.

Es klopft an der Tür.

„Herein!“, rufe ich.

Die Tür öffnet sich, und meine geliehene Zofe Lina kommt herein und macht einen tiefen Knicks. „Hoheit, Königin Anna bittet Sie, in einer Stunde mit der Familie im formellen Speisesaal zu Abend zu essen. Zuvor gibt es Drinks im Salon, wenn Sie möchten.“

„Danke.“

„Ma'am, darf ich mit Ihnen über eine private Angelegenheit sprechen?“

„Natürlich!“

Sie schließt die Tür hinter sich und kommt auf mich zu. „Ma'am, ich wollte mich noch einmal bei Ihnen bedanken, dass Sie mich auf Ihre Reise mitgenommen haben.“

Ich lächle. Sie hat sich bereits auf dem Rückflug und beim Auspacken bedankt. „Sie waren eine fantastische Reisebegleiterin.“

Sie fischt in ihrer Tasche und holt Bargeld heraus. „Ich habe das Gefühl, es ist nicht richtig, dass ich Ihr Geld nehme. Ich habe weit mehr gewonnen, als ich jemals in dieser Zeit hätte verdienen können, und Sie müssen sich keine Sorgen machen, dass ich jemals auch nur ein Wort über unsere Zeit in Monaco verlieren werde.“

Ich verschränke meine Hände hinter meinem Rücken, damit sie mir das Geld nicht geben kann. „Nein, wir hatten einen Deal. Es gehört Ihnen. Vielleicht können Sie es ja für ein paar sexy Dessous für Louis ausgeben.“

Sie wird rot. „Ich hätte ihn nie näher kennengelernt, wenn wir nicht den Palast verlassen hätten. Er hat seine Arbeit, und ich habe meine. Früher haben sich unsere Wege selten gekreuzt, aber jetzt ...“ Sie strahlt. „Ich bin verliebt.“

Mein Hals schnürt sich zu. Sie sieht so glücklich aus. „Das ist wunderbar.“

Sie nickt. „Das ist es. Er will mich heiraten, sobald er genug für ein Cottage auf der Insel zusammengespart hat.“

Ein Cottage. Ich habe einen Palast, aber irgendwie scheint sie die Glücklichere von uns beiden zu sein.

Ich drücke ihren Arm. „Dann müssen Sie das Geld für Ihr

Hochzeitskleid verwenden. Das ist mein Hochzeitsgeschenk für Sie."

„Danke, Ma'am! Gott segne Sie."

Ich winke ab. „Das ist doch nichts. Viel Spaß beim Aussuchen."

Sie macht einen weiteren Knicks und verabschiedet sich.

Meine Schultern hängen, meine Brust fühlt sich hohl an. Es hat keinen Sinn, sich nach dem zu sehnen, was ich nicht haben kann. Ich bin keine freie Frau, die aus Liebe heiraten kann. Ich wurde in ein Königshaus hineingeboren und sollte mir nichts anderes wünschen.

Ich atme tief durch und straffe meine Schultern. Ich werde in den Salon gehen und sehen, wer auf einen Drink da ist. Ich trage meinen Schleier nicht, aber ich bin zu meiner üblichen züchtigen Garderobe zurückgekehrt, da ich weiß, dass Marge sofort misstrauisch werden würde, wenn ich meine offenherzigeren Kleider aus Monte Carlo tragen würde. Ich trage eine weiße Bluse mit einem lavendelblauen Rock und beigen Flats. Das Outfit ist okay, nur langweilig. Ich habe den seltsamen Drang, meine gesamte Garderobe ins Meer zu werfen und neu anzufangen.

Als ich im Salon ankomme, sitzt nur Adrian auf dem bordeauxroten Ledersofa und starrt auf sein Handy. Vor ihm steht eine kleine Espressotasse auf dem Tisch.

„Hallo", sage ich und bemühe mich um einen entspannten Ton. Ich habe seine Blicke auf dem Rückflug gespürt und befürchtet, dass er nicht glücklich darüber ist, dass Oscar mich als Partnerin aufnehmen will.

„Hallo", sagt er und steht auf, als ich mich nähere. „Möchtest du einen Drink?"

Ich sehe mich um. Keine Bediensteten hier. „Mixt du?"

„Ich kann bestellen, was immer du willst. Oder ich kann dir Scotch oder Brandy einschenken?"

„Ich brauche nichts, danke."

Er lädt mich mit einer Geste ein, auf dem Sofa Platz zu nehmen. Ich schlage meine Beine übereinander und falte meine Hände auf meinem Schoß.

Er lässt sich neben mir nieder. „Ich hörte, dass du beim Casino mit an Bord bist."

Hitze kriecht an meinem Hals empor. Ich hoffe, Oscar hat ihm nicht zu viel über die Umstände seiner Geste verraten. „Es war großzügig von Oscar, und ich freue mich sehr, ein Teil davon zu sein."

Er studiert mich aufmerksam. „Er hat dieses Weingut sowieso nur unbenutzt brachliegen lassen."

Mein Blick wandert zu ihm. „Weingut?" Oscar ist letzte Woche auf sein Weingut gefahren.

Er presst seine Lippen aufeinander. „Er hat es dir nicht gesagt?"

„Er hat nur gesagt, dass er ein Investment liquidiert hat. Ich habe ihn gefragt, ob es Land seiner Vorfahren sei, und er hat nein gesagt."

„Das war es auch nicht. Er hat es von dem Geld gekauft, das er als Profifußballer verdient hat, und hatte vor, dort irgendwann ein Haus für seine Familie zu bauen. Es war das Letzte, was er noch aus dieser Zeit hatte, und es hatte einen hohen sentimentalen Wert. Fußball hat ihn mit unserem Vater verbunden." Er beobachtet mich genau. „So sehr wollte er, dass du Teil des Teams wirst."

Fußball ist für ihn für immer verloren. Lina hat mir erzählt, dass Oscar wegen einer Verletzung den Profisport aufgeben musste. Ich bin geschockt. Ich wusste nicht, dass Fußball das war, was er mit seinem verstorbenen Vater teilte. Mein Gott. Er hat *für mich* das Letzte aufgegeben, was er aus einer wohl goldenen Zeit seines Lebens hatte. Ich schlucke schwer, mein Herz pocht in meinen Ohren. Es war unglaublich heroisch von ihm, ich kann nicht fassen, was er für mich geopfert hat. Und er will keine Gegenleistung dafür. Es ist das Selbstloseste, Erstaunlichste, was jemals jemand für mich getan hat. Ich weiß nicht, wie ich ihm das jemals vergelten kann.

Meine Stimme kommt erstickt heraus, meine Augen brennen vor unvergossenen Tränen. „Warum tut er das?"

Er neigt den Kopf. „Warum glaubst du, dass er das tut?"

Ich starre geradeaus. „Ich weiß nicht", flüstere ich, aber

ein Teil von mir weiß es. Er schützt mich vor Peter und Charles, bewahrt mein Geburtsrecht und macht mich zu einem Teil eines Geschäftsvorhabens, das meiner Familie auf ganzer Linie helfen würde. Warum sollte ein Mann so etwas Heldenhaftes tun? Ich muss ihm etwas bedeuten. Aber er hat gesagt, dass er will, dass ich meinen rechtmäßigen Platz als Königin einnehme, was eine Zukunft ist, die ihn nicht einschließt. Was bedeutet das? Was soll ich tun?

In diesem Moment fliegt die Tür auf, und das lachende Geschwätz von Anna und Alice bricht die Spannung des Augenblicks.

„Ich bin sicher, du wirst dir darüber klar werden", sagt Adrian leise.

Ich sitze einfach da und bin sprachlos angesichts der Erkenntnis, dass ich vielleicht etwas habe, von dem ich nie gedacht hätte, dass ich es haben könnte – eine echte Verbindung zu einem wunderbaren Mann –, und ich habe keine Ahnung, was ich deswegen unternehmen soll.

Gabriel, Lucas und Oscar betreten einen Moment später den Raum. Mein Blick richtet sich auf Oscar, der mit Lucas lächelt und scherzt, sogar Gabriel lächelt über das Geplänkel seiner Brüder.

Oscar ist mein persönlicher Held.

Ich bin auf den Beinen, bevor ich mir überhaupt bewusst bin, was ich tue, und gehe zu ihm durch den Raum. Anna ruft meinen Namen, aber es ist kaum mehr als ein fernes Rauschen. Ich bin ganz auf diesen unglaublichen Mann konzentriert, dessen unglaublich gutes Aussehen zu einem unglaublich guten Herzen passt. Er ist von innen und außen wunderschön, und ich bin überwältigt.

Als ich vor ihm stehen bleibe, donnert mein Herz in meiner Brust. „Oscar."

Er hört auf zu lächeln und zieht mich beiseite, weg von den anderen. „Stimmt was nicht?"

„Du hast etwas für mich getan, etwas so Unglaubliches, dass ich es kaum fassen kann. Du hast dein Vermächtnis verkauft, das Land, das für deine Zukunft bestimmt war."

Er blickt über meine Schulter und starrt mich an. „Er hätte es dir nicht sagen sollen."

„Ich bin so ... so unglaublich dankbar."

„Du hast dich schon bei mir bedankt", sagt er. „Es ist nichts."

„Es ist *nicht* nichts! Niemand hat jemals in meinem Leben etwas so Erstaunliches für mich getan."

Er zupft an meinen Haaren. „Naja, du bist ziemlich behütet aufgewachsen."

„Nun rede deine heldenhafte Geste mal nicht klein! Ich werde das, was du getan hast, für immer schätzen."

Er beugt sich zu meinem Ohr herunter. „Jetzt bist du die Heldin und wirst die beste Königin, die Beaumont jemals gesehen hat." Er führt mich mit einer festen Hand auf meinem unteren Rücken zurück zur Gruppe.

„Zu deinen Ehren werde ich es sein", schwöre ich, unfähig, meinen Blick von ihm abzuwenden.

„Oh, wir sprechen Französisch heute?", fragt Anna. „Bonjour, ma famille!"

Ich blinzele. Ich war mir nicht bewusst, dass Oscar und ich Französisch gesprochen haben. Bin ich zu meiner Muttersprache zurückgekehrt, weil ich extrem emotional war, oder wusste er, dass er so besser zu mir durchdringen würde?

Anna plaudert auf Französisch und meuchelt die Sprache. Gabriel und Lucas schneiden Grimassen. Alice sieht nur verwirrt aus.

Oscar begegnet meinem Blick und lächelt mich wehmütig an, während er auf Englisch fortfährt: „Ich wusste, dass du mich so am ehesten hören würdest."

Meine Augen werden heiß. Dieser Mann. Er versteht mich. Ich möchte meine Arme um ihn legen und ihn fest umarmen, aber ich kann nicht. Nicht vor allen. Außerdem verbietet es das königliche Protokoll. Mein Königreich verbietet es.

Zum ersten Mal in meinem Leben bin ich einem Mann begegnet, der Versuchung genug ist, um ein Königreich für ihn zu riskieren.

Und ich will der Versuchung nachgeben.

Mein Puls macht bei jedem kleinen Geräusch einen Sprung, als ich mich durch den Palast zu Oscars Suite im Westflügel schleiche. Es ist mitten in der Nacht, und ich habe gewartet, bis ich sicher war, dass alle schlafen. Nein, er hat mich nicht eingeladen. Anna hat mir gesagt, wo er wohnt, als ich sie gefragt habe. Sie hofft, dass wir zusammenkommen. Oscar ist von königlichem Blut, doch er bietet für mein Königreich keinen Vorteil und ist durch das Casino an Villroy gebunden. Ich weiß es besser, als auf eine Zukunft mit ihm zu hoffen, doch ich habe das Jetzt. Ich habe Leidenschaft und ein tiefes Gefühl gefunden, das ich nie zu erleben geglaubt habe. Ich kann das nicht durch meine Finger gleiten lassen.

Ich klopfe an seine Tür und hoffe, dass es niemanden auf meine Anwesenheit aufmerksam macht.

„Oscar", flüstere ich.

Ich klopfe erneut. Ich hätte nach seiner Nummer fragen sollen, damit ich ihm eine SMS hätte schreiben oder ihn hätte anrufen können. Ich war mir nicht sicher, ob er mich reinlassen würde, deshalb bin ich einfach hier aufgetaucht. Er hat beim Abendessen und danach im Salon Abstand zu mir gehalten und dafür gesorgt, dass wir nie allein waren. Und jedes Mal, wenn unsere Blicke sich begegnet sind, hat mir die Intensität den Atem geraubt.

Die Tür öffnet sich schließlich, und Oscar steht mit nacktem Oberkörper vor mir. Mein Mund wird trocken. Seine Brust ist breit und mit dunklem Haar bestäubt, mit Muskeln, die wie in Stein gemeißelt aussehen. Seine Hüften sind schmal und stecken in einer lockeren grauen Pyjamahose. Meine Finger prickeln bei dem Bedürfnis, ihn zu berühren.

Er öffnet die Tür nur halb. „Wie hast du mich gefunden?"

„Ich habe Anna gefragt, wo du wohnst. Lade mich ein reinzukommen." Das hat er im Hotel zu mir gesagt, und da hat es funktioniert, also ...

Sein Blick studiert mein Gesicht.

„Ist es falsch?", flüstere ich.

Er zieht mich herein und schließt leise die Tür hinter mir.

Mein Herz hämmert gegen meinen Brustkorb. Ich warte und hoffe verzweifelt, dass er mich berührt.

„Frag mich nicht, ob es falsch ist", sagt er mit heiserer Stimme und zieht mich dann in seine Arme.

Ich schlinge meine Arme um seinen Hals und küsse ihn. Er berührt meinen Nacken mit einer warmen Hand, seine andere Hand gleitet über meinen Rücken, die Hitze sickert durch die Seide meines Kimonos. Ich bin im Himmel. Nichts könnte besser sein als dieser leidenschaftliche Kuss. Seine Hand gleitet tiefer, bleibt auf meinem Po liegen und presst mich gegen ihn. Hitze schießt zwischen meine Beine. *Ja. Mehr.* Meine Hüften wiegen sich von selbst, als sein Mund von meinem Besitz ergreift.

Er küsst eine heiße Spur entlang meines Kiefers und schmiegt sich an meinen Hals. Seine Hände wandern in meinen Kimono und gleiten über meine Rippen, bevor er meine Brüste umfasst. Seine Daumen streifen meine Brustwarzen. Ich stöhne, meine Knie sind weich, das rohe Verlangen überwältigt mich.

„Ich hätte nie gedacht, dass es so sein könnte", sage ich atemlos.

Er begegnet meinen Augen mit einem erhitzten Blick, bevor er seine Lippen in einem zärtlichen Kuss auf meine senkt, der mich fast die Fassung verlieren lässt. Meine Glieder sind schwer, meine Finger klammern sich an seine Schultern. Er löst den Gürtel meines Kimonos, schiebt ihn von meinen Schultern, senkt seinen Kopf und küsst eine feurige Spur die Länge meines Halses hinunter bis zu meiner Brust. Er bleibt stehen, um die Träger meines Seidennachthemdchens von meinen Schultern zu schieben, zieht am Stoff und lässt ihn auf meine Taille fallen.

„Pol." Seine Stimme ist heiser. „So sexy." Er nimmt meine Brüste in seine Hände und küsst sie dann. Heiße Küsse mit offenem Mund, die immer näher an meine Nippel rücken, die sich zu einer harten Knospe zusammenziehen. Sein Mund schließt sich über meinem, und er saugt hart.

„Oh!" Meine Finger graben sich in sein dichtes Haar, während er weiter saugt und mich mit dem intensiven

Vergnügen schockiert. „Hör nicht auf." Ich kann spüren, wie es sich in mir aufbaut, ein starker Druck, ein bedürftiges Pochen.

Seine Finger zwicken und rollen meinen anderen Nippel, und ich stöhne laut und schlage mir die Hand vor den Mund. Er wechselt die Seite, saugt an meiner anderen Brust, und mein Atem kommt in kurzen Stößen. Zwischen meinen Beinen pocht ein Puls, den ich noch nie gespürt habe. Ein Streicheln da, und ich schwöre, ich bin hinüber.

Er hebt seinen Kopf und streift einen Kuss über meinen Kiefer, bevor er mir ins Ohr flüstert: „Ich will, dass du dich gut fühlst."

„Ja. Du fühlst dich schon gut an. Ich will das auch."

Er zieht mir das Nachthemd aus und verzehrt mich mit seinem Blick, bevor er auf die Knie sinkt und einen Kuss auf mein feuchtes weißes Höschen presst. Bei der intimen Berührung stockt mir der Atem. Er hakt seine Daumen in die Seiten meines Höschens und zieht es mir aus, bevor er aufsteht. Ich schlüpfe aus meinen Hausschuhen und greife nach dem Bund seiner Pyjamahose, doch er schiebt meine Hände weg.

„Nur du", sagt er, bevor er meine Hand nimmt und mich zu seinem Bett führt.

„Warum?"

„Weil ich dein Held bleiben will, nicht der Grund, warum du deinen Platz in deinem Königreich verlierst." Er zieht die Decke aus dem Weg und kriecht ins Bett, legt ein Kissen gegen das Kopfteil und lehnt sich mit dem Rücken daran. „Komm her." Er klopft auf die Matratze und spreizt die Beine, um Platz für mich zu schaffen.

Ich klettere aufs Bett, knie mich zwischen seine Beine und küsse ihn. Sein Mund ist hungrig nach meinem, die Intensität steigt, als seine Hände über mich streifen.

Er reißt den Mund los und atmet schwer. „Dreh dich um. Setz dich zwischen meine Beine."

Ich bin verwirrt, aber ich tue, was er verlangt. Die Hitze seiner Brust brennt auf meinem Rücken. Haut auf Haut, genau, wonach ich mich gesehnt habe. Es ist dekadent.

Seine Arme legen sich von hinten um meine Taille. „Sag

mir, wie weit du mit deinen früheren Freunden gegangen bist.“

Ich schließe verlegen die Augen.

Sein Atem strömt über mein Ohr. „Keine Freunde, okay. Ich hätte dich wahrscheinlich nicht so schnell nackt in mein Bett bringen sollen.“

Ich drehe meinen Kopf, damit er die Wahrheit in meinen Augen sehen kann. „Ich will hier sein.“

„Bin ich der erste Mann, den du geküsst hast?“

„Nein, ich habe drei Männer geküsst, aber da war nie Leidenschaft. Nicht wie bei dir, und ich habe nie mehr gewollt. Ich bin vom Hals abwärts unberührt.“

Er verzieht das Gesicht. „Pol, vielleicht–“

„Nein.“ Ich blicke geradeaus und lehne mich zurück in seine Arme, schmiege mich an ihn. Oh wow. Etwas Hartes stößt gegen meine Hüfte. Er stößt einen Grunzlaut aus und schiebt meine Hüfte ein Stück nach vorne. „Mach, was du willst“, verkünde ich. „Ich bin sicher, dass es mir auch gefallen wird.“

Seine Worte laufen mir heiß über das Ohr. „Hattest du jemals einen Orgasmus?“

„Ja. Aber nur allein.“

„Dann fangen wir da an.“

Ich bin im Begriff zu sagen: „Großartiger Anfang, und dann machen wir weiter“, aber seine großen Hände gleiten über die Innenseite meiner Schenkel, und ich kann meine Stimme nicht finden. Er spreizt meine Beine weit und hebt sie an, um sie über seine zu legen.

Seine Stimme grollt an meinem Ohr. „Entspann dich einfach. Du kannst es mehr genießen, wenn du loslässt. Schau nach unten und beobachte, wie meine Finger zaubern.“

Ich blicke an meinem nackten Körper hinunter. Das Licht ist eingeschaltet. Ich starre geradeaus. „Siehst du zu?“

„Absolut.“

Ich senke den Blick. O Gott. Einer seiner langen, schlanken Finger versetzt mir einen elektrischen Schlag, und ich zucke zusammen.

„Schhh, entspann dich.“ Er zieht meinen Kopf zurück

gegen seine Brust. „Weißt du was ich mit Loslassen meine?“ Seine Hände wandern an mir empor, um meine Brüste zu liebkosen, rollen und zupfen an meinen Brustwarzen, und es ist, als gäbe es eine direkte pochende Leitung, die zwischen meine Beine führt. Mein Rücken biegt sich durch. Seine Finger zwicken meine Brustwarzen und schockieren mich mit dem scharfen Vergnügen. Er lässt los. Seine Hand wandert zwischen meine Beine und drückt gegen mich. Ich will mich gegen seine Hand wiegen, aber ich kann mich nicht bewegen.

„Pol“, sagt er.

Er scheint eine Antwort zu brauchen, also sage ich: „Loslassen bedeutet, dass ich kommen werde.“

„Nein. Es bedeutet, dass du mir die Kontrolle überlässt. Entspann dich einfach ganz in meinen Armen. Du übergibst deinen Körper mir.“

„Und du wirst dich gut darum kümmern?“

Er lacht leise und beißt dann in mein Ohrläppchen und zupft daran. „Ja. Ich verspreche, mich gut um dich zu kümmern.“

„Okay“, sage ich leise. „Ich vertraue dir, Oscar.“

Er legt eine Hand an meine Wange, dreht mich zu sich und küsst mich. „Danke. Das ist ein Geschenk für mich.“

Ich lächle. „Oh. Ich wollte dir etwas geben.“

Sein Daumen streift meine Unterlippe, bevor er mich zurückdreht, um mich in seinen Armen zu entspannen. Und genau das tue ich. Seine warme Hand taucht zwischen meine Beine, seine Finger zeichnen langsame, neckende Kreise. Mein Atem stockt. Es ist völlig anders, wenn mich jemand berührt. Ich weiß nicht, was er tun wird, kann es nicht vorhersehen. Ich schließe meine Augen, lasse mich vom Genuss davontragen und schmelze gegen ihn.

„Ja. So ist gut“, flüstert er.

Ein Lächeln zupft an meinen Lippen angesichts seines Lobs. Ich habe so wenig Lob in meinem Leben gehört. Ich will ihm gefallen, und er will mir gefallen. Perfektion. Ich schwebe in einem Nebel von Genuss, umgeben von seiner Wärme und seinem sexy Duft. Das Gleiten von langsamem Genuss zu harter Intensität ist so allmählich, dass ich es kaum bemerke, bis ich plötzlich in der Nähe des herzklopfenden Randes der Befreiung bin und ihm meine Hüften ohne mein Zutun entgegenrecke.

Er zieht sich zurück, neckt mich wieder in sanften Bewegungen und langsamen Kreisen und treibt mich in den Wahnsinn.

Meine Finger krallen sich in die Laken.

„Lass los", befiehlt er und löst meine Hände vom Laken. „Sonst fangen wir von vorne an."

O mein Gott. Der Mann ist böse. Ich bin dem Höhepunkt so nah.

Er beißt mir in den Hals, und ich schnappe nach Luft. Seine Hände gleiten über meinen ganzen Körper, überall dort, wo ich ihn am meisten brauche. Ich greife nach seiner Hand und will sie dorthin zurückschieben, wo sie hingehört, doch dann wird mir klar, dass das kein Loslassen ist. Stattdessen küsse ich seine Handfläche und entspanne mich gegen ihn.

„Wie schön", krächzt er in mein Ohr, während seine Finger zwischen meine Beine tauchen.

Ich stöhne leise, als er mich bis kurz davor treibt und sich dann wieder zurückzieht. Ich hebe immer wieder meine Hüften und suche nach mehr, verzweifelt nach der Erlösung, die gerade so noch außer Reichweite ist. Er hält meine Hüfte mit seiner freien Hand fest, und seine Finger liebkosen mich hart. Ich zittere, mein Atem kommt in harten Stößen, alles in mir ist angespannt. Er spielt mit mir, zieht es in die Länge, lässt mich zittern und nach Luft ringen und stöhnen. Und dann verdunkelt sich meine Sicht, die Welt reduziert sich auf seine Berührung und verzehrt mich in feuriger Lust. Ich wimmere zusammenhanglos. Seine tiefe Stimme spricht meine Muttersprache und sagt mir, ich solle ganz loslassen. Der Höhepunkt schlägt in mich ein, eine Explosion des Genusses, die mich erschüttert, und ein Schrei entfleucht meiner Kehle.

Er berührt mich langsamer, sanfter und murmelt: „Sehr gut."

Ich bin euphorisch. Das war ein fantastischer Orgasmus, viel besser, als wenn ich es selbst tue, und ich will mehr.

Ich drehe mich um und küsse ihn. „Danke. Das kommt meinen eigenen Bemühungen gleich."

„Kommt deinen eigenen Bemühungen gleich?", echot er ungläubig. „Du hast geschrien."

Ich zwinge mich zu einem ernsten Gesicht. „Ich habe jahrelang geübt."

Er kneift seine Augen zusammen, und mein Puls macht einen Sprung. Ich benetze meine Lippen und bin mir nicht sicher, wie ich ihn bitten soll, es mir mit dem Mund zu machen. Dann tue ich es einfach. „Es war jedoch nicht ganz magisch. Alice sagt – ah!"

Er hebt mich hoch und legt mich mit einer schnellen Bewegung flach auf meinen Rücken auf die Matratze. Er kniet zwischen meinen Beinen, sein Blick auf meine Weiblichkeit gerichtet, als er meine Beine spreizt. Mein Atem stockt.

„Kommt deinen Bemühungen gleich", murmelt er, bevor er seinen Kopf senkt und mich einmal lange leckt.

„Oh!" Das war viel intensiver, als ich erwartet hatte.

Und dann zieht er meine Beine über seine Schultern, spreizt mich weiter und taucht mit seinem hungrigen Mund ein. Mein ganzer Körper wölbt sich vom Bett. Seine Hand klammert sich an meine Hüfte und hält mich fest, und die Intensität erreicht ein ganz neues Niveau. Ich bin darin gefangen, sein Mund verschlingt mich. Und dann greifen seine Finger in die Handlung ein, folgen mir, liebkosen und umkreisen meine Öffnung. O Gott. Zu viel. Ich kralle meine Finger in seine Haare, starre ihn kurz zwischen meinen Beinen an, und mein ganzer Körper zuckt zusammen und erzittert, als ich hart komme. Das Gefühl strahlt durch meinen ganzen Körper bis in meine Beine aus. Eine Ganzkörperwelle des Genusses, wie ich sie noch nie in meinem Leben gespürt habe.

Ich lasse meine Arme sinken und schließe meine Augen. „O mein Gott, Oscar."

„Nochmal", befiehlt er.

Ich reiße meine Augen auf und begegne seinen diabolisch glitzernden Augen. „Machst du Witze?"

„Ich muss dir zeigen, wie viel besser es mit mir ist als solo.“

„Das ist es! Total! Ich wollte dich nur aufziehen–“

„Ich dich nicht.“

Er setzt seine sinnliche Folter fort und verwöhnt mich mit sanften Küssen und neckenden Zungenschlägen. Ich gebe mich dem Genuss hin und schwebe wieder in einem sinnlichen Dunst. Die Zeit hört auf zu existieren. Es gibt nichts als Hitze, Genuss und den gelegentlichen Ruck, wenn er aggressiver wird und mich dann wieder beruhigt. Er besitzt meinen Körper, spielt ihn virtuos, und ich liebe es.

Und dann senkt er seinen Mund auf mich und saugt hart. Ich keuche. Feuer. Ich brenne. Ich komme zum dritten Mal und zucke unter ihm. Er beruhigt mich mit seinen großen Händen und führt mich durch eine Welle nach der anderen, die mir den Atem raubt, bis ich zusammenbreche und mit der Matratze verschmelze.

Ich kann nicht sprechen, kann kaum atmen. Ein intensiver Puls pocht zwischen meinen Beinen. Er hat mich für alle anderen Männer ruiniert. Ich werde mich immer nach ihm sehnen, *danach* sehnen.

Er kriecht an meinem Körper empor und streicht mein verschwitztes Haar aus meinem Gesicht. Sein Blick ist zärtlich, und dann lächelt er, und es trifft mich tief in mir und legt sich um mein Herz. „Oscar.“ Das ist alles, was ich über den Kloß in meinem Hals herausbringen kann.

Er berührt mein Gesicht mit einer Hand. „Du bist unglaublich.“

Ich lege meine Arme um ihn und umarme ihn fest. „Das bist du. *Du* bist unglaublich.“

Er küsst die empfindliche Stelle unter meinem Ohr, und das Kratzen seines Stoppelbarts fühlt sich köstlich auf meiner Haut an. „Ich bin so angetörnt. Du solltest wahrscheinlich gehen, wenn du das große V bewahren willst.“ Ich kann seine Härte durch seine Pyjamahose spüren.

„Nein. Ich möchte den Gefallen erwidern. Weißt du, mit meinem Mund.“

Er verlagert sein Gewicht, um mir in die Augen zu sehen,

und lächelt mich langsam sexy an. „Ja? Ich werde dich unterrichten." Er schiebt seine Finger in meinen Mund, und ich lutsche daran und schmecke mich selbst, ein seltsam erotisches Gefühl. „Ja, genau so", krächzt er heiser.

Ich lege meine Hände auf seine Schultern, und er rollt sich auf der Matratze neben mir auf den Rücken.

Begierig, ihm denselben Genuss zu schenken, den er mir bereitet hat, ziehe ich seine Pyjamahose herunter. Er hebt seine Hüften und hilft mir, ihn nackt auszuziehen. Seine Erektion ist dick und viel größer, als ich sie mir vorgestellt habe. Ich zögere und starre sie an. Ich stelle mir sie plötzlich in mir vor, und es scheint ein Ding der Unmöglichkeit zu sein.

Er legt seine Finger unter mein Kinn und hebt meinen Blick zu seinem. „Du musst das nicht tun."

Ich habe es mir vorgenommen und werde es tun. „Ich will dir so viel Freude bereiten, wie du mir geschenkt hast."

Er murmelt ein paar kurze Anweisungen, warnt mich, auf meine Zähne zu achten, und sagt dann: „Okay, dann tu's einfach."

Also fahre ich mit meiner Zunge über seine Länge und um die Spitze herum und schmecke ihn. Das war nicht Teil seiner Anleitung, doch ich will es erkunden. Seine Finger graben sich in mein Haar und halten es fest. Ich schließe meine Hand um seinen Schaft und nehme ihn so weit ich kann in mich auf. Er stöhnt lange und leise, was mir Selbstvertrauen gibt. Ich mache in einem gleichmäßigen Rhythmus weiter und blicke zu ihm auf, um seine Miene zu beobachten.

Sein Blick ist auf meinen gerichtet, sein Gesicht ist angespannt. Ein paar Sekunden später verdreht er die Augen und schließt sie.

Sein Atem beschleunigt sich, seine Brust hebt und senkt sich. Es ist erstaunlich, welche Macht ich über ihn habe. Er sieht völlig weggetreten aus, völlig meiner Gnade ausgeliefert.

Ein paar Minuten später zuckt seine Hüfte, seine Faust schließt sich in meinen Haaren und zieht. „Pol", zischt er fast wie eine Warnung.

Ich hebe meinen Kopf. „Lass los", befehle ich.

Er stößt einen erstickten Laut aus, greift nach unten und bringt es zu Ende, bevor ich mehr tun kann. Ich sehe fasziniert zu, wie er erschauert, als er kommt. Und dann lächle ich. So unerfahren ich auch bin, ich habe ihn ziemlich schnell dorthin gebracht.

„Ich bin gut darin", bemerke ich.

Er stöhnt, bevor er sich sauber macht.

„Ich denke, ich hätte das schlucken sollen, oder?"

„Pol", sagt er heiser und zieht mich auf sich.

Ich greife nach der Decke und ziehe sie über uns beide, schläfrig in der Wärme unseres Kokons.

Ich wünschte, ich könnte für immer hier bleiben.

11

Oscar

Ich weiß, dass ich mit dem Feuer spiele, aber ich kann meine Hände nicht von Polly lassen. Sie hat die letzten zwei Wochen in meinem Bett verbracht, sich jeden Abend in mein Zimmer geschlichen und ist am frühen Morgen in ihr Bett zurückgekehrt, bevor jemand es mitbekommen konnte. Sie ist körperlich gesehen immer noch Jungfrau. Ich werde ihre Chance, Königin zu werden, nicht ruinieren. Sie ist jedoch leidenschaftlich, und ich kann nicht anders, als zu glauben, dass sie Gefühle für mich hat. Es ist in ihren Augen, ihrer Stimme, ihrer Berührung. Sie umarmt mich. Viel. Ehrlich gesagt waren das die glücklichsten zwei Wochen meines Lebens, und ich verstehe einfach nicht, wie etwas, das sich so richtig anfühlt, jemals falsch sein könnte. Es bringt mich um, daran zu denken, sie gehen zu lassen und sie gehen zu sehen, um einen anderen Mann zu heiraten, was immer noch eine Möglichkeit ist.

Leider gibt es ein Problem mit den Grundstücksgrenzen meines Weingut, und wir warten darauf, dass ein Vermesser die Unterlagen einreicht. Ich habe immer noch nicht das Geld, um die Schulden ihrer Eltern zu begleichen, und Charles ruft mich immer wieder an, fordert seinen Schnitt und droht, alles auffliegen zu lassen. Polly und mir läuft die Zeit davon. Sobald Anna das Baby hat, muss Polly nach Hause zurück.

Es ist der erste Samstag im August in der Hitze des Nachmittags, und wir sind alle bei der Eröffnung des Island Bliss Spa, Villroys neuem Ziel für Entspannungssuchende. Die Presse ist hier, zusammen mit einer großen Menge, hauptsächlich Frauen, die von meinem Schwager, dem Rockstar Jackson Walker angezogen werden, der seine neuesten Songs mit seiner Frau, meiner Schwester Emma, spielt. Die Reden und obligatorischen Fotos haben wir bereits hinter uns. Jetzt mischen wir uns nur noch unter die Gäste und genießen die Musik.

Ich halte Polly im Blick, obwohl wir hier bei einer so öffentlichen Veranstaltung Abstand halten. Wir wollen nicht, dass die Presse oder ihre Anstandsdame Notiz von der Sache zwischen uns nimmt. Sie bleibt in der Nähe von Anna, die ihre Freundinnen von zu Hause, ihre reichsten Salonkundinnen, mit Begeisterung begrüßt, damit sie alle Dienstleistungen des Spas ausprobieren. Anna sieht aus, als könnte sie jeden Moment ihr Kind zur Welt bringen, und Gabriel weicht ihr nicht von der Seite, wild entschlossen, dass das Kind im Krankenhaus in Paris geboren wird. Sicherheitshalber hat er jedoch einen Arzt für diese Veranstaltung engagiert.

Polly leuchtet. Ich meine, sie strahlt immer vor Vitalität und Energie, aber jetzt leuchtet sie anders, und ihr Körper ist entspannter. Ich kann nicht anders, als zu glauben, dass es an unserer gemeinsamen Zeit liegt. Oder vielleicht sehe ich einfach, was ich sehen möchte.

Ich bin verliebt in sie. Ich kann es nicht mehr leugnen. Es war augenblicklich Liebe auf den ersten Blick, und es ist nur tiefer geworden, je mehr Zeit ich mit ihr verbracht habe. Es ist das Idiotischste, was ich jemals in meinem Leben getan habe, mich in eine Prinzessin zu verlieben, die dazu bestimmt ist, Königin an der Seite eines anderen Mannes zu werden. Dennoch hat es sich nie wie eine Wahl angefühlt. Sie ist aufgetaucht, und das war's. Ich stecke ganz tief drin. Bis über beide Ohren. Es wird nie eine wie sie für mich geben.

Ich möchte sie heiraten, aber die Bedrohung durch Peter

steht immer noch zwischen uns. Er könnte ihre Familie ruinieren, wenn sie das nicht durchzieht. Ein Teil von mir will sie heiraten und sie hier in Villroy beschützen, aber ich kann sie nicht bitten, den Thron für mich aufzugeben. Und ich möchte auch mein eigenes Erbe nicht aufgeben. Ich baue hier mit Adrian etwas Wichtiges auf. Das Casino ist unser Beitrag zum Königreich. Ohne mich hat er auch keine Hinterlassenschaft. Ich weiß nicht, was ich tun soll. Ich weiß nur, dass Polly Peter nicht heiraten kann.

Ich habe das Gefühl, dass mich jemand anstarrt, und begegne dem Blick von Marge, Pollys Anstandsdame, die von ihrer Krankheit genesen ist. Sie runzelt die Stirn. Ich wende meinen Blick ab und drehe mich zu Lucas, Adrian und Alice um, die plötzlich nicht mehr bei mir stehen. Ich sehe mich um und entdecke sie am Rand des Grundstücks, auf dem das Casino gebaut werden soll. Ich gehe durch die Menge zu ihnen, gefolgt von einer Wache.

„Hey, Oscar", ruft Lucas. „Tagträume?" Er ist in guter Stimmung, nachdem er Alice' Eltern in Oregon getroffen und sie ihnen ihren Segen für die Ehe gegeben haben. Die Hochzeit wird im Frühjahr in der Palastkapelle stattfinden.

„Halt die Klappe", sage ich fast beiläufig. Ich *habe* geträumt. Oder mehr noch, ich habe mich in die Sache mit Polly und was ich mit ihr tun soll *reingesteigert*.

„Lass ihn in Ruhe", sagt Adrian. „Ihn hat's böse erwischt, und das Fieber hat die letzten Gehirnzellen frittiert."

Sie lachen. Es ist mir egal. Ich liebe eine Frau, die ich nicht auf Dauer haben kann, und das ist alles, woran ich im Moment denke.

Alice horcht auf. „Hab ich was verpasst?"

Ich habe niemandem von meinen Nächten mit Polly erzählt, aber meine Brüder wissen, dass ich mein Weingut verkauft und sie zur Partnerin im Casino gemacht habe. Sie sind nicht dumm. Ich bin mir sicher, dass es mir jedes Mal ins Gesicht geschrieben steht, wenn sie den Raum betritt. Das Casino entsteht natürlich erst, wenn die Mittel eingegangen sind, aber wir recherchieren trotzdem und entscheiden, was genau wir wollen, bevor wir uns an ein paar Architekten wenden, um einen Designwettbewerb zu starten. Ich bin mir sicher, dass mein Geld kommen wird. Ich bin mir nur nicht sicher, ob es rechtzeitig passieren wird, um Polly zu helfen. Ich kann sie nicht nach Hause gehen lassen und zulassen, dass sie zu einer Ehe gezwungen wird. Sie muss hier bleiben, bis ich alles richten kann.

Lucas flüstert Alice die Kurzfassung zu.

Alice lächelt breit, tritt näher an mich heran und flüstert: „Was für eine wunderbare Geste, Oscar. Sehr romantisch." Sie ist eine Romanautorin, Romantik ist ihr Ding.

Ich brumme. Ich habe nicht versucht, romantisch zu sein, als ich mein Weingut verkauft habe. Ich habe es getan, um Polly zu retten, und bereue es nicht. Ich wünschte nur, wir könnten die Art von Liebe haben, die ich überall um mich herum sehe – Lucas und Alice, Gabriel und Anna, Emma und Jackson. Mein Bruder Phillip auch mit seiner Verlobten Ruby, wo sie auch immer gerade herumreisen. Sogar meine Eltern, eine arrangierte Ehe, haben gemeinsam die Liebe gefunden. Vielleicht ist das, was Polly und ich haben, auch Liebe. Es ist einfach nicht die Art, die ich behalten kann.

Alice fährt fort. „Hat Polly das Ding mit diesem Mann zu Hause abgeblasen?"

Ich beiße die Zähne zusammen. „Das wird sie. Bald."

„Oh gut. Sie hat sich so resigniert angehört."

Äußerlich resigniert. Im Inneren hat sie gebrodelt. Sie hat es geheim gehalten und versucht, ihre Familie zu schützen. Gott sei Dank hat sie sich mir anvertraut.

„Seid du und Polly ..." Alice verstummt, die Frage hängt in der Luft.

Ich drehe mich automatisch zu Polly um. Warum ist es so schwer? Ich will bei ihr sein. Ich sollte bei ihr sein. Ich kann sie hier im Palast von Villroy beschützen, während ich darauf warte, dass das Geld kommt und wir Peter und Charles loswerden.

Ich gehe mit schnellen Schritten auf Polly zu.

„Oscar?", fragt sie in dem Moment, in dem ich vor ihr stehen bleibe. Sie wirft einen Blick in Richtung ihrer

Anstandsdame Marge, dann sieht sie mich an. Ihre Anstandsdame ist mir egal. Sie ist mir wichtig.

„Du musst hier bleiben."

Nicht, formt sie wortlos mit den Lippen.

„Alles andere ergibt keinen Sinn." Ich bin es leid, untätig daneben zu stehen und zu hoffen, dass es klappen wird.

Marge meldet sich mit sachlicher Stimme zu Wort. „Ich bin mir nicht sicher, warum Sie denken, ein Mitspracherecht zu haben, Prinz Oscar, aber Prinzessin Mary kennt ihre Pflicht." *Mary*. Sie bevorzugt Polly. Selbst diejenigen, die ihr am nächsten stehen, respektieren ihre Wünsche nicht. „Wir müssen nach der Geburt nach Hause zurück. Es wird erwartet, dass sie vor der Verlobung mit Peter an der offiziellen sechswöchigen Brautwerbung teilnimmt. Er ist ein Business-Tycoon und wird Beaumont als König Wohlstand bringen."

Pollys Lippen sind zu einer flachen Linie zusammengepresst. „Es ist eine Allianz, die sich nicht sehr von dem unterscheidet, was andere Monarchien auch tun."

Ich starre Polly an und spüre tiefes Unbehagen. Spielt sie für Marge Theater oder hat sie sich mit ihrem Schicksal abgefunden, weil sie glaubt, dass ich sie nicht rechtzeitig freikaufen kann?

„Polly!", ruft Gabriel und kommt mit grimmigem Gesichtsausdruck auf uns zu. „Es ist Zeit."

Polly reißt die Augen auf. „Du meinst das Baby?"

„Ja, das Baby", blafft Gabriel. „Lass uns gehen."

Ich sehe zu, wie Polly zu Gabriel und Anna eilt, deren Hand auf ihrem riesigen Bauch liegt, während sie langsam und tief atmet. Es scheint, dass unsere Zeit abgelaufen ist.

Polly

Es ist ein Mädchen! Ein kostbares, gesundes Mädchen. Anna sieht müde, aber glücklich aus, ihre Wangen leuchten rosa. Ich habe Tränen in den Augen, als ich vom Krankenhausbett wegtrete, um Platz für Gabriel zu schaffen, der das eingewickelte Baby in den Armen hält, das, nachdem es vom

Arzt untersucht wurde, viel geschrien hat, doch jetzt endlich schläft. Er legt Anna das Baby in die Armbeuge, und sie lächelt es an. Er streichelt Annas Haar und redet sanft mit ihr, bevor er zuerst das Baby auf die Schläfe und dann sie küsst.

Ich wische mir eine entfleuchte Träne weg. Es war eine intensive Tortur. Fünfzehn Stunden Wehen, und das mit Gabriel, der abwechselnd dem Arzt, den Krankenschwestern (und mir) strenge Befehle zugeblafft hat oder brütend auf und ab gegangen ist. Ich bin an Annas Seite geblieben, habe sie mit Eischips gefüttert, ihre Hand gehalten und sie angefeuert. Ich gebe zu, ich konnte nicht hinsehen, als sie gepresst hat. Ich habe befürchtet, dass mir davon übel wird oder dass ich bei dem blutigen Anblick umkippe, also habe ich mich auf ihr Gesicht konzentriert. Gabriel hat sich als guter Ehemann erwiesen, als es endlich Zeit zu pressen war, und hat sie mit seinen beruhigenden Worten und seinem Lob unterstützt. Ich glaube, er hat sich vorher nur hilflos gefühlt. Während der Wehen konnte er, außer zu warten, schließlich nicht viel tun.

„Polly, danke, dass du das mit mir durchgemacht hast", sagt Anna.

Ich gehe auf die andere Seite des Bettes und drücke sanft ihre Schulter. Meine Hände tun noch immer weh von ihrem festen Griff, wann immer eine Wehe kam. Ich habe die Hände gewechselt, um den Schaden zu minimieren. Jetzt tun beide weh. „Es war mir eine Ehre. Habt ihr euch schon für einen Namen entschieden?"

Sie lächelt und tauscht einen Blick mit Gabriel aus, bevor sie mich wieder ansieht. „Du bist die Erste, die es erfährt. Sie heißt Mila, was *die Liebe* oder *die Schöne* bedeutet."

„Mila", wiederhole ich. „Ein schöner Name."

Anna sieht ihre Tochter an. „Ich wollte einen Namen mit M nach meinem Pflegevater Mike und meiner Cousine Mary." Das bin ich. Sie sieht mich mit warmem Blick an. „Meine Familie."

Ich verschlucke mich an einem Schluchzer und schlage mir die Hand vor den Mund. Ich kann nicht glauben, dass sie den Namen ihres erstgeborenen Kindes zu meinen Ehren ausgesucht hat. Ich lasse meine Hand sinken. „Ich bin so froh, dass ich bei ihrer Geburt dabei sein konnte. Danke, Anna, dass du mich dabeihaben wolltest und sie nach mir und Mike benannt hast. Ich bin tief berührt."

Sie greift nach meiner Hand und küsst sie. „Oh, du armes Ding. Deine Hand sieht schlimm aus. War ich so schrecklich?"

„Du warst unglaublich", sage ich fest. „Ich kann es immer noch nicht fassen. Du hast die Messlatte wirklich hoch gelegt. Ich kann nur hoffen, dass ich so stark und mutig sein werde wie du."

„Ja, danke, Polly", mischt Gabriel sich ein. „Es war gut, deine Backup-Unterstützung hier zu haben. Ich weiß, ich habe mich ... an Annas Stelle ziemlich reingesteigert."

„Reingesteigert?", fragt Anna. „Du hast die Kranken-schwester fast rausgeworfen, weil sie mir nicht schnell genug Eischips gebracht hat!"

Gabriels Brust bläht sich vor Stolz auf. „Ja, nun, es ist meine Aufgabe, für dein Wohlbefinden zu sorgen und dafür, dass es auch andere tun." Er sieht seine Tochter an und schmilzt sichtlich dahin, denn sein Gesichtsausdruck wird weicher. Er streichelt ihre winzige Hand, und sie greift nach seinem Finger. „Sie ist die erste Thron*erbin* seit mehr als hundert Jahren. Ich kann es kaum erwarten zu sehen, was ihre Führung als Königin bringen wird."

„Sie wird wunderbar sein", verkündet Anna. „Das Beste von dir und mir. Stark, wild und furchtlos."

Mein Hals schnürt sich zu. Eine Tochter sollte eine starke Führungspersönlichkeit sein. Der Kontrast der Erwartungen zwischen der neuen Thronerbin und mir könnte nicht krasser sein.

Gabriel beugt sich zu Anna hinunter, und die drei bilden ein liebevolles Tableau. Meine Brust schmerzt vor Sehnsucht. Nicht nur, weil ich wünschte, meine Führung wäre so geschätzt wie Milas. Ich sehne mich nach der Liebe, die zwischen ihnen lebt und atmet.

Ich möchte Liebe in meinem Leben, solange ich sie haben kann. Ich will Oscar.

Oscar

Meine Nichte Mila Alexandra Rourke ist heute Morgen zur Welt gekommen, und Gabriel und Anna verbringen eine weitere Nacht im Krankenhaus in Paris, bevor sie nach Hause zurückkehren. Der zweite Vorname des Babys ist der Name meiner Mutter, eine Ehre für die liebende Großmutter. Polly sagt, dass sie heute Abend schon zurück nach Villroy kommt. Ich hoffe, es liegt daran, dass sie mich genauso vermisst wie ich sie.

Ich versuche nicht einmal, schlafen zu gehen. Ich bleibe am Fenster und warte auf sie. Kurz nach Mitternacht schreibt sie, dass sie auf dem Weg ist.

Ich öffne meine Schlafzimmertür beim ersten leisen Klopfen. Sie trägt ihren üblichen langen, weißen Seidenkimono über einem langen Nachthemd, ein schlichtes Ensemble, das ich ihr normalerweise ausziehe, sobald sie hereinkommt. Doch heute Nacht sind ihre großen braunen Augen feucht.

Ich nehme ihre Hand, ziehe sie herein und schließe die Tür hinter ihr ab. „Was ist los?"

Sie kehrt zu ihrer Muttersprache Französisch zurück, was sie tut, wenn sie überwältigt ist. „Sie hat das Baby nach mir und Mike benannt. Das M in Mila steht für Mike und Mary. Ich soll ihre Patin sein."

„Das ist doch schön. Eine Ehre." Ich ziehe sie in meine Arme, und sie schlingt ihre Arme um meine Mitte und schmiegt ihre Wange an meine nackte Brust. Ich entspanne mich. Ihr Körper passt so perfekt an meinen. Nichts hat sich jemals so richtig angefühlt.

Ich küsse sie auf den Kopf. „Hoffentlich hat Mila etwas von deiner Seele."

Sie hebt den Kopf. „Sie wird so viel besser sein als ich. Ihre Eltern erwarten großartige Dinge von ihr. Meine erwarten, dass ich aufhöre, so eigensinnig und impulsiv zu sein und mich unangemessen zu verhalten."

„Du verhältst dich überhaupt nicht unangemessen." Man könnte jedoch argumentieren, dass es unangemessen ist, mich mitten in der Nacht aufzusuchen. Doch mir ist das egal. All diese Eigenschaften machen sie aus, ein Teil dessen, was sie so lebendig macht. Außerdem hätten wir uns wahrscheinlich nie kennengelernt, wenn sie nicht so wäre, denn dann wäre sie niemals in die USA geflohen, wo sie den Kontakt zu Anna hergestellt hat.

„Was mache ich dann hier mit dir?", fragt sie.

Ich bemühe mich um einen leichtherzigen Ton, denn es macht mich wütend, auch nur daran zu denken, was sie zu Hause erwartet. Beaumont hat sie nicht verdient. „Du kannst mir offensichtlich nicht widerstehen." Ich nehme sie in meine Arme und trage sie zum Bett.

„Oscar?"

„Ja?"

„Ich möchte, dass du mein Erster bist."

Ich lasse sie fast fallen. Ich schlucke schwer und lege sie sanft auf die Matratze. Sie muss bis zur Heirat Jungfrau sein. Das ist die Regel in ihrem Königreich. Sie hat sich daran gehalten, und ich habe ihre Entscheidung respektiert.

Sie setzt sich auf und zieht ihren Kimono aus. „Ich habe dich ausgewählt." Sie schlägt die Decke zurück und sieht mich erwartungsvoll an.

Wenn ich diese Grenze überschreite, kann sie in ihrem Königreich nicht heiraten, was bedeutet, dass sie niemals Königin sein wird. Sie könnte sich nur dafür entscheiden, es mit dem Mann zu tun, den sie heiraten will. Mit mir. So wurde sie erzogen. Das bedeutet, dass sie sich dafür entscheidet, hier auf Villroy bei mir zu bleiben. Sie wird mir gehören.

Aber dafür muss sie ihr Königreich aufgeben.

Warum sollte sie das tun, wenn sie mich nicht liebt? Das muss ihre große Geste für mich sein. Ich habe mein Weingut aufgegeben. Sie gibt die Krone auf. Es ist überhaupt nicht dasselbe, aber vielleicht ist Liebe so. Man gibt, ohne eine Gegenleistung zu erwarten. Ihre Familie wird sie verstoßen, weil sie sich von ihrem Diktat losgesagt hat, doch sie wird hier einen Platz haben, um mit mir zu arbeiten und zu leben. Und mit Anna und jetzt Mila hat sie hier auch eine Familie. Das ist die verlockende Lösung für all unsere Probleme.

Ich ziehe mich aus, lege mich zu ihr ins Bett und ziehe sie an mich. Ich streiche eine Haarsträhne hinter ihr Ohr, bevor ich ihr Gesicht in meine Hände nehme. Sie lehnt sich in meine Hand und genießt meine Berührung. „Bist du sicher, Pol?"

Sie gräbt ihre Finger in meine Nackenhaare, ihr Blick ist direkt. „Ich bin sicher. Es muss mit dir sein."

Euphorie durchströmt mich, mein Puls rast, ich bin lebendig und hellwach. Es gibt keine Worte, die dieses unglaubliche Glück ausdrücken können, das ich empfinde, also versuche ich es gar nicht. Ich rolle mich auf sie, küsse sie mit all der Liebe, die ich fühle, und sie erwidert den Kuss leidenschaftlich. Ihre Hände streichen über meinen Rücken, packen dann meinen Po und ziehen mich an sie. Das dringende Bedürfnis, gegen das ich jede Nacht angekämpft habe, gewinnt plötzlich die Freiheit.

Ich ziehe sie hoch, bevor ich ihr das Nachthemd ausziehe. Ihr langes lockiges Haar fällt über ihre nackten Schultern, ihre Haut strahlt gesund, ihre Nippel verhärten sich unter meinem Blick. Ich möchte diesen Moment für immer festhalten. Ich ziehe ihr Höschen aus und bewundere sie immer wieder, als würde ich sie zum ersten Mal sehen. Und dann wird mir bewusst, dass das ihr erstes Mal ist und ich es langsam angehen muss.

Sie spreizt ihre Beine und macht eine Lockbewegung mit dem Finger, begleitet von einem sexy Lächeln.

Mein Schwanz vibriert. Ich lasse mich auf ihr nieder, küsse ihre lächelnden Lippen und verweile dort für einen tiefen Kuss, bevor ich Küsse über ihr Schlüsselbein und ihre Schulter verteile. Ihre süße Schulter, so weich, dass ich hineinbeißen muss, bevor ich weiterwandere und ihren Brüsten Aufmerksamkeit schenke. Sie stöhnt leise und hält mich an sich. Es ist jetzt anders, dringender, ja, aber auch ehrfürchtig und zärtlich. So fühle ich mich, wenn ich dieses unglaubliche Geschenk annehme. Ihre Hüfte windet sich unruhig unter mir, und ich schiebe eine Hand hinunter, um die Sehnsucht zu lindern, während ich ihren Nippel tief in meinen Mund sauge. Sie drängt sich gegen meine Hand, heiß und feucht und gierig.

Ich bewege mich tiefer und küsse ihren flachen Bauch. Sie zittert erwartungsvoll unter mir, und ich enttäusche sie nicht, als ich weiter an ihr hinunter wandere, um sie zu lecken. Sie stöhnt lange und laut, also gebe ich ihr, was sie braucht. Was ich auch brauche. Ich muss sehen, wie sie kommt, ihr Verlangen schmecken und die dunklen Gedanken aus ihrem Kopf vertreiben. Sie biegt ihren Rücken durch, und ich halte ihre Hüfte still, was sie verrückt macht. Sie wird heißer, ihr ganzer Körper zittert, mein Name ein Gesang auf ihren Lippen. Sie kennt nur mich, und es wird immer mein Name auf ihren Lippen sein. Ich liebe das. Ich liebe sie. Sie spannt sich an, und ich stoße sie über die Klippe und lasse sie sich an mir reiben. Ein scharfer Laut entfleucht ihrer Kehle. Endlich wird sie schlaff.

„Mmmm", summt sie, ein strahlendes Lächeln erhellt ihr Gesicht.

„Mmm ist richtig." Ich rolle sie auf den Bauch. Sie liegt nur da und stellt nichts, was ich tue, in Frage. Sie hat mir von der ersten Nacht an vertraut. Ich streiche ihre Haare beiseite und versenke meine Zähne in ihrem Nacken.

Sie holt scharf Luft.

Ich lasse eine Hand über ihren Rücken gleiten und streichle ihren wohlgeformten Po, bevor ich ihre Beine auseinander schiebe.

„Oscar, beim ersten Mal will ich dich ansehen."

Ich küsse ihren Hals. „Das wirst du." Und dann küsse und koste ich jeden Zentimeter von ihr. Jeder Zentimeter von ihr gehört mir. Sie stöhnt leise in das Kissen.

Schließlich drehe ich sie um und sinke auf sie, wobei ich mein Gewicht mit meinen Unterarmen abstütze. „Bist du bereit?"

Sie hält meinen Kopf in ihren Händen. „So, so bereit. Ich habe mein ganzes Leben auf dich gewartet."

Meine Augen brennen. „Ich fühle dasselbe."

„Jetzt. Ich will mit dir verschmelzen."

Ich erinnere mich verspätet an das Kondom und verlagere mein Gewicht, um es vom Nachttisch zu holen. Ich kehre zu ihrer einladenden Wärme zurück und küsse sie zärtlich. Ich bin noch nie mit einer Jungfrau zusammen gewesen. Ich bringe mich in Position. *Langsam, langsam.* Sie ist enge, samtige Hitze.

Ihre Nägel graben sich in meine Schultern. „Tu es einfach."

Ich küsse sie. „Ich mache um deinetwillen langsam."

„Ich will schnell."

Ich schließe die Augen und kratze das letzte bisschen Willenskraft zusammen, das ich besitze. Sie weiß nicht, was sie von mir verlangt, und das Letzte, was ich möchte, ist, sie zu verletzen. Ich küsse sie, entspanne mich, und dann spüre ich sie, die Barriere zwischen uns. Sie hat recht. Ein schneller Stoß wird es ihr leichter machen. Ich streichle ihren Nacken und versenke dann meine Zähne in ihren Hals, um sie mit dem Biss abzulenken, während ich in sie hinein stoße.

Sie schreit auf.

Ich hebe abrupt den Kopf. „Bist du okay?"

Sie nickt, sieht aber nicht so aus. Ihr Gesichtsausdruck ist angespannt, ihre Lippen fest aufeinandergepresst, als würde sie es gerade so ertragen.

Ich halte still, tief in ihr, und beuge mich zu ihrem Ohr hinunter. „Es wird besser, ich verspreche es dir."

Sie tätschelt mir die Schulter, immer noch untypisch still.

Ich bewege mich genug, um meine Finger zwischen uns schieben zu können und sie zu liebkosen. Sie bäumt sich mir mit einem Stöhnen entgegen. *Ja.* Ich küsse sie und wiege gleichzeitig in sie hinein, wobei ich eine Hand an ihrer Wange habe. Ich fühle den Moment, in dem sie sich unter mir entspannt, und nutze ihn, um das Tempo zu erhöhen. Ich brauche so viel mehr, aber ich halte mich zurück, warte, warte, warte.

Ich blicke in ihre Augen, unsere Atemzüge vermischen sich, als wir uns vereinen, und plötzlich gibt es nichts als diese elementare Bindung. Ich wusste bis jetzt nie, was es heißt, Liebe zu machen. Ich kippe ihre Hüfte für einen besseren Winkel und treffe sie dann genau richtig.

„Oh, oh, oh!", stöhnt sie, und ihre Nägel graben sich in meinen Po. „Oscar!"

„Lass los", sage ich auf Französisch zu ihr. Sie bemerkt es

nicht, als ich in ihre Sprache wechsle, doch tief im Inneren spricht sie darauf an. Sie lässt los. Ihr Körper kontrahiert rhythmisch um mich herum, und ich verliere die Kontrolle, stoße hart und tief zu und rase auf meinen eigenen Höhepunkt zu. Sie trifft mich wie ein Schlag, eine Explosion des Genusses, als ich in sie hineinpumpe und ihr Stöhnen kaum wahrnehme. Vollkommen erschöpft lasse ich mich auf sie sinken.

Sie umarmt mich fest, und ein Lächeln zupft an meinen Lippen. Ich küsse die Seite ihres Halses, schließe meine Augen und versinke in ihrer Liebe.

12

Ich schmiege mich fester an die Hitze des nackten Oscars in seinem Bett. Es ist kurz vor Sonnenaufgang, und er schläft tief und fest. Ich habe ihm letzte Nacht meine Jungfräulichkeit geschenkt, ein Ausdruck meiner Liebe. Ich bin zuversichtlich, dass es die richtige Entscheidung war. Ich muss die Augen vor der Wahrheit verschließen, was das alles bedeutet, aber ich fühle mich einfach zu gut, hier bei ihm zu liegen, um irgendetwas anderes als Glück zu spüren.

Ich habe meine Entscheidung getroffen. Keine Reue. Oscar ist gut zu mir, ein Beschützer, und zärtlich. Er hat sogar die Bettwäsche gewechselt, als ich mich letzte Nacht im Badezimmer saubergemacht habe, damit die Bediensteten die Beweise meiner verletzten Jungfräulichkeit nicht sehen. Ich bin ihm sehr wichtig, und mir geht es nicht anders mit ihm.

Ich bin noch nicht bereit, mich in mein Zimmer zurückzuschleichen. Ich ziehe die Decke von uns, um ihn aufzuwecken, und schiebe dann meinen Arm und mein Bein über ihn.

Ich flüstere ihm ins Ohr: „Ich möchte Sex versuchen, wenn keine jungfräuliche Barriere mehr im Weg ist."

Keine Antwort.

Ich klettere auf ihn und küsse seinen stoppeligen Kiefer, seinen Hals und schließlich seine Lippen.

Er schlingt seine Arme um mich. „Pol."

„Noch einmal, bevor ich gehen muss."

Seine Hand streicht über meinen Rücken zu meinem Po. „Du musst wund sein. Marge wird sich fragen, warum du so seltsam gehst."

Ich lache. „Sehe ich verändert aus?"

Er streicht mir meine langen Haare aus dem Gesicht, hält meinen Kopf und studiert mich. „Nun, das riesige V auf deiner Stirn ist verblasst."

„Ha-ha, ich meine es ernst. Siehst du es mir an?"

Sein Blick wird zart, und er küsst mich. „Du siehst entspannt und glücklich aus, seit du angefangen hast, mich nachts zu besuchen. Meine magische Berührung."

„Ich bin entspannt und glücklich mit dir. Jetzt mach Liebe mit mir, und diesmal mach nicht so langsam."

Er schmunzelt. „Allein dafür werde ich dich foltern und besonders langsam machen."

Ich lächle und küsse ihn. Diesmal bin ich gieriger und aggressiver ihm gegenüber, und er revanchiert sich entsprechend. Keine langsame sinnliche Folter hier. Der Kuss wird hart und leidenschaftlich, während er sich auf mir niederlässt und seine Hände sicher und fordernd meinen Körper erkunden. Das ist er in seinem natürlichen aggressiven Zustand, und ich liebe es, dass er sich mit mir gehen lässt. Er zieht sich nur lange genug zurück, um ein Kondom überzustreifen, und dann ist er wieder da und stößt tief in mich hinein. Es nimmt mir den Atem. Ich schiebe ihm meine Hüfte entgegen und strecke meinen Körper, um ihn aufzunehmen. Es tut ein bisschen weh, doch dann fängt er an, sich zu bewegen. Der Winkel ist einfach perfekt, und ich bin zurück in meiner dunstigen Wolke des Genusses.

Er hebt seinen Kopf, hält meinen mit einer großen Hand, und sein Daumen streichelt die empfindliche Stelle unter meinem Ohr, während er mich mit seinen aquamarinblauen Augen ansieht. Er hält inne, tief in mir vergraben. „Du bleibst bei mir. Hier auf Villroy."

Ich schlucke und weiß nicht, was ich sagen soll. Ich werde in Betracht ziehen zu bleiben, aber ein Teil von mir will immer noch mein Geburtsrecht beanspruchen. Ich hoffe, Oscar zu einem Teil davon machen zu können. Ich weiß nur noch nicht wie.

Er lächelt, schiebt seine Finger zwischen uns und massiert mich. Mein Verstand schaltet ab, als er in mich hinein stößt und mich immer höher treibt. Ich stöhne und bin so dicht dran. O Gott.

„Mit mir“, presst er heraus.

Mein Atem stockt angesichts der Intensität in seinen Augen. Und dann weiß ich, dass ich bereits meine Wahl getroffen habe. „Ja, mit dir.“

Ich weiß nicht, was er tut, irgendetwas Sinnliches mit seinen Fingern und einen harten Stoß, und dann bin ich weg — mein Körper erbebt von einem explosionsartigen Höhepunkt. Er hämmert gegen mich und nimmt mich mit auf eine Fahrt des süßen, schmerzlichen Vergnügens.

Kurze Zeit später verlasse ich das Bett und weiß, dass ich unentdeckt in mein Zimmer zurückkehren muss. Dieser Schmerz wird mich den ganzen Tag an unsere besondere gemeinsame Zeit erinnern. Jetzt muss ich nur noch eine Strategie finden, um den Mann haben zu können, den ich will, und das Königreich, das ich verdiene.

Später am Morgen bin ich gerade aus der Dusche getreten, mit einem Handtuch um den Kopf und in einen dicken Bademantel gewickelt, als es an meiner Schlafzimmertür klopft. Wahrscheinlich Lina, um zu hören, was ich zum Frühstück möchte.

„Herein!“, rufe ich.

Marge tritt ein. „Du hast lange geschlafen. Ich dachte, du wärst schon angezogen.“

Ich zucke mit der Schulter. Ich bin von Oscars Zimmer im Westflügel zurück in mein Zimmer im Ostflügel gerannt und direkt unter die Dusche verschwunden. Heute Morgen war es ganz knapp. Die Heimlichtuerei wird ein Ende haben, wenn ich einen guten Plan entwickle, um Oscar in meinem Leben zu behalten. Zuerst muss ich mir etwas Zeit erkaufen und meinen Aufenthalt hier verlängern.

Sie presst ihre Lippen zu einer dünnen Linie zusammen. „Es gibt eine Orkanwarnung für Beaumont. Kategorie 4."

Mein Verstand rast mit den Implikationen. Kategorie 4 ist verheerend. Winde von mehr als hundert Meilen pro Stunde, Platzregen, Überschwemmungen, Stromausfälle. Wir hatten Glück, dass uns seit Jahrzehnten kein so starker Sturm mehr getroffen hat. „Wie sicher sind sie, dass er Beaumont treffen wird?"

Sie schüttelt den Kopf. „So sicher wie man beim Wetter sein kann. Wir sollten es im Auge behalten."

„Evakuieren sie die Inseln?"

„Nein. Es ist immer noch Hochsaison, und es sind viele Leute da. Sie wollen abwarten."

Immer das Gleichgewicht zwischen Tourismus und unserer Wirtschaft, aber die Sicherheit unserer Gäste muss man ernst nehmen. „Sie können nicht zu lange warten, sonst wird der Flughafen geschlossen."

Sie nickt.

„Danke, dass du es mir gesagt hast, Marge. Ich werde es weiter verfolgen."

Sie sieht mich einen Moment lang an. „Wenn das Schlimmste passiert, brauchen sie deine Führung, um das Königreich da durchzubringen und ihnen Hoffnung zu geben. Du warst schon immer das Symbol einer goldenen Zukunft."

Ich atme tief durch. „Ich werde tun, was ich kann."

„Du musst deine Pflicht tun."

„Ich kenne meinen Platz", sage ich leise.

Sie tritt näher. „Bist du dir sicher?"

„Was soll das denn bitte heißen?"

Sie senkt ihre Stimme. „Ich habe gesehen, wie er dich ansieht. Da ist Liebe in seinen Augen."

Ich drehe mich zum Schrank um, hole ein Outfit heraus und weigere mich zu antworten. Was Oscar und ich haben, ist privat und steht nicht zur Debatte.

„Polly, du darfst nicht zulassen, dass ein hübsches Gesicht

dir den Kopf verdreht. Du musst wachsam bleiben und widerstehen, wenn–"

Ich wirble herum. „Ich möchte jetzt bitte etwas Privatsphäre. Wir sehen uns unten beim Frühstück."

„Ich passe nur auf dich auf. Ich möchte nicht, dass du etwas tust, das du später bereust."

Ich schiebe mein Kinn vor. „Das werde ich nicht."

Sie nickt mit ernster Miene. „Wir sehen uns beim Frühstück."

Sie geht und schließt leise die Tür hinter sich. Ich ziehe mich in ruckartigen Bewegungen an. Was den Sturm angeht, kann ich nur abwarten und die Nachrichten verfolgen. Doch ich weiß, dass meine Eltern großen Wiederaufbaubemühungen nicht gewachsen sind. Wenn es zur Katastrophe kommt, muss ich zurück und die Führung übernehmen, und das bedeutet, es mit Peter zu tun. Ich will ihn nicht heiraten, bin mir aber nicht mehr sicher, ob ich eine Wahl habe. Meine Eltern haben nach wie vor Schulden bei Peter. Seine Bedeutung für die Monarchie könnte noch größer werden, wenn die Inselbewohner nach der Katastrophe nicht schnell Hilfe bekommen. Wenn Menschen die Existenzgrundlage verlieren, werden sie schnell wütend. Er beschäftigt die halbe Insel und könnte einen bedeutenden Einfluss auf sie haben. Und ich kann die Führung nicht meinem unvorbereiteten Cousin überlassen. Beaumont hängt von mir ab, und ich werde die Menschen dort nicht in ihrer Not im Stich lassen.

Ich treffe mich später am Tag mit Lucas, Adrian und Oscar im Salon, um das Casino-Geschäft zu besprechen. Marge geht es besser, sie bleibt aber bei ihrem Mittagsschläfchen, das sie für lebenswichtig hält. Darum treffen wir uns jetzt. Sie ist sich meiner Rolle in diesem Vorhaben nicht bewusst. Ich werde erst dann darüber sprechen, wenn es läuft und Gewinne eintreffen. Bis dahin gibt es keinen Grund, den Sinn und Unsinn des Unternehmens in Frage zu stellen.

Wir sind um einen langen Tisch versammelt und beenden

eine Debatte über die Höhe des Gebäudes. Wir wollen das Day Spa nicht überschatten, doch wir wollen sicherstellen, dass genügend Platz für private Spielräume, öffentliche Spielbereiche und das gehobene Restaurant vorhanden ist. Es muss auch einen sicheren Raum geben, um Geld zu lagern und zu handeln. Ein Keller ist aufgrund des Grundwasserspiegels keine Option. Wir entscheiden uns für zwei Stockwerke mit einer Dachterrasse, was ideal ist. Das Day Spa ist ebenfalls zweistöckig.

Lucas nimmt eine Traube aus der großen Obstschale in der Mitte des Tisches. „Nächster Tagesordnungspunkt: Ich würde gern einen Anwalt beauftragen, einen Vertrag zu erstellen, in dem das Eigentum und die Gewinnbeteiligung des Casinos zwischen euch dreien definiert wird." Er steckt sich die Traube in den Mund.

„Es schadet nie, einen Vertrag zu haben", nickt Adrian.

„Wir sind eine Familie", sagt Oscar. „Ist das wirklich notwendig?"

„Ich bin einverstanden", sage ich. „Sogar eine Familie kann von einer schriftlichen Festlegung nur profitieren."

Oscars blaue Augen begegnen meinen in einem warmen Blick über den Tisch, mein Magen schlägt einen Salto und meine Brust erwärmt sich. Ich sehe sie jetzt ganz klar – die Liebe in seinen Augen. Wie lange ist sie schon da? Und sehe ich genauso aus?

Lucas räuspert sich. „Oscar, Polly, ich sagte, ich habe den Architekten, der das Day Spa geplant hat, um einen Entwurf gebeten, und wenn wir uns einig sind, werde ich auch andere Architekten ansprechen. Wir wollen nicht, dass es stilistisch mit dem Spa in Konflikt gerät, aber es muss nicht genau dasselbe Design sein, solange sich die Stile ergänzen."

Wir alle stimmen dem zu.

„Ich muss gehen", sagt Lucas. „Lasst mich wissen, was euch für Must-Haves für das Casino einfallen, und ich werde es an den Architekten weitergeben."

„Warte", sage ich. „Ich muss möglicherweise früher nach Hause zurück als gedacht. Ein Orkan der Kategorie 4 steuert direkt auf Beaumont zu. Wenn er auf Land trifft, brauchen sie mich zu Hause, um beim Wiederaufbau zu helfen. Es könnte verheerend sein. Ich bin mir nicht sicher, ob wir Strom oder Kontakt zur Außenwelt haben werden, deshalb wollte ich euch nur wissen lassen, dass ich möglicherweise eine Weile lang nicht viel zum Geschäft beitragen kann."

„Das ist furchtbar", sagt Lucas. „Schon irgendeine Idee, wann der Sturm die Inseln erreichen wird?"

„Sie sagen, dass er am nächsten Sonntag auf Land treffen soll."

„Du solltest nicht nach Hause fahren, wenn es ein Katastrophengebiet ist", sagt Oscar. „Es ist nicht sicher für dich."

Ich begegne seinem Blick. „Ich werde warten, bis der Sturm vorbei ist, aber dann muss ich nach Hause. Nach einer Katastrophe ist gute Führung nötig, um Versorgung und Wiederaufbau zu koordinieren. Mein Vater ist dieser Aufgabe nicht mehr gewachsen."

„Was meinst du?", fragt Oscar. „Dass du den Wiederaufbau als Königin führen wirst? Mit *ihm*?" Am Ende wird seine Stimme laut, und es wird still im Raum.

„Das will ich nicht", sage ich.

„Du gehst nicht", blafft er.

Lucas steht auf. „Adrian und ich werden euch beiden etwas Privatsphäre geben."

Ich nicke ihnen zu und spüre, wie sich Oscars Augen in mich brennen. Sobald sich die Tür zum Salon hinter ihnen schließt, sage ich: „Oscar, bitte versteh ..."

„Nein. Du gehst nicht zurück."

„Es ist mein Zuhause, mein Königreich. Ich kann ihnen nicht den Rücken kehren."

„Dann komme ich mit dir."

Ich schüttle meinen Kopf. „Noch nicht. Es wird Chaos herrschen, und das ist die schlechteste Zeit für mich, die Monarchie mit unserer Beziehung auf den Kopf zu stellen."

Er beugt sich vor. „Ich kann helfen."

Ich seufze. Ich weiß, dass er es gut meint, aber ich weiß auch, dass es nicht möglich ist. „Deine Anwesenheit wird nur Zwietracht und Spannung verursachen, obwohl Eintracht nötig ist."

Er lehnt sich auf seinem Stuhl zurück und verschränkt die Arme. „Du heiratest ihn nicht."

Er hat recht. Ich muss die Möglichkeit in Erwägung ziehen, doch jetzt, da ich den Mann, den ich liebe, ansehe, weiß ich, dass ich das nicht tun kann.

Ich schlucke den Kloß in meinem Hals herunter. „Das werde ich nicht, aber ich gehe ein großes Risiko ein, wenn ich ihn ablehne. Unser Volk wird verunsichert sein, und er wird alles in seiner Macht Stehende tun, um in seinem Zorn die Monarchie zu stürzen. Er ist der Arbeitgeber der halben Insel, was ihm großen Einfluss verleiht."

Er starrt mich einen langen Moment an. „Du weißt, dass du nicht allein regieren kannst. Das hast du mir selbst gesagt." Er verschränkt die Arme. „Pol, ich verstehe, dass du helfen willst, aber ich kann nicht zulassen, dass du dich opferst." Seine Stimme bricht. „Dir darf nichts zustoßen."

Tränen brennen in meinen Augen, und ich wappne mich gegen sie. Ich kann mir nicht erlauben, persönlichen Gefühlen nachzugeben. Das ist der Moment, für den ich vorbereitet wurde, die Führung zu übernehmen und mein Königreich über meine persönlichen Wünsche zu stellen.

Er steht auf, geht zu mir und zieht mich von meinem Stuhl in seine Arme. „Du hast gesagt, dass du zu mir gehörst."

Mein Hals schnürt sich vor Emotionen zu, und ich umarme ihn fest. „Vielleicht haben wir Glück, und der Sturm zieht auf offener See vorbei."

Er hält mich an den Schultern und sieht mich an. „Ich möchte nicht, dass unsere Beziehung von den Launen des Wetters abhängt. Bleib hier. Du bist für mich bestimmt. Ich wusste es, als wir uns das erste Mal begegnet sind." Er hält mein Gesicht mit seinen Händen. „Ich lie–"

„Nein. Sag es nicht. Wenn das Schlimmste passiert und ich nach Hause zurückmuss, werde ich dich anrufen, sobald ich sicher bin, dass du einen Platz bei mir haben kannst."

„Du erwartest, dass ich auf Beaumont lebe?"

„Ja. Ich werde da gebraucht, und ich will dich an meiner Seite haben."

„Und was ist mit meinem Geschäft hier? Ich soll die eine Chance aufgeben, die ich habe, um einen Beitrag zu meinem Königreich zu leisten? Ich soll Adrian die Führung allein überlassen? Wir sollen Partner sein – wir drei."

„Ich habe nicht auf alle Fragen Antworten!"

Er streichelt mit seinen Daumen über meine Wange. „Ich dachte, wir wären uns einig. Du hier auf Villroy mit mir. Hier bist du sicher."

„Vielleicht habe ich diese Wahl nicht."

„Die hast du. Du willst sie nur einfach nicht treffen."

Ich löse mich von ihm. „Du verstehst nicht, was es bedeutet, der Thronerbe zu sein, und dann auch noch der einzige. Das Königreich blickt zu mir. Du hast es selbst gesagt, du bist der Prinz in der Mitte des Rudels, und niemand erwartet von dir, dass du regierst."

Er blickt finster drein. „Ich weiß genau, mit welchen Einschränkungen meine Position verbunden ist."

„Du kennst auch meine Grenzen in meinem traditionellen Königreich, ich kann ihnen nicht den Rücken kehren."

Wir starren uns an. Wir stecken in einer Sackgasse.

Ich versuche, den neuerlichen Kloß in meinem Hals herunterzuschlucken. Es tut weh, dass er nicht bereit ist, in Zukunft zu mir nach Beaumont zu kommen, und ich fürchte, das ist das Ende.

Ich breche die angespannte Stille. „Lass uns abwarten und sehen, was passiert."

Seine Augen blitzen. „Abwarten und sehen, in welche Richtung der Wind weht. Großartige Idee, Pol." Dann verlässt er den Raum.

～

Oscar

Es ist ein Uhr morgens, und sie ist nicht hier. Sie ist immer spätestens um ein Uhr in meinem Bett. Irgendwas stimmt nicht. Mein Magen dreht sich. Sie verlässt mich. Sie zieht sich schon zurück. Nein.

Ich nehme mein Handy und schreibe ihr. *Wo bist du?*

Polly: *In meinem Zimmer.*
Ich: *Warum?*
Polly: *Ich denke nach.*
Ich: *Das kannst du auch hier tun.*
Keine Antwort.

Ich atme tief durch, bemühe mich, ruhig zu bleiben, und schreibe erneut. *In welchem Zimmer bist du?*
Polly: *Ich bin neben Marge. Komm NICHT her.*
Ich: *Dann komm du her.*

Ich warte auf ihre Antwort, und nachdem ich keine erhalten habe, schreibe ich wieder. *Wenn du mir nicht sagst, in welchem Zimmer du bist, klopfe ich an jede Tür im Ostflügel, bis ich dich finde.*
Polly: *Ich bin im letzten Zimmer im zweiten Stock.*

Ich ziehe ein T-Shirt an, stecke mein Handy in die Tasche meiner Pyjamahose und gehe hinaus. Als ich ankomme, habe ich mich ein wenig beruhigt. Ich will mich nicht mit ihr streiten. Ich muss so viel Zeit wie möglich mit ihr verbringen, bevor sie verschwindet. Ihre Tür ist unverschlossen, also gehe ich in ihr Zimmer, denn ich will nicht, dass Marge mein Klopfen hört.

Sie steht am Bett und dreht sich zu mir um. Mein Atem stockt. Sie ist einfach so schön. Ich weiß nicht, warum es mich jetzt so überrascht. Vielleicht, weil ich befürchte, sie zu verlieren. Ihr herzförmiges Gesicht, ihre hellbraunen Augen und ihre rosa Wangen sind mir so vertraut, doch ich versuche, mir ihre Gesichtszüge einzuprägen. Ihr dunkles, lockiges Haar fällt über ihr blassrosa Nachthemd, ein seidiges Material mit Spaghettiträgern, das an ihren Knien endet. Es ist ein lockeres, weich fließendes Hemdchen, aber immer noch so sexy, weil ich jeden Zentimeter von dem kenne, was darunter liegt. Eine Welle der Zuneigung lässt mich blitzschnell die Distanz zwischen uns überwinden.

Ich nehme ihr schönes Gesicht in meine Hände. „Ich liebe dich."
Tränen steigen ihr in die Augen.
„Das ist alles, was du wissen musst. Es gibt nichts anderes, worüber du nachdenken musst."

Sie wendet sich ab. „So einfach ist das nicht", sagt sie leise. „Nicht schwarz und weiß."

Ich lege meine Hand an ihre Wange, drehe sie zu mir um und presse meine Lippen auf ihre. „Aber das hier ist richtig. Du weißt, dass es so ist."

Ihre Stimme ist angespannt. „Ja."

„Lass mich rein."

„Du bist drin, okay?" Ihre Stimme stockt. „Du bist so tief in meinem Herzen, dass ich dich niemals da rausbekommen könnte." Sie runzelt die Stirn. Ich bin eine Komplikation auf ihrem einfachen Pfad zum Thron. Sie muss nur den Mann heiraten, der ihrem Königreich nutzt, und sie bekommt alles. Mit mir zusammen zu sein, wird zu einem einzigen großen Fragezeichen.

Trotzdem dränge ich auf mehr. Ich will alles mit ihr. „Lade mich in dein Königreich ein."

„Das werde ich, wenn die Zeit reif ist."

„Okay, und dann lade ich dich in meines ein."

Sie wirft die Hände in die Höhe. „Ich bin schon in deinem."

„Ich meine unser Gemeinsames. Unser eigener Ort – ein eigenes Zuhause. Wir werden uns eines nicht weit von hier schaffen."

Sie seufzt. „Damit sind wir genauso weit wie zuvor."

Ich wollte nie, dass sie ihr Königreich aufgibt, aber jetzt ist es anders. Niemand schert sich zu Hause um sie. Sie respektieren sie und ihre Fähigkeiten nicht. Hier kann sie alles haben. Wir beide können alles haben.

Ich ziehe sie in eine Umarmung, und sie schmilzt an mich. Ich warte darauf, dass sie ihren Kopf hebt, dann küsse ich sie und versuche, sie an das zu erinnern, was wir haben. Sie erwidert den Kuss gierig, ihre Hände graben sich in meine Haare, ihre Hüfte reibt sich an mir und sucht instinktiv nach mehr.

Ich lasse den Kuss enden und nehme ihre Hand, um sie ins Bett zu führen. „Wir werden nochmal darüber reden, sobald wir mehr wissen. Dann machen wir einen Plan."

„Ich kann gut Pläne machen", sagt sie mit einem sanften Lächeln.

Ich ziehe sie an mich, küsse sie erneut und lege sie auf die Matratze nieder. Keine Frage, wir gehören zusammen.

~

Es ist Freitagabend, und ich fühle mich verzweifelt. Der Sturm wird voraussichtlich am frühen Sonntagmorgen die Hauptinsel von Beaumont treffen, und ich weigere mich, mir Polly nehmen zu lassen. Sie will sich nicht auf ein Leben hier festlegen und weigert sich, mich mit ihr kommen zu lassen. Der Druck auf sie, Peter zu heiraten oder den Untergang ihrer Familie zu riskieren, geht mir nicht aus dem Kopf. Der Verkauf meines Weinguts ist noch nicht abgeschlossen. Es gibt keine einfachen Antworten. Verdammt. Ich habe es satt, mit ihr zu diskutieren, also gehe ich zu einer höheren Instanz – ihrer Cousine und engsten Verbündeten, Königin Anna.

Es ist noch früh, erst gegen zwanzig Uhr, als ich an die Tür ihrer Suite im Westflügel klopfe. Ein Dienstmädchen öffnet und lässt mich herein.

Gabriel und Anna sitzen im Wohnzimmer auf einem beigen Sofa und sehen fern.

Ich bitte das Dienstmädchen um Privatsphäre und platze dann heraus: „Anna, du musst Polly davon abhalten zu gehen. Verbiete es ihr."

Milas Schreien ertönt aus dem Schlafzimmer.

„Du hast das Baby geweckt", zischt Anna.

„Tut mir leid", sage ich.

„Ich kümmere mich um sie", sagt Gabriel und geht ins Schlafzimmer. Einen Moment später kehrt er mit meiner Nichte zurück, die rot im Gesicht ist und nicht glücklich aussieht, weil sie aufgeweckt wurde. Er geht auf und ab und tätschelt ihr den Rücken. „Wahrscheinlich nur Blähungen", sagt er. „Das war nicht deine Schuld, Oscar. Sie ist Lärm und Unterhaltung gewohnt."

Er verschwindet wieder im Schlafzimmer.

„Tut mir leid, dass ich dich angefahren habe." Anna lehnt

ihren Kopf zurück an die Rückenlehne des Sofas. „Wir sind einfach erschöpft. Mila ist ein Schreihals. Sie schreit rund um die Uhr. Und wie kommst du darauf, dass ich Polly verbieten soll, Villroy zu verlassen? Das ergibt keinen Sinn."

„Du bist die Königin. Erlass ein königliches Dekret, damit sie bleibt."

Sie sieht zur Decke, bevor sie meinem Blick begegnet. Die Ähnlichkeit zwischen ihr und Polly fällt mir wieder auf – dasselbe dunkle, lockige Haar, das herzförmige Gesicht und die braunen Augen, und doch so verschieden. Pollys Seele strahlt aus ihr, und etwas daran spricht mich an. „Soll ich sie in den Kerker sperren?"

Ich denke darüber nach. Wir haben tatsächlich einen Kerker. Wie wütend würde sie sein?

„Das sollte ein Witz sein!", ruft Anna aus.

Was könnte sie sonst noch hier halten? „Leg ein Datum für die Taufe fest. Als Patin muss sie bleiben. Ich brauche nur ein bisschen mehr Zeit."

„Zeit für was?", fragt sie.

Ich fahre mir mit der Hand durchs Haar. „Damit sie sich für ein Leben hier mit mir entscheidet."

„Oh, Oscar."

Meine Kehle schnürt sich angesichts des Mitgefühls in ihrer Stimme zu. Ich weiß, ich klinge verrückt, aber ich kann nichts dafür. Peter ist immer noch eine Bedrohung, doch ich kann nicht über die schmutzigen Details reden. Polly möchte nicht, dass andere davon erfahren. Die einzige Möglichkeit, sie zu beschützen, besteht darin, sie hier zu behalten. Und ich bin fest davon überzeugt, dass wir beide langfristig auf Villroy besser dran sind. Ich kann diese Zukunft klar sehen, und alles ist gut. Ich bin nicht egoistisch. Ich möchte, dass sie an einem Ort lebt, an dem sie geliebt und respektiert wird und an dem sie sich ohne Einschränkungen entfalten kann.

Ich schlucke schwer. „Ich liebe sie." Und ich weiß, dass sie mich auch liebt. Sie sagt es mir in der Privatsphäre meines Schlafzimmers, flüstert es im Dunkeln. Manchmal schreibt sie mir auch tagsüber. Nur ein Herz, aber ich weiß, was es bedeutet.

Gabriel ist zurück und muss mitgehört haben, denn er und Anna tauschen einen Blick aus. Er gibt ihr Mila und sagt: „Vielleicht hat sie Hunger."

Sie holt ihre Brust aus ihrem Ausschnitt, bevor ich wegsehen kann. *Oh-kay.*

„Vielleicht sollte ich gehen." Ich drehe mich um und gehe zur Tür.

Gabriel folgt mir. „Liebe kann dich verrückt machen", sagt er sachlich.

Er ist vier Jahre älter als ich und hat immer auf mich aufgepasst, darum hoffe ich wirklich, dass er einen weisen Rat hat. „Hat sie dich auch verrückt gemacht?"

Er bleibt an der Tür stehen, ein warmes Lächeln lässt seine Augen strahlen. „Absolut. Ich bin verrückt geworden, als ich dachte, ich hätte Anna für immer verloren. Sie hatte sich in den Kopf gesetzt, dass sie gehen müsse, damit ich den Thron besteigen und jemanden aus dem Adel heiraten könne, wie es mir bestimmt war." Anna ist eine Bürgerliche, und er musste meine Eltern überzeugen, die Ehe zu erlauben und sie Königin werden zu lassen. Unsere Eltern sind jedoch im Gegensatz zu Pollys traditionellen Eltern vernünftig. Meine Eltern haben die Liebe zwischen den beiden gesehen und sie respektiert. Und Gabriel hatte niemanden, der ihn erpresste.

Gabriel fährt fort. „Ich habe mich bis auf die Unterwäsche ausgezogen, bin von unserer Yacht gesprungen und im kalten Meer geschwommen, um ihr auf die öffentliche Fähre zu folgen, auf der sie an Bord war."

Ich starre ihn mit großen Augen an. Das war extrem für ihn. Gabriel war als Erbe immer an das königliche Protokoll gebunden. Bevor er Anna kennengelernt hat, haben meine Brüder und ich hinter vorgehaltener Hand gesagt, dass er einen Stock im Arsch hätte. Ich weiß, wir waren nicht ganz fair, zumal nie der Druck auf uns lastete, den er permanent hatte, als er auf den Thron vorbereitet wurde.

„Es war so romantisch!", ruft Anna.

Er grinst. „Ja. Das solltest du auch tun."

Ich starre ihn an. „Vielleicht ist mein Verstand ein bisschen zu benebelt, um mir darüber klar zu sein, was ich tun soll, aber ich sehe nicht, wie mir *das* helfen soll. Sie wird nicht mit der öffentlichen Fähre hier wegfahren."

Er klopft mir mit der Hand auf die Schulter. „Ich war bereit zu tun, was nötig war, um Anna zu behalten. Ich habe für sie gekämpft. Das musst du auch tun."

„Ja, aber es ist anders. Sie geht, und sie will nicht, dass ich mit ihr gehe. Sie sagt, ich würde in einer schwierigen Zeit nur mehr Spannungen verursachen."

„Komm her, Oscar, damit ich nicht schreien muss!", ruft Anna.

Ich kehre dorthin zurück, wo sie das Baby stillt, den Blick auf ihr Gesicht gerichtet.

Sie lächelt mich an. „Polly weiß besser als jeder von uns, wie und wann sie dich ins Bild bringen sollte. Wenn sie dich so sehr liebt, wie du sie zu lieben scheinst, wird sie alles in ihrer Macht Stehende tun, um die arrangierte Ehe nicht einzugehen. Sie hat einen scharfen Verstand. Ich bin sicher, dass sie sich einen Plan zurechtlegen wird. Du musst ihr nur vertrauen." Wenn das doch nur so einfach wäre.

Ich stemme meine Hände in die Hüften. „Also soll ich abwarten und nichts tun?"

„Manchmal kann man einfach nicht mehr tun."

Gabriel schließt sich uns an und setzt sich neben Anna. „Er muss etwas tun. Es liegt nicht in unserer Natur abzuwarten. Rourke-Männer sind schon immer Krieger gewesen. Es liegt uns im Blut."

Anna dreht sich zu ihm um. „Ja, Schatz, aber das hier ist keine Schlacht. Es ist eine Beziehung."

Er fährt fort, als hätte sie nichts gesagt, und ich bin froh, denn ihr Rat bringt mich nicht weiter. „Oscar, mit diesem Sturm und der Art von Monarchie, der sie angehört, gibt es nun mal keine einfachen Antworten. Lass sie wissen, dass du ihr den Rücken stärken wirst, egal was passiert. Steh ihr zur Seite."

Sie lässt das nicht zu! Sie begreifen es nicht - warum sollten sie auch? Sie haben alles – Ehe, Familie, das Königreich, das Spa.

Ich nicke kurz und verabschiede mich.

13
———

Ich ziehe Polly in meine Arme. „Wir sollten auf der Stelle heiraten.“

Sie lehnt sich zurück, um mir in die Augen zu blicken. „Ich liebe dich von ganzem Herzen, aber ...“

„Kein Aber. Das ist alles, was zählt.“

„Ich möchte, dass mein Königreich dich akzeptiert. Wir müssen warten, bis das Timing stimmt.“

Mir wird kalt. Sie spricht, als ob sie auf Beaumont bleiben will. „Aber das trifft nur zu, wenn du dort bleibst. Villroy ist eine bessere Möglichkeit. Oder Frankreich. Überall, nur nicht in deinem traditionellen Königreich. Sie werden dich niemals so schätzen, wie sie sollten, und Peter ist immer noch eine Bedrohung. Hier wärst du für immer in Sicherheit.“

Sie schweigt.

Ich hebe ihr Kinn hoch und bringe es direkt auf den Punkt. „Schwöre mir, dass du ihn nicht heiraten wirst, nur um deine Familie und dein Königreich zu retten.“

„Ich werde ihn nicht heiraten.“

„Schwöre es.“

Sie wendet sich ab. „Oscar, du bist lächerlich.“

Mir ist zum Heulen zumute. „Du machst mich verrückt.“

Sie seufzt. „Du benimmst dich verrückt, aber es liegt nicht an mir."

„Doch, das tut es. Du lässt mich nicht mit dir kommen und bleibst nicht hier."

Sie holt tief Luft und strafft ihre Schultern. „Ich lasse mich weder hier noch da in eine Ehe drängen. Du musst an mich glauben."

„Ich kenne dich. Du stellst andere über dich."

„Ich stelle mein Königreich über mich, wie es meine Pflicht ist." Sie klingt wie eine Königin, und ich hasse es, dass ich das Gefühl habe, dass sie distanziert ist und sich hinter ihrem Titel versteckt.

Ich beiße die Zähne zusammen. „Und es ist meine Pflicht, auf dich aufzupassen."

Sie wird weicher. „Ich weiß das zu schätzen, aber die Arbeit, die ich zu Hause erledigen muss, liegt in meiner Verantwortung. Du musst daran glauben, dass es in Zukunft einen Platz für dich an meiner Seite geben wird. Doch ich weiß noch nicht, wie diese Zukunft aussehen wird."

Es gibt nichts mehr zu sagen. Die Zukunft ist schrecklich ungewiss, also küsse ich sie, ein leidenschaftlicher Kuss, mit dem ich meinen Besitzansprüchen an ihr Ausdruck verleihe. Sie schlingt ihre Arme um meinen Hals und erwidert den Kuss mit derselben Leidenschaft. Das Feuer flammt wie immer zwischen uns auf, angeheizt von Liebe und Leidenschaft. Wenn das doch nur reichen würde.

Polly

Ich bin starr vor Angst, während ich mir die Nachrichten ansehe. Ein Orkan der Kategorie 4 ist heute Morgen wie vorhergesagt über Beaumont hinweggezogen. Die Hauptinsel ist von der Welt abgeschnitten – kein Handyempfang, Radio, Internet oder Strom. Das Ausmaß des Schadens ist unklar. Der Sturm hat zuerst das nordwestliche Ende der Hauptinsel getroffen und ist durch das Zentrum gezogen, bis er am südlichsten Punkt die Insel davon gezogen ist. Es wird erwartet, dass er bald auf die benachbarten Inseln trifft. Ich warte auf Luftaufnahmen in den Nachrichten, doch es gibt noch keine, da kein Helikopter hinfliegen kann, solange der Sturm noch so nah ist.

Mein Palast befindet sich an der Südspitze von Beaumont, direkt im Pfad des Orkans. Ich rede mir ein, dass meine Eltern am Leben sind. Sie müssen. Ich würde es spüren, wenn etwas Katastrophales passiert wäre, oder? Der Palast selbst ist massiv gebaut und nach dem letzten Orkan strukturell verstärkt worden. Ich zwinge mich, im Kopf zu katalogisieren, was beschädigt sein könnte. Die Resorts im Nordwesten der Insel – Peters Resorts – sind wahrscheinlich zerstört. Vegetation auch zerstört. Das Zentrum der Insel mit unserer Infrastruktur – Kraftwerke, Wasserreservoir, Krankenhaus, Schulen und private Wohnhäuser. Wahrscheinlich überflutet und schwer beschädigt. Der Flughafen befindet sich auf der Ostseite. Hoffentlich ist er nicht betroffen. Wenn ich mit meiner Einschätzung richtig liege, dürfte Peter ziemlich verzweifelt sein. Er wird diese Ehe jetzt noch mehr wollen, nachdem er so viel verloren hat. Zumindest wird er wollen, dass sein Darlehen vollständig zurückgezahlt wird. Wozu ist ein verzweifelter Mann im Stande? Darüber kann ich mir momentan keine Sorgen machen. Ich muss an das Königreich denken.

Wir brauchen Mittel für die Katastrophenhilfe und Mittel für den Wiederaufbau. Der Verlust an Tourismuseinnahmen in der Zwischenzeit wird verheerend sein. Glücklicherweise sind Touristen und einige der Inselbewohner vor dem Sturm evakuiert worden. Meine Eltern würden niemals die Insel verlassen. Die Herrscher des Königreichs müssen bis zu ihrem letzten Atemzug bleiben. Tränen lassen meine Sicht verschwimmen, und ich wische mir gereizt die Augen. Ich weigere mich zu trauern, bis ich die Fakten kenne. Ich darf die Hoffnung nicht aufgeben.

„Polly, du solltest was essen", sagt Marge und bietet mir ein Tablett mit frischem Obst und Gebäck an.

Ich winke sie weg und blicke wieder zum Fernseher.

Marge, Vaughn und ich sind seit dem Morgengrauen im

Salon und sehen uns die Nachrichten an. Jetzt geht die Sonne schon wieder unter. Vaughn, meine Wache, hat Familie auf Beaumont. Marge hat nur mich. Oscar ist hier bei mir, und ich habe einen Aufstand veranstaltet, um Marge dazu zu bringen, mich seinetwegen in Ruhe zu lassen. Ich lasse mir seinen Trost nicht der Schicklichkeit wegen verweigern. Ich brauche seine starke Präsenz, und ich brauche seine beruhigende Berührung. Dies sind katastrophale Umstände. Der Rest seiner Familie ist vorbeigekommen, um nach mir und den Nachrichten zu sehen. Nur, dass es keine neuen Nachrichten gibt. Es sind dieselben Informationen, die immer wieder recycelt werden. Ein Orkan der Kategorie 4 ist am nordwestlichen Ende von Beaumont auf Land getroffen, durch das Zentrum gezogen und am südlichen Ende wieder hinaus aufs Meer verschwunden. Jegliche Kommunikation mit der Insel ist ausgefallen. Das Ausmaß des Schadens ist unklar.

Ich warte nur auf den ersten Hinweis darauf, was in meiner Heimat los ist. Ich muss da sein, um die Hilfsmaßnahmen anzustoßen. Ich hasse es, mich hilflos zu fühlen.

Oscar drückt mir ein Glas in die Hände. „Trink, Pol. Du musst nicht essen, aber trink wenigstens was."

Ich gehorche. Es ist Wasser mit Zitrone, und es macht meinen Kopf frei. Ich drehe mich zu ihm um. Seine Augen sind mitfühlend. „Danke."

„Bitte. Möchtest du einen Spaziergang machen? Ein bisschen frische Luft schnappen?"

Ich blicke wieder zum Fernseher. „Nein. Ich will die Nachrichten nicht verpassen."

Er streichelt meinen Rücken, zieht mich dann an sich an seine Seite. Ich lege meinen Arm um seine Mitte. Ich denke, es ist gut, dass ich nicht zu Hause war. Was wäre, wenn ich im Palast gewesen und die gesamte Monarchie auf einen Schlag ausgelöscht worden wäre? *Hör auf damit. Keine Worst-Case-Szenarien.*

Stunden verstreichen. Keine Neuigkeiten. Oscar zwingt mich ein paarmal, aufzustehen und durch den Raum zu gehen, und drückt mir immer wieder Zitronenwasser in die Hand.

Und dann ist es Nacht auf Beaumont, kurz vor zwei Uhr morgens, und die Wahrscheinlichkeit, dass neue Nachrichten von dort kommen, schwindet immer mehr. Auf der Insel muss es jetzt dunkel und still sein. Die Leute müssen Angst haben. Vaughn und Marge sind vor Stunden ins Bett gegangen, aber ich bleibe wach.

Oscar legt die Hand an meine Wange und dreht mich zu sich. „Pol, sie können nachts keine Luftaufnahmen machen. Lass uns schlafen gehen und morgen früh weitersehen. "

Ich schiebe seine Hand weg und wende mich wieder dem Fernseher zu. *Jegliche Kommunikation mit der Insel ist ausgefallen. Das Ausmaß des Schadens ist unklar.* Wieder wird eine Karte meiner Insel und des Sturms angezeigt. Es ist meine einzige Verbindung nach Hause.

Er spricht mit leiser, eindringlicher Stimme in mein Ohr. „Ohne Schlaf kannst du nicht funktionieren, und Beaumont ist auf dich angewiesen."

Ich drehe mich langsam zu ihm um. „Wie kann ich in einer Zeit wie dieser schlafen?" Ich schlucke schwer. „Was ist, wenn ich aufwache und erfahre, dass alles, was ich liebe, weg ist? Meine Eltern, mein Palast, mein Königreich."

„Wir werden das gemeinsam durchstehen." Er steht auf und zieht mich vom Sofa. „Und wir werden auf das Beste hoffen."

Ich setze mich wieder hin, um die Nachrichten zu sehen, doch er greift nach der Fernbedienung und schaltet den Fernseher aus. Ich springe auf. „Hey! Gib mir das!"

Er wirft die Fernbedienung in die hinterste Ecke des Sofas und packt mich, bevor ich sie erreichen kann. „Du kannst gleich morgen früh weiterschauen. Du bist erschöpft. Lass es zu, dass ich mich um dich kümmere." Er hält mein Gesicht in seinen Händen. „Ich liebe dich."

Tränen steigen in meine Augen. „Ich liebe dich auch", antworte ich mit erstickter Stimme.

Er legt seinen Arm um meine Schultern und führt mich aus dem Raum, den Flur entlang und die Treppe hinauf. Wir gehen in seine Suite, und es ist mir egal, ob Marge bemerkt, dass ich nicht in meinem Zimmer bin. Jede Regel, nach der

ich gelebt habe, alle Einschränkungen sind plötzlich wegge-
fegt, aber ich kann es nicht genießen, weil sie aus dem
schrecklichsten Grund weg sind.

~

Eine Woche später ...

Oscar

Ich musste sie gehen lassen. Es hat mich fast umgebracht,
aber ich habe es getan. Sie ist auf dem Weg nach Beaumont,
was auch immer sie dort erwartet.

Am Tag nach dem Sturm bekamen wir die willkommene
Nachricht, dass ihre Eltern am Leben sind, was bedeutet, dass
die Monarchie nach wie vor besteht. Es bedeutet auch, dass
ich ihr nicht nach Beaumont folgen kann, bis sie sagt, dass der
richtige Zeitpunkt gekommen ist. Ich freue mich, dass sie ihre
Familie hat. Ich wünschte nur, ich könnte Teil der Dinge sein,
die dort passieren. Wir haben sie in den Nachrichten gesehen.
Ihre Eltern waren oben auf einem steinernen Turm des
Palastes und haben dem Flugzeug zugewinkt, das über ihnen
flog und Luftaufnahmen machte. Ihr Vater sieht uralt aus mit
schütterem, weißem, lockigem Haar. Ihre Mutter ist wesent-
lich jünger als er, mit glatten, schulterlangen, dunkelbraunen
Haaren. Der Palast hat nur geringen Schaden davongetragen.
Er sieht aus wie eine Festung aus Stein.

Die Nachrichten zeigen den größten Teil des Schadens am
nordwestlichen Ende der Hauptinsel mit zerstörten Resorts,
Restaurants und Häusern. Das Zentrum der Insel ist mit
Dachschäden und nur begrenzten Überschwemmungen
glimpflicher davongekommen. Ein Großteil der Vegetation ist
jedoch aus diesen Gebieten verschwunden. Entwurzelte
Bäume und umgestürzte Telefonmasten blockieren die
Straßen.

Gestern haben wir die Nachricht erhalten, dass die Lande-
bahn des Flughafens frei ist. Das bedeutet, dass Hilfsmaßnahmen eingeleitet werden können, und es bedeutet auch,

dass Polly nach Hause fliegen konnte. Sie ist heute Morgen mit Marge und Vaughn in unserem Privatjet abgereist. Ich habe diese Woche mit ihr zusammengearbeitet, um eine Spendenaktion für Beaumont zu koordinieren und dabei auf jede Verbindung zugegriffen, die ihr und mein Königreich haben. Mein Bruder Phillip hat mit seiner eigenen UN-Verbindung geholfen, um von dort humanitäre Hilfe zu erhalten. Wir haben das Rote Kreuz und eine andere internationale Hilfsorganisation dazu gebracht, Helfer zu schicken. Die gemeinnützige Organisation unseres Königreichs und Pollys private Stiftung haben ebenfalls ihren Teil beigetragen.

Auf Beaumont wurde der Mobiltelefondienst wiederhergestellt und etwa sechzig Prozent der Stromversorgung. Das ist alles, was ich weiß. Ich werde mich nicht entspannen, bis ich höre, dass sie es sicher zurück in den Palast geschafft hat. Es gibt immer noch viele Menschen ohne Strom oder Wasser, und eine Woche nach dem Sturm gehen den Lebensmittelgeschäften die Lebensmittel aus. Es gibt eine feine Linie zwischen Zivilisation und Anarchie, wenn Menschen verzweifelt sind. Und Polly repräsentiert ein unantastbares aristokratisches Ideal, das sie unter den gegebenen Umständen möglicherweise nicht schätzen. Sie hat mir versichert, dass ihre Leute sie lieben würden. Ich bezweifle das nicht, aber ich habe keine so rosige Sicht auf die menschliche Natur. Wenn Menschen kein Essen, Wasser und Obdach haben, gelten keine Regeln mehr. Sie hat Vaughn, aber ein Mann kann gegen einen Mob nicht viel ausrichten. Wenn es nach mir ginge, würde eine Armee sie zurück in den Palast begleiten.

So sehr ich sie in meinem Leben brauche, sie brauchen sie mehr. Ich hoffe nur, dass sie ihren lebenssprühenden Geist schätzen und sie die Herrscherin sein lassen, die sie für sie sein sollte. Ich kann nicht für das verantwortlich gemacht werden, was ich tue, wenn ich höre, dass sie unter Druck gesetzt wird, diesen schmierigen Erpresser zu heiraten. Ich weiß nur, dass das nur über meine Leiche passieren wird.

Polly

Ich war so vorbereitet, wie ich nur sein konnte, um mich der Verwüstung auf Beaumont zu stellen, nachdem ich Bilder im Internet und in den Nachrichten gesehen habe, doch die südöstliche Straße zum Palast entlang zu fahren und zu sehen, was der Sturm angerichtet hatte – schwer beschädigte Strandhotels, die völlige Vernichtung von Vegetation und Bäumen, zerstörte Restaurants und Häuser –, es schmerzt mich körperlich. Ich verschränke die Arme und umarme meine Mitte. Ich weiß, wir haben Glück gehabt. Es hätte schlimmer kommen können. Meine Eltern leben. Die meisten unserer Resorts sind mit kleineren Renovierungsarbeiten zu retten, und es gibt Teile der Insel, die unbeschädigt geblieben sind – die Kläranlage, die Schulen, das Krankenhaus –, doch es gibt so viel, das zerstört wurde. Es sieht nicht aus wie das Beaumont, das ich kenne und liebe.

Das Auto fährt bis zum Eingang des Palastes, wo meine Eltern bereits auf mich warten.

„Polly!", ruft meine Mutter und eilt mit offenen Armen auf mich zu.

Mein Hals schnürt sich vor Emotionen zu, und ich renne in ihre Arme. Sie drückt mich fest. *„Maman!"* Ich weine. „Ich bin so froh, dass es dir und Papa gut geht."

Sie sieht mich an und streichelt meine Haare. „Der Palast hat schon Schlimmerem standgehalten. Er ist viele Male verstärkt worden. Du siehst verändert aus. Was ist mit dir?"

Ich bin verliebt. Ich bin keine Jungfrau mehr. Ich träume von einer anderen Zukunft. Ich sage nichts davon, denn ich weiß, dass ich den Moment dafür sorgfältig wählen muss. „Ich hatte eine schöne Zeit bei Anna auf Villroy. Die Rourkes sind eine wunderbare Familie und ein wertvolles Bündnis für uns. "

„Ja", sagt sie langsam und neigt den Kopf, als sie mich mit gerunzelter Stirn mustert. „Wir schätzen ihren Beitrag zu den Wiederaufbaumaßnahmen sehr." Sie dreht sich um und lächelt meinen Vater an. „Komm. Dein Vater konnte deine Rückkehr kaum erwarten."

Ich gehe zu ihm, senke den Kopf und mache einen Knicks. „Schön, dich zu sehen, Papa."

Er ist niemand, der andere umarmt. Ich warte, während er seinen zitternden Arm hebt, um eine Hand auf meinen Kopf zu legen. „Ich bin froh, dass du zu Hause bist. Wir haben viel zu besprechen." Jetzt zittert auch seine Stimme. Seine Parkinson-Krankheit ist definitiv schlimmer geworden.

„Lass sie doch erst einmal ankommen", sagt meine Mutter.

Sie geht, um Marge und Vaughn zu begrüßen. Sie und Marge unterhalten sich leise, und meine Mutter wirft mir einen besorgten Blick zu. Ich bin angespannt. Ich habe Marge gesagt, dass ich das Thema Oscar bei der ersten Gelegenheit ansprechen würde, doch es scheint, dass sie bereits etwas gesagt hat. Meine Mutter nickt ihr zu und bedeutet ihr und Vaughn hineinzugehen.

Dann hakt sich meine Mutter bei mir unter. „Es war eine lange Reise, nicht wahr? Du solltest dich ausruhen."

„Ja, aber ich bin okay. Ich will tun, was ich kann, um zu helfen."

„Wir sind mit Peter in Kontakt", sagt meine Mutter.

„Mmm, guter Mann", sagt mein Vater.

Ich knirsche mit den Zähnen. Ich bin nicht einmal durch die Tür, und schon reiben sie mir diesen schmierigen Verbrecher unter die Nase. „Ach, wirklich?"

„Ja", sagt meine Mutter. „Er will dich dringend sehen. Er muss dich vermisst haben, Polly."

Die Worte platzen aus mir heraus. „Oder er will einfach nur von den einzigen Resorts, die auf der Insel übrig sind, profitieren – unseren Resorts."

„Er hat einen Rechtsanspruch auf eines unserer Resorts", sagt mein Vater. „Wenn er sich nur für den Profit interessieren würde, würde er ihn einfach durchsetzen. Warum so misstrauisch? Ich dachte, du warst für diese Verbindung?"

„Die Situation hat sich geändert", sage ich.

Mein Vater sieht ratlos aus, meine Mutter besorgt.

„Ich werde es später erklären", sage ich und gehe weiter. „Es gibt viel zu tun."

Meine Mutter holt mich ein. „Peter wird diese Arbeit erleichtern. Vergraul ihn nicht, Polly. Er will helfen, und er ist das, was Beaumont braucht."

Ich bleibe stehen und kneife meine Augen zusammen. „*Ich* bin, was Beaumont braucht. Ich habe die Energie, den Antrieb und den strategischen Verstand, um dieses Königreich zu neuer Blüte zu bringen. Das ist mein Geburtsrecht. Ich werde es nicht einem dahergelaufenen Geschäftsmann oder einem Cousin übergeben, nur weil es so immer gehandhabt wurde."

Meiner Mutter bleibt vor Überraschung der Mund offenstehen. „Wo kommt das denn her? Du kannst nicht allein herrschen. Was für ein giftiger Gedanke. Du musst lernen, weniger eigensinnig zu sein. Unsere Traditionen machen unser Königreich stark."

Ich presse meine Lippen aufeinander. Meine Frustration ist mit mir durchgegangen. Ich habe keine Zeit für Auseinandersetzungen oder für den Umbau der sozialen Ordnung der Monarchie. Ich muss mich auf die Genesung von Beaumont konzentrieren. „Entschuldige mich, ich glaube, ich bin müde. Ich möchte auf mein Zimmer gehen."

„Natürlich", antwortet sie liebenswürdig. „Reisen kann jedem die Laune verderben. Willkommen zuhause."

Ich lächle sie an und gehe in mein Zimmer. Ich habe Empfang auf meinem Handy, was bedeutet, dass ich telefonieren kann. Es gibt kein Internet, aber der Palast hat Strom. Ich muss rausgehen, um mir selbst ein Bild von den Verhältnissen auf der Insel zu verschaffen. Dann muss ich dafür sorgen, dass die am Flughafen erwarteten Lieferungen dorthin gelangen, wo sie am dringendsten benötigt werden. Es gibt viel zu tun, und Zeit ist von entscheidender Bedeutung. Es gab zweiunddreißig sturmbedingte Todesfälle, und ich möchte nicht, dass die Zahl der Todesopfer weiter ansteigt.

Ich hole mein Handy aus der Tasche und sehe eine Nachricht von Oscar: *Lass es mich wissen, wenn du angekommen bist.*

Mein geliebter Oscar. Mein Herz zieht sich zusammen, und meine Augen sind heiß, als ich zurückschreibe. *Ich bin hier, und ich liebe dich.*

Eine Antwort pingt einen Moment später. *Ich liebe dich auch. Sag ein Wort, und ich bin da.*

Das werde ich.

Ich atme tief ein. Es ist nicht der richtige Zeitpunkt für Oscar, um herzukommen, aber ich hoffe, dass dieser Zeitpunkt bald kommen wird.

14

———————

Polly

Nach zig Telefonanrufen ziehe ich mir Trainingskleidung an (meine einzige Freizeitkleidung) – ein rosa T-Shirt, schwarze Yogahosen und Turnschuhe – und gehe in Marges Zimmer im dritten Stock. Ich habe den örtlichen Energieversorger dazu gebracht, einen Social Media Account zu eröffnen, und mir selbst ein Konto eingerichtet, damit so viele Einheimische mir folgen können, wie ich erreichen kann. Vor dem Sturm hat mir das königliche Protokoll verboten, auf Social Media zu sein, aber es ist der einfachste Weg, schnell mit allen zu kommunizieren. Das königliche Protokoll wird Beaumont nicht wieder auf die Beine bringen. Mein Ziel ist es, die Inselbewohner dazu zu bringen, Bilder von Problembereichen mit Geo-Tags zu veröffentlichen, damit wir schnell bestimmen können, wo Stromleitungen ausgefallen und Straßen blockiert sind. Die Wiederherstellung der Stromversorgung und die Zugänglichkeit aller Gebiete der Insel haben oberste Priorität. Wir brauchen Strom, insbesondere für das Wasserverteilungssystem, das nach nur geringen Schäden repariert wird. Während das in die Wege geleitet wird, muss ich mich um die Leute kümmern, die aus ihren Häusern evakuiert werden mussten. Dafür brauche ich Marge und ihre angeborene Fürsorge. Ein Fels in der Brandung. Sie lässt sich nichts bieten, ja, aber unter ihrer strengen Schale hat sie ein großes Herz.

Marges Tür ist offen, und sie sitzt am Fenster an einem kleinen runden Tisch und starrt auf das Meer. Ihr braunes Haar, reichlich grau gesträhnt, ist im Nacken zu einem ordentlichen Knoten zusammengebunden, ihre Schultern hängen. Es ist schwer, zu einer solchen Verwüstung nach Hause zurückzukehren.

„Marge", sage ich leise, denn ich will sie nicht erschrecken.

Sie dreht sich um und sieht mich über ihre Schulter an. „Machst du jetzt nach unserer langen Reise Sport?"

„Das sind die einzigen Kleidungsstücke, die ich habe, die ansatzweise für ein Katastrophengebiet geeignet sind", sage ich und gehe auf sie zu. „Ich kann in einer Zeit wie dieser nicht in Schleier und Kleidern herumlaufen."

Sie presst ihre Lippen aufeinander. „Ich habe deiner Mutter gesagt, dass Prinz Oscar in dich verliebt ist. Ich habe ihr nicht gesagt, was du mit ihm getan hast."

Ich atme aus und setze mich neben sie an den Tisch. Sie macht ihren Job als Anstandsdame, wie es von ihr erwartet wird. Marge ist seit meinem neunten Lebensjahr, als ich ins Internat verschifft wurde, bei mir. In vielerlei Hinsicht war sie wie eine Mutter für mich.

Ich sehe ihr in die Augen. „Ich bin dir nicht böse deswegen. Ich weiß, dass du nur deinen Job als meine Anstandsdame machst. Dieser Job wird bald enden, wenn ich heirate."

„Natürlich", sagt sie knapp. „Ich habe immer gewusst, dass mein Job bei deiner Hochzeit enden würde."

Ich nehme ihre Hand und lege sie auf meine Wange. „Marge, du warst meine ständige Begleiterin, und ich möchte, dass du weißt, wie sehr ich dich schätze."

Tränen treten in ihre Augen, und sie beugt sich vor und küsst meine Stirn. „Du bist eine wunderbare Frau geworden, Polly. Ich war nie der Meinung, dass du zu viel Ärger machst."

Ich muss lachen und lehne mich zurück.

Sie lacht auch. „Okay, du hast viel zu viel Ärger gemacht,

aber all diese Eigenschaften, die bei einem Kind schwer zu kontrollieren sind, werden für dich als Herrscherin von Vorteil sein. Ich bin froh, dass du so voller Energie und entschlossen und willensstark bist. Eine Königin sollte so sein. Beaumont wird dich jetzt mehr denn je brauchen."

„Darüber möchte ich mit dir reden. Wir befinden uns im Ausnahmezustand, und was mich angeht, gilt das königliche Protokoll nicht mehr. Ich brauche deine Hilfe, Marge, aber nicht als Anstandsdame. Ich brauche dich an meiner Seite, um den Schaden einzuschätzen und die Hilfsmaßnahmen zu koordinieren. Ich möchte besonders, dass du ein Auge auf die Kinder hast. Du hast genug Liebe für eine Armee von Kindern."

Ihre Brauen schießen hoch. „Eine Armee von Kindern? Gott bewahre!"

„Wirst du mir helfen?"

Sie nickt, ihre Augen glänzen, und ihre Lippen sind fest zusammengepresst. „Es wäre mir eine Ehre."

„Ich wusste, dass ich mich auf dich verlassen kann. Danke!" Ich stehe auf. „Erster Tagesordnungspunkt: Wir werden die Menschen von der Nordseite der Insel zusammenbringen und dafür sorgen, dass sie sichere Unterkünfte haben."

„Wo willst du sie unterbringen?"

„Das hängt von der Anzahl ab. Ich werde die Inselbewohner bitten, Leute aufzunehmen, wo sie können. Ich weiß, dass die Grundschule eine begrenzte Zahl von Leuten in der Sporthalle unterbringen kann, und ich kann einige hier im Palast aufnehmen."

„Im Palast!", ruft sie entsetzt aus und senkt dann ihre Stimme. „Du kannst keine Leute von der Straße hier hereinlassen, ohne, dass sie überprüft worden sind. Du musst an deine Sicherheit denken."

Ich straffe meine Schultern. „Dieser Palast gehört den Menschen genauso wie mir. Wir haben jede Menge Gästezimmer, eine Orangerie und einen Ballsaal. Ich werde Feldbetten aufstellen lassen."

„Deine Eltern werden das niemals erlauben", flüstert sie.

„Dann können sie ihre treuen Untertanen an der Tür abweisen", erkläre ich. „Bist du dabei?"

Sie starrt mich mit großen Augen an. Und dann steht sie auf, nimmt meine Hände in ihre und sieht mich liebevoll an. „Du warst noch nie so sehr Königin wie in diesem Moment. Ich bin stolz auf dich." Ihre Stimme bricht. „Du weist die Richtung, und ich werde mein Bestes geben, um dich bei allem zu unterstützen."

Ich lächle, meine Augen brennen vor unvergossenen Tränen. Ich gönne mir einen Moment, um die süße Befriedigung zu genießen, sie stolz zu machen. Meine eigene Mutter hat das nie gesagt. „Danke, Marge. Das bedeutet mir viel. Jetzt aber los." Ich drehe mich um und gehe zur Tür. „Ich möchte, dass Vaughn bei den Vorbereitungen hilft."

Sie holt mich ein. „Vaughn hat Brüder und Cousins, die helfen könnten. Sie sind alle Kraftpakete wie er."

„Ausgezeichnet", sage ich und gehe zum Wachquartier. Ich weiß sehr wenig über Vaughn, nur, dass er von der Insel stammt. Er hat sich entschieden, zu meinem eigenen Schutz professionellen Abstand zu mir zu halten. Diese Zeit ist vorbei. Ich brauche jeden diensttüchtigen Mann und jede diensttüchtige Frau im Königreich, um die Ordnung wiederherzustellen.

Bei Einbruch der Dunkelheit habe ich viel erreicht, doch bei weitem nicht genug. Mir ist bewusst geworden, wie schlecht Beaumont auf eine Naturkatastrophe vorbereitet war, und es wird eines der Dinge sein, um die ich mich kümmern werde, sobald sich alles wieder stabilisiert hat. Nur das Krankenhaus hat einen Generator, was ein Segen ist, für den ich dankbar bin, aber es sollte mehr geben. Wir sind fast das ganze Jahr über eine Insel mit Sonne. Wir hätten in Solarstrom, -warmwasserbereitung und vielleicht auch Windkraft investieren sollen. Ein solches erneuerbares, über die Insel verteiltes Stromversorgungssystem hätte eine echte Hilfe sein können. Wir sollten mehrere Wasserreservoirs haben, nicht nur ein zentral gelegenes. Ein Satellitentelefon im Palast hätte am ersten Tag die Welt erreichen können. Es gab keinen Notvorrat an Trinkwasser, nicht verderblichen Lebensmitteln, Decken, Windeln und dergleichen. Und es gibt keine Feldbetten! Wie kann es keine Feldbetten geben?

Ich habe so viele Menschen wie möglich privat untergebracht. Wir haben Kinder-Schlafmatten aus dem Kindergarten in die Sporthalle der Grundschule gebracht und unbenutzte Matratzen und Decken aus dem Krankenhaus ausgeliehen. Ich kann nicht zu viel aus dem Krankenhaus leihen, da sie es womöglich für Patienten benötigen.

Vaughns Leute waren eine große Hilfe, und einige von ihnen haben Pickups, mit denen sie geholfen haben, die Betten in die Sporthalle der Grundschule zu bringen. Morgen werden Vaughn, seine Brüder, Cousins und einige der Palastwachen beim ersten Morgengrauen losgehen, um beim Beräumen der Straßen zu helfen. Dabei müssen sie jedoch darauf achten, Straßen mit umgestürzten Stromleitungen zu meiden.

Ich habe diverse Bentleys und Mercedes aus der königlichen Fahrzeugflotte abkommandiert, um Leute zum Palast zu transportieren, und in genau diesem Konvoy bin ich derzeit unterwegs. Und wie habe ich Zugang zur königlichen Fahrzeugflotte bekommen? Timing. Mir wurde mitgeteilt, dass heute Nachmittag eine große Lieferung von Lebensmitteln und Wasser am Flughafen eingetroffen ist, und ich habe meine Eltern gebeten, hinzufahren und sie anzunehmen und dort zu bleiben, um bei der Verteilung auf Schulbusse zu helfen, die die Güter in die bedürftigen Gebiete bringen würden. Das hat meine Eltern für den Nachmittag beschäftigt, während ich die königliche Flotte für meinen eigenen Gebrauch annektiert habe.

Meine Eltern sind jetzt zu Hause, wissen jedoch noch nichts von den fünfzig Menschen, die bald vorübergehend im Palast untergebracht werden. Ich übernehme die Rolle eines Anführers. Entschuldigen kann ich mich später immer noch dafür. Obwohl es mir nie wirklich leidtun wird, das Richtige zu tun.

Sobald wir im großen Innenhof anhalten, führen Marge und ich die Leute in den Palast, während die Fahrer die Autos auf den großen überdachten Parkplatz zurückbringen. Diese fünfzig Menschen, von Senioren bis zu Kleinkindern, sind die Angestellten (und ihre Familien) von Peters zerstörten Resorts auf der Nordseite. Sie haben ihre Jobs und ihre Häuser verloren.

„Herzlich willkommen!", sage ich, sobald wir alle in der zweistöckigen Eingangshalle versammelt sind. „Bitte geben Sie uns ein wenig Zeit, um Schlafplätze für Sie einzurichten. In der Zwischenzeit werde ich dafür sorgen, dass Ihnen Essen und Getränke gebracht werden."

Nur wenige Leute murmeln „Danke", da die meisten zu beschäftigt damit sind, die Eingangshalle zu bestaunen. Sie ist ein Relikt. Steinmauern mit großen offenen Kaminen. Jahrhundertealte Wandteppiche an der Wand. In einer Ecke steht sogar eine glänzende Rüstung. Nicht, dass wir hier jemals eine Armee mittelalterlicher Ritter gehabt hätten. Es ist ein Überbleibsel der Dekoration eines ehemaligen französischen Bewohners aus der Zeit, als Beaumont eine französische Kolonie war. Der große Kristallleuchter an der Decke ist relativ neu.

Ich weise einige der Palastangestellten an, beim Vorbereiten der Schlafbereiche in der Orangerie und im Ballsaal zu helfen, sobald die Matratzen eintreffen. Ich habe bereits zuvor dafür gesorgt, dass die Gästezimmer vorbereitet wurden.

Ich nehme Marge beiseite. „Ich überlasse es dir, die Gästezimmer nach Belieben aufzuteilen."

„Natürlich. Ich kümmere mich darum." Sie geht zuerst hinüber zu einem Paar mit einem Kleinkind und spricht leise mit ihnen. Gute Idee. Wir wollen nicht, dass jemand verärgert darauf reagiert, wer die Gästezimmer bekommt und wer eine Matratze auf dem Boden des Wintergartens bekommt. Ich weiß, dass ihre Priorität immer die Kinder sein werden, und sie wird dafür sorgen, dass sie mit ihren Familien untergebracht werden und sich wohl fühlen.

„Polly?", höre ich die alarmierte Stimme meiner Mutter rufen.

Ein Dienstbote muss sie auf das Geschehen aufmerksam gemacht haben.

Ich gehe zu ihr, und sie starrt entsetzt auf meinen Kopf, auf dem ich eine Baseballmütze mit dem Logo eines Tauchshops aus der Gegend trage. Es ist kein Schleier, soviel ist sicher. Nicht angemessen für eine Prinzessin in der Öffentlichkeit, aber mein restliches Outfit, das sie jetzt beäugt, ist es auch nicht. Die Mütze stammt von Vaughns Bruder, der sie mir gegeben hat, um meine Augen vor der Sonne zu schützen. Ich nehme die Mütze ab und glätte mein widerspenstiges lockiges Haar. „Diese Menschen hier haben im Sturm ihre Häuser verloren. Sie werden vorübergehend im Palast bleiben, bis wir eine andere Lösung für sie gefunden haben."

Ihre Hand wandert an ihren Hals. „Wer sind diese Leute?"

„Das ist unser Volk, und sie sind zu uns gekommen, um Zuflucht zu suchen. Ich habe sie ihnen gewährt."

Sie sieht sich nervös um. „Das ist höchst unorthodox. Dein Vater ist mit Peter in seinem Arbeitszimmer. Du solltest am besten sofort zu ihm gehen." Sie macht eine vage Geste in den Raum. „Wo sind die Wachen?" Sie senkt ihre Stimme. „Diese Leute könnten gefährlich sein."

„Wir befinden uns im Ausnahmezustand. Diese Zeit verlangt nach unorthodoxen Methoden." Ich drücke ihre Schulter. „Bitte gib ihnen das Gefühl, willkommen zu sein. Die Wachen helfen den Fahrern, Matratzen und Decken für unsere Gäste in die Orangerie und den Ballsaal zu bringen. Ich werde Papa informieren gehen."

Ich gehe zu seinem Arbeitszimmer. Ich bin froh zu hören, dass Peter es zum Palast geschafft hat, denn das bedeutet, dass mindestens eine Straße entlang der Nordwestseite der Insel geräumt wurde. Ich habe heute meine ganze Zeit im Herzen der Insel verbracht, da der Zugang zur Nordseite gesperrt war. Diese fünfzig Leute waren auf der Suche nach Zuflucht und Essen ins Landesinnere gegangen.

Ich klopfe an die Tür, und mein Vater bellt: „Herein!"

Ich trete ein, neige meinen Kopf und mache einen Knicks. „Papa."

Er sitzt auf einem thronähnlichen Lehnstuhl. Peter sitzt

ihm gegenüber in einem kleineren Sessel. Auf einem Beistelltisch zwischen ihnen stehen eine Karaffe Brandy und zwei fast leere Gläser. Peter, ein kahlköpfiger Mann Ende vierzig mit einem Bauch, scheint über meine Ankunft erfreut zu sein. Er lächelt nicht, doch seine dunklen Augen leuchten, als sie mich von Kopf bis Fuß mustern. Ich unterdrücke ein Schaudern.

Ich setze mich ihnen gegenüber auf das Ledersofa.

Mein Vater spricht in einem fröhlichen Ton. „Ich bin froh, dass du hier bist, Tochter. Peter ist gekommen, um mit dir zu Abend zu essen, und wartet schon eine ganze Weile." Er hält inne, als er meine Aufmachung bemerkt. „Wie ich sehe, hätte ich dich über seinen Besuch informieren sollen. Bitte kleide dich in etwas Angemesseneres." Er wedelt mit der Hand. „Und beeil dich."

Ich werfe Peter einen Blick zu und sage kurz: „Hallo", bevor ich meinem Vater sage: „Wir haben ein paar Gäste, die bei uns bleiben werden, bis die Ordnung auf der Insel wiederhergestellt ist. Sie haben im Sturm ihre Häuser verloren."

Er runzelt die Stirn. „Was meinst du mit *bei uns bleiben*? Dies ist eine private Residenz."

Ich antworte in einem ruhigen Ton: „Ich bin nicht hier, um darüber zu diskutieren. Die Leute sind hier. Diese Residenz wurde mit den Steuergeldern gebaut, die die Inselbewohner zahlen. Darum gehört sie auch ihnen."

Er braust auf. „Sie gehört ihnen nicht! Der Palast befindet sich seit Jahrhunderten im Besitz der Familie Lyon. Du kannst nicht einfach Leute von der Straße hierher einladen."

Ich zeige zur Tür. „Du bist König. Natürlich hast du das Recht, sie rauszuwerfen. Geh einfach in die Eingangshalle und sag ihnen, dass du sie abweist. Du solltest deine Ansprache unbedingt mit *Meine treuen Untertanen* anfangen, wie du es so oft tust."

Ich bin dreist, anmaßend, eigensinnig, unmöglich. Jeder Stempel, den mein Vater mir je aufgedrückt hat, zeigt sich in seinem zitronensauren Blick. Ich zucke nicht einmal mit der Wimper. Meine einzige Sorge sind unsere Untertanen.

Peter mustert mich mit finsterem Blick. Er hält mich wahrscheinlich für zu dreist. Ich werde mich nicht länger für meine wahre Natur entschuldigen. Marge hat recht. Alle meine sogenannten Mängel sind mein wahres Kapital und für die Führung von Beaumont absolut notwendig.

Mein Vater steht mühsam auf und klingelt nach einem Diener. Es sieht so aus, als würde er tatsächlich unsere Gäste vertreiben wollen. Oder vielleicht will er nur sehen, wie ich reagiere. Doch ich kann dieses Spiel auch spielen.

„Ich kann dir helfen, in die Eingangshalle zu kommen", sage ich.

„Du hast genug getan", blafft mein Vater.

Ich nicke.

Ein paar Minuten später macht sich mein Vater mit zwei Dienern auf den Weg in die Eingangshalle. Einer von ihnen stützt seinen Arm, und der andere geht hinter ihm, für den Fall, dass er ins Straucheln gerät.

Ich gehe mit Peter hinter ihnen her.

„Sie sehen gut aus, Hoheit", sagt Peter zu mir. „Es tut mir nur leid, dass Sie in solch ein Chaos nach Hause zurückkehren mussten."

„Danke. Ich bin froh, hier zu sein. Wie sieht es im Norden aus?"

Er atmet scharf aus. „Meine Resorts sind weg, nichts mehr zu retten."

„Tut mir wirklich leid, das zu hören. Werden Sie sie wieder aufbauen?"

„Das hängt von Ihnen ab. Ich bin hier, um Sie an unsere Vereinbarung zu erinnern."

Ich senke meine Stimme. „Ich würde mich gerne unter vier Augen mit Ihnen unterhalten. Vielleicht könnten wir nachher in den Salon gehen."

Er lächelt mich verschlagen an, als hätte ich ihm ein unmoralisches Angebot gemacht. „Das würde mir sehr gefallen, Hoheit."

„Ausgezeichnet."

Ich spüre, wie er mich anglotzt, während wir gehen. Seine Augen bohren sich in meine Wange, wandern dann an meinem Körper hinunter und sehen sich satt. Er hat mich nie ohne meinen Schleier und meine züchtigen Kleider gesehen. Es ist mir egal. In Gedanken bin ich ihm drei Schritte voraus und überlege, wie ich am besten mit ihm umgehen soll.

Sobald wir in der Eingangshalle ankommen, meldet der Diener meines Vaters: „Seine Majestät, König Henri."

Die versammelten Gäste senken sofort die Köpfe.

Meine Mutter tritt neben ihn und flüstert ihm etwas zu. Arbeitet sie mit mir oder gegen mich? Sicherheitsleute haben die Halle betreten. Ich sehe Vaughn und einige andere Palastwachen an der Rückwand.

Mein Vater hebt eine zitternde Hand und lässt sie schnell wieder sinken. Er möchte nicht, dass die Öffentlichkeit seinen Tremor sieht. „Meine treuen Untertanen ..." Er macht eine Pause und lässt den Blick über die Leute schweifen.

Der Raum wird ganz still. Ein älterer Mann hustet, und sein dünner Körper erzittert dabei. Dann jammert ein kleines Mädchen, vielleicht drei Jahre alt, mit langen, dunkelbraunen Haaren: „Mama, ich habe Hunger!"

Mein Vater erstarrt, sein Blick auf das kleine Mädchen gerichtet.

Ihre Mutter bringt sie zum Schweigen, doch das Mädchen reißt sich los, rennt zu meinem Vater und bleibt vor ihm stehen. „Hunger!", protestiert sie.

Mein Vater starrt sie an und scheint ratlos zu sein.

Die Mutter des Mädchens zieht sie zurück und entschuldigt sich mehrmals.

„Hunger, Mama!", jammert das Mädchen, als es weggetragen wird.

Ich hätte mir keinen besseren Appell an meinen Vater wünschen können. Das wäre ich in diesem Alter gewesen, nur, ich hätte versucht, selbst etwas zu essen zu finden, und wäre auf Küchentheken geklettert, wenn ich gemusst hätte.

Mein Vater dreht sich fragend zu mir um. *Wirst du das Mädchen füttern?*

Definitiv. Ich nutze den Moment und verkünde: „Großartige Idee! Lasst uns alle in den Empfangssaal gehen, wo mit freundlicher Genehmigung von König Henri Essen serviert wird."

Ich signalisiere einem Diener, unsere Gäste dorthin zu führen, und gehe zu meinem Vater. „Gut gemacht."

Er sträubt sich, erholt sich jedoch schnell und kapert meinen Plan. „Ein König muss sicher sein, dass sein Volk zu essen hat."

„Und ein Dach über dem Kopf."

Er seufzt. „Du bist schon immer schwierig gewesen."

Ich ignoriere das. Er akzeptiert, dass sie hier sind, und das ist alles, was zählt. Ich bin mir nicht sicher, wie lange ich ihn überzeugen kann, sie bleiben zu lassen, doch vielleicht wachsen sie ihm ja ans Herz. Es muss hier einsam sein, nur er, meine Mutter und diverse Diener, die in diesen alten Gemäuern herumspuken.

„Papa, ich würde mich gerne mit Peter im privaten Salon treffen."

Sein Blick erwärmt sich. „Freut mich, das zu hören. Du musst natürlich deine Anstandsdame dabeihaben." Er sieht sich um. „Wo ist Marge?"

„Ich glaube, sie ist mit den anderen in den Empfangssaal gegangen."

„Du kannst nicht mit dem Mann allein sein. Ich werde deine Mutter mitschicken."

Mir ist zum Lachen zumute. Ich kann nicht allein sein mit dem Mann, mit dem ich mein Leben verbringen soll. Das ist mehr als lächerlich. „Lass nur. Ich werde Marge holen."

Ich verabschiede mich, bringe Peter zum privaten Salon auf der gegenüberliegenden Seite der Eingangshalle und gehe dann zum Empfangssaal. Ich finde Marge, die einem Diener hilft, Geschirr auf einem langen Tisch auf einer Seite des Raumes aufzubauen. Die Vorräte des Palastes können trotz des teilweise zerstörten Gartens und der umgestürzten Obstbäume leicht einen Monat reichen. Wir haben viele Fleisch-, Obst- und Gemüsekonserven, Marmeladen und Saucen. Es gibt auch eine Käsekammer und einen Weinkeller.

„Da bist du ja", sagt Marge. „Ich habe die Gästezimmer zugeteilt. Du musst hungrig sein. Du musst essen, du brauchst deine Kraft."

Ich drücke ihren Arm. Sie kann nicht anders, als mich zu

bemuttern. Es war so lange ihr Job. „Ich esse, wenn alle anderen satt sind. Ich bin mir nicht sicher, wie viel sie in der Woche seit dem Sturm gegessen haben, während ich im Palast in Villroy gemästet worden bin."

Sie kneift die Augen zusammen. „Du hast kaum etwas gegessen, seit wir von dem Sturm erfahren haben. Du hast abgenommen."

„Habe ich nicht. Jemand hat mich dreimal am Tag zum Essen gebracht, indem er mich persönlich gefüttert hat." *Mein geliebter Oscar.*

Sie unterdrückt ein Lächeln. „Ich mag es, wie er sich um dich kümmert."

„Ich auch. Vielen Dank für deine Hilfe heute. Bleib nach dem Abendessen nicht zu lange. Du musst dich für morgen ausruhen."

„Mich ausruhen!", schnaubt sie. „Zu viel zu tun, um mich auszuruhen." Sie dreht sich zu unseren Gästen um. „Kinder! Stellt euch auf, damit ich eure Teller füllen kann."

Die Kinder stellen sich sofort in einer unkoordinierten Schlange an, und ein paar versuchen, sich nach vorn zu drängeln.

„Diejenigen, die sich brav anstellen, bekommen als erste was", verkündet sie, und die Kinder reihen sich sofort ein.

Ich lächle und gehe beruhigt, da ich weiß, dass sie alles unter Kontrolle hat. Nun zu Peter. Ich werde unter vier Augen mit ihm reden. Ich habe keine Angst mehr vor ihm. Unter den gegebenen Umständen dürfte er sogar noch bestrebter sein, sich im besten Licht zu zeigen, um diese Ehe unter Dach und Fach zu bringen. Nachdem unsere Resorts jetzt die einzigen sind, haben wir die Top-Immobilien auf der Insel. Natürlich gibt es immer noch die Frage nach den Schulden meiner Eltern. Er könnte eines unserer Resorts im Gegenzug für das nicht zurückgezahlte Darlehen beanspruchen, doch ich nehme an, dass er unter den gegebenen Umständen lieber in die Herrscherfamilie einheiraten würde, als sie sich zum Feind zu machen. Bald werden Gelder für den Wiederaufbau fließen, und sie werden durch das königliche Schatzamt fließen.

Als ich im privaten Salon ankomme, sitzt Peter in einem Ledersessel und nippt an einem Brandy. Ich klopfe an die offene Tür, trete ein und schließe die Tür hinter mir.

Er runzelt die Stirn. „Keine Anstandsdame, Hoheit?" Die *Hoheit* wäre angemessener gewesen, wenn er aufgestanden wäre, um mich zu begrüßen, oder zumindest eine Verneigung angedeutet hätte. Stattdessen fläzt er sich in seinem Sessel, als wäre er zu Hause. Seine Beine sind vor ihm ausgestreckt. Er ist anmaßend und sich sicher, dass er bei mir die Oberhand hat. Ich habe ihn das glauben lassen, um meine Familie zu schützen. Nicht mehr.

„Sie ist mit unseren Gästen beschäftigt." Ich setze mich in den Sessel ihm gegenüber. „Wir haben viel zu besprechen."

Ein Lächeln umspielt seine Lippen. „Sie sind ziemlich hübsch. Ich hatte nicht bemerkt, wie schön Sie sind, so versteckt hinter dem Schleier."

„Danke", sage ich knapp.

Er richtet sich auf und stellt sein Glas neben sich auf den Tisch. „Wie ich Ihren Eltern bereits gesagt habe ..."

„Ich werde Sie nicht heiraten. Ich habe mich einem anderen geschenkt."

Er kneift die Augen zusammen. „Was meinen Sie?"

„Ich meine, ich habe mich mit Leib und Seele einem anderen Mann hingegeben. Ich werde ihn heiraten oder niemanden."

Er grinst. „Der König und die Königin mögen da anderer Meinung sein. Ich habe viel zu bieten, besonders nach dieser Katastrophe. Gemeinsam können wir Beaumont wieder-aufbauen."

„Das wird nicht geschehen. Der Betrag, den meine Eltern Ihnen schulden, wird vollständig mit Zinsen zurückbezahlt. "

Er beugt sich interessiert vor. „Wann?"

„Bald, hoffe ich." Oscar hat versprochen, diese Schulden zu begleichen, sobald der Verkauf seines Weinguts abge-schlossen ist, und ich werde Oscar alles zurückzahlen, indem ich keine Gewinne aus dem Casino nehme, bis meine Schulden ihm gegenüber beglichen sind. „Innerhalb weniger Wochen."

Er neigt nachdenklich den Kopf. „Denken Sie, Ihre Eltern werden einfach das tun, was Sie verlangen? Sie sind für unsere Verbindung. Sie wissen, was ich Beaumont als Geschäftsmann zu bieten habe."

„Meine Eltern lieben mich. Unterschätzen Sie niemals die Kraft der Liebe."

„Ansichtssache", sagt er abfällig.

„Nur für jemanden, der sie selbst noch nie erlebt hat." Ich mache eine Pause und denke an Oscar, bevor ich zugebe: „Früher habe ich ähnlich empfunden." Ich habe mich nach Liebe gesehnt, ihre Kraft jedoch nicht wirklich verstanden. Doch jetzt gehört mein Herz Oscar, und niemand sonst könnte jemals seinen Platz einnehmen.

Er drückt seine Finger nachdenklich an seine Lippen. „Ich kann es mir nicht leisten, lange zu warten, und ich will Sie auch nicht aufgeben."

Ich warte und spüre, dass er verhandeln will.

„Ich gebe Ihnen zwei Wochen", sagt er. „Wenn ich das Geld mit Zinsen in dieser Frist bekomme, verzichte ich auf die Ehe."

Ich blinzele, überrascht, dass es so einfach war. „Deal."

Er bietet seine Hand an, und ich gebe ihm einen festen Händedruck. Dann lehnt er sich in seinem Sessel zurück, nimmt seinen Brandy und entspannt sich wieder. Nur bin ich noch nicht fertig. Ich muss sicher sein, dass er keine Bedrohung für meine Familie darstellt.

„Warum bestehen Sie nicht auf diese Ehe?", frage ich.

Er starrt mich einen langen Moment an. „Unter den derzeitigen Umständen ist es für mich nur sinnvoll, das geschuldete Geld in Cash oder in Form des Throns zu bekommen. Beaumont wird lange Zeit brauchen, um sich zu erholen – eine mühsame Aufgabe für die Monarchie –, und ich brauche das Geld dringender. Mit diesem Geld und der Versicherungssumme werde ich mich auf die Caymans zurückziehen." Die Cayman Islands sind eine Steueroase, in der außerhalb der Inseln verdientes Geld nicht besteuert wird. Er nimmt im Grunde das Geld und verzieht sich. Jetzt bin ich froh, dass er von Gier motiviert ist.

Ich stehe auf, hocherfreut über das Ergebnis unseres Gesprächs. Ich hätte mir keinen besseren Ausgang wünschen können. Er hätte sich querstellen können; stattdessen wird er das Geld nehmen und verschwinden. „Genießen Sie Ihren Ruhestand. Ich werde etwas essen gehen. Möchten Sie mich in den Salon begleiten?" Ich mag den Mann vielleicht nicht, aber er ist immer noch ein Untertan, und es gehört sich nun einmal, es ihm anzubieten.

Er steht auf. „Nein, ich werde gehen." Er zeigt mit seinem dicken Finger auf mich. „Sie haben zwei Wochen. Dann will ich Geld sehen."

Ich nicke kurz. Ich bin mir nicht sicher, ob ich das Geld rechtzeitig haben werde, aber ich werde neu verhandeln, wenn ich muss. Jetzt, da ich weiß, dass sein Ziel darin besteht, das Geld der Versicherung zu nehmen und sich abzusetzen, glaube ich, dass er an seinem derzeitigen Plan festhalten wird – er will lieber Geld als mich.

Ich gehe zügig zum Salon und denke dabei an Oscar. *Bald, Liebling.* Alles, was ich tun muss, ist, meine Eltern dazu zu bringen, zu akzeptieren, dass ich einen anderen Mann heiraten werde, und Oscar davon zu überzeugen, nach Beaumont zu ziehen. Diese katastrophale Zeit hat mir gezeigt, dass meine Eltern sich beugen werden, wenn es absolut notwendig ist, und dass sie mir vertrauen. Zumindest ein bisschen.

Ich kann mein Königreich auf keinen Fall verlassen. Beaumont braucht jetzt und auf absehbare Zeit meine Führung. Der Wiederaufbau ist eine gigantische Aufgabe, die neben strategischer Planung auch Energie und Ausdauer erfordert. Und die habe nur ich.

15

Oscar

Ich wandere aufgeregter als je zuvor in meinem Leben durch den Palastflur. Ich bin ein Rourke. Rourke-Männer stehen nicht untätig daneben. Das Blut der Wikinger-Krieger fließt durch meine Adern, und das hier ist eine Schlacht, die ich gewinnen muss. Ich kann es nicht ertragen zu wissen, dass Polly in einem Königreich ist, das sie so sehr einschränkt, kann es nicht ertragen, nicht zu wissen, ob es ihr gut geht, und ich kann es ganz besonders nicht ertragen, dass sie unter Druck gesetzt wird, diese Ehe mit Peter einzugehen. Ich habe versucht, sie gehen zu lassen, habe versucht, dieser erleuchtete Mann des Glaubens zu sein, aber ich bin es nicht. Ich bin ein Mann der Tat.

Trotzdem muss ich warten. Der Abflug unseres Jets wurde durch das Wetter in der Karibik verzögert, bevor er zum privaten Flughafen in Nantes, Frankreich, fliegen konnte. Als ich gehört habe, dass der Jet heute Morgen gelandet ist, habe ich den Befehl gegeben, ihn für einen weiteren Flug nach Beaumont aufzutanken und die Besatzung zu wechseln. Bis alle nötigen Wartungsarbeiten am Jet durchgeführt sind, kostet es Zeit, die ich nicht habe. Kommerzielle Flüge nach Beaumont sind derzeit ausgesetzt, sonst wäre ich schon längst unterwegs.

Polly braucht mich. Wenn ich endlich zu ihr komme, wird sie schon zwei Tage dort sein. Worst-Case-Szenarien spulen sich in meinem Kopf ab wie ein Film. Sie setzt sich Risiken aus, um bei den Nothilfemaßnahmen zu helfen, und könnte einer ganzen Lawine von Gefahren begegnen — wütende Mobs, heruntergerissene Stromleitungen, Erdrutsche. Und das eine, bei dem mir überall kalt wird, ist, wenn ich nur daran denke, dass ihre Eltern die Hochzeit beschleunigen, damit sie den Thron offiziell besteigen kann. Ich weiß, dass es Peters Resorts waren, die die schlimmsten Sturmschäden davongetragen haben. Er will diese Ehe mehr denn je, um die Mittel zum Wiederaufbau zu seinen Hotels zu leiten. Und ihre Eltern schätzen, was er dem Königreich zu bieten hat.

Ich bleibe stehen, als mir plötzlich klar wird, was ich tun muss.

Ich reibe meine Nasenwurzel. Er wird so angepisst sein. Aber gibt es einen anderen Weg? Ich zerbreche mir den Kopf nach Alternativen. Nein.

Ist Polly es wert? Absolut.

～

Polly

Ich habe gestern von Sonnenaufgang bis Sonnenuntergang gearbeitet, bin durch die Gegend gefahren, um den Schaden auf der Insel einzuschätzen und die Hilfsmaßnahmen zu koordinieren. Die Lage verbessert sich langsam, und wir haben siebzig Prozent der Stromversorgung wiederhergestellt. Heute habe ich mich mit meinen Eltern zum Nachmittagstee verabredet. Es ist Zeit, dass ich ihnen sage, wie es mit Oscar sein wird.

Ich werde von mehreren Telefonanrufen aufgehalten und komme später, als ich möchte, in den Salon. Ich hatte auf ein bisschen Zeit gehofft, um meine Rede zu proben. Als ich dort ankomme, sitzen meine Eltern bereits in ihren Hochlehnersesseln, die mich an Throne erinnern. Ich brauche keinen thronähnlichen Stuhl, um mich wie eine Königin zu fühlen. Das bin ich einfach. Ich wurde für diese Rolle geboren und, wie

Marge sagte, alle meine unmöglichen Eigenschaften sind jetzt mein größtes Kapital. Ich muss nicht länger gegen meine Natur kämpfen, denn wer ich bin, ist genau das, was Beaumont braucht. Zum ersten Mal in meinem Leben fühle ich mich wirklich wohl in meiner Haut.

Ich nehme auf einem kleineren geblümten Sessel ihnen gegenüber Platz. „Tut mir leid, dass ich spät dran bin. Wie geht's euch heute?" Ich lächle meine Eltern strahlend an. Beide sehen besorgt aus. Ist es meine Freizeitkleidung? Meine wilden Locken, für die ich keine Zeit hatte, sie zu zähmen? Bin ich noch schmutzig, weil ich geholfen habe, Palmblätter und Äste von einer Straße zu räumen, damit wir durchkommen konnten? Ich senke schnell meinen Blick auf meine türkisfarbene Tunika und die schwarze Yogahose. Relativ sauber.

„Polly, du musst eine Pause machen", sagt meine Mutter. „Du kannst dich nicht vollkommen verausgaben."

Ein Diener tritt vor, um uns Tee einzuschenken.

„Mir geht's gut", sage ich. „Ich fühle mich besser dabei, aktiv zu helfen, als mich zurückzulehnen."

Mein Vater brummt. „Ich habe gehört, dass sich die Lage verbessert. Ein Großteil der Energieversorgung ist wiederhergestellt und viele Straßen sind geräumt."

„Ja", sage ich stolz. „Und das haben wir hauptsächlich Vaughns Bemühungen zu verdanken – und seiner großen Familie. Sie haben unschätzbare Arbeit geleistet."

„Deine Wache?", fragt meine Mutter.

„Ja, meine Wache. Er ist von der Insel und tief verwurzelt."

„Ich habe seinen Großvater gekannt", sagt mein Vater. „Er und ich waren Freunde, als wir Kinder waren."

Ich lächle. „Das wusste ich nicht. Bis vor Kurzem hat Vaughn kaum mit mir gesprochen, und ich wusste nichts über ihn. Wie schön, eine so langjährige familiäre Verbindung fortzusetzen."

Meine Mutter nippt an ihrem Tee. „Polly, ich habe mich so gefreut zu hören, dass du Peter zu einem privaten Gespräch eingeladen hast."

Ich nutze die Vorlage und signalisiere dem Diener, uns Privatsphäre zu geben. Sobald wir alleine sind, sage ich: „Ich habe etwas Wichtiges mit euch zu besprechen."

„Was denn?", fragt meine Mutter langsam, und ihre Augenbrauen heben sich.

Die Hände meines Vaters zittern, und er verschränkt die Arme, um den Tremor zu verbergen. Eines seiner Beine bewegt sich unruhig – ein neues Symptom seiner Parkinson-erkrankung. Zeit ist von entscheidender Bedeutung. Er will nicht in der Öffentlichkeit auftreten, doch genau das muss der Herrscher von Beaumont tun.

„Peter und ich sind uns einig", sage ich.

Meine Mutter klatscht, und ihr Gesicht leuchtet auf. „Ich wusste es!"

Ich mache weiter. „Er wird auf die geplante Ehe mit mir verzichten. Er hat zugestimmt, seine Ansprüche auf euer Resort nicht durchzusetzen, da ich das Darlehen zurück-zahlen werde. Sobald er sein Versicherungsgeld von seinen zerstörten Resorts bekommt, hat er vor, sich auf die Caymans zurückzuziehen."

Meine Eltern starren mich beide verwirrt an.

„Wie willst du das Darlehen zurückzahlen?", fragt mein Vater.

„Was? Er will sich auf die Caymans zurückziehen?", fragt meine Mutter. „Ich dachte, ihr wolltet beide diese Ehe."

„Ein Freund hilft mir mit dem Darlehen. Und, nein, ich will diese Ehe nicht. Er hat mich dazu erpresst. Er hat gedroht, damit an die Öffentlichkeit zu gehen, dass ihr das Darlehen nicht zurückzahlen könnt, und die Leute gegen euch aufzustacheln. Er wollte die Monarchie stürzen."

„Das ist Verrat!", poltert mein Vater. „Er wird sofort verbannt."

Ich werde sehr still. Ich war gar nicht auf die Idee gekom-men, dass das, was Peter angedroht hat, Verrat ist. Alles, woran ich gedacht habe, war, meine Familie zu beschützen. Ich hätte es meinen Eltern von Anfang an sagen sollen. Es gab immer noch das Problem des fälligen Darlehens, doch es hätte mir viel Stress und Angst erspart zu wissen, dass Peter verbannt werden könnte.

Mein Vater steht mit einiger Anstrengung auf, ruft nach dem Diener, der wahrscheinlich gerade auf der anderen Seite der Tür steht, und als der Mann erscheint, bellt mein Vater Befehle, um das Nötige wegen Peter zu veranlassen.

Sobald sich mein Vater wieder niedergelassen hat, sagt meine Mutter zu mir: „Warum hast du uns nichts von Peter erzählt?"

„Wenn ich es euch gesagt hätte, hättet ihr die Ehe verboten, und er hätte seine Drohungen wahrgemacht. Ich wollte mich selbst um das Problem kümmern. Ich sehe jetzt, dass ich offener hätte sein sollen. "

„Und wer ist dieser Freund, der bei den Schulden hilft?", fragt sie.

„Oscar Rourke. Er ist einer der Prinzen von Villroy und wird eine echte Bereicherung für uns sein. Und er ist mehr als ein Freund. Ich liebe ihn und möchte ihn heiraten."

„Villroys Wirtschaft steht auf wackeligen Beinen", sagt mein Vater abweisend. „Wir brauchen ein vorteilhafteres Bündnis, besonders jetzt nach diesem verheerenden Sturm."

„Oscar hat seinen wichtigsten Besitz verkauft, um *eure* Schulden zu bezahlen", sage ich durch meine Zähne. „Und er bringt etwas noch Besseres als einen reichen Partner. Er liebt mich, und ich liebe ihn."

Meine Mutter seufzt und tauscht einen Blick mit meinem Vater aus, dann wendet sie sich mir zu. „Marge hat bereits gesagt, dass er in dich verliebt ist. Wir wussten, dass du sentimental sein würdest, was das angeht."

„In der Monarchie gibt es keinen Raum für Gefühle", sagt mein Vater.

„In deiner Monarchie mag das zutreffen", sage ich. „Nicht in meiner."

Meine Mutter lacht. „Polly, du sprichst in Rätseln. Es ist ein und dieselbe Monarchie."

„Ich möchte, dass ihr Oscar eine Chance gebt", sage ich. „Ihr werdet sehen, dass seine Unterstützung mich nur zu einer stärkeren Königin machen wird. Er ist ein geborener

Beschützer, und mein Wohlergehen ist ihm wichtiger als alles andere."

„Ein Bodyguard kann das Gleiche tun", blafft mein Vater. „Du kannst einen Ehemann nicht aus sentimentalen Gründen wählen. Er wird König sein, das Oberhaupt unseres Landes, das ist keine persönliche Entscheidung. Es ist die Entscheidung der Monarchie."

Ich lasse mir einen Moment Zeit, um meine Gedanken zu sammeln und einen Weg zu finden, mit meinen Eltern zu reden, der zu ihnen durchkommt. Ich trinke meinen Tee und schinde Zeit, während beide mich ungeduldig anstarren. Sie wollen, dass ich zu ihrer Normalität zurückkehre — den traditionellen Regeln von Beaumont. Offensichtlich bin ich immer noch die unmögliche Regelbrecherin.

Schließlich sage ich: „In den letzten zwei Tagen war ich maßgeblich an der Organisation der Hilfsmaßnahmen beteiligt. Und bevor ich angekommen bin, habe ich jede Verbindung, die ich hatte, genutzt, zusammen mit den Verbindungen des Königreichs Villroy, um Geld und humanitäre Hilfe nach Beaumont zu schicken."

„Und dafür sind wir dankbar", sagt meine Mutter. „Jegliche Kommunikation mit dem Rest der Welt war ausgefallen, und wir konnten zunächst nicht viel tun."

Ich lächle sie an. „Ja, ich weiß. Ich habe die Führung übernommen, wie ich es auch weiterhin tun werde. Ich bin, was Beaumont jetzt und in Zukunft braucht."

„Du warst Beaumont schon immer wichtig", sagt meine Mutter.

„Du bist unsere einzige Erbin", sagt mein Vater. „Dein Platz war nie eine Frage, doch du musst gut heiraten, um die Herrschaft zu übernehmen. Das hat sich nicht geändert."

Ich knirsche mit den Zähnen. „Oscar zu heiraten, *ist* gut zu heiraten."

„Du weißt, was dein Vater meint", sagt meine Mutter.

Ich stelle meine Teetasse ab und betrachte meine Eltern. Mir reicht's. Ich glaube nicht, dass ich anders zu ihnen durchkommen werde, darum muss ich ein Ultimatum stellen. „Ich werde Oscar heiraten und meinen Platz hier als

Königin einnehmen, oder ich werde Beaumont für immer verlassen."

Stille.

Meine Mutter sieht schockiert aus. Das Gesicht meines Vaters ist versteinert.

Ich sitze auf der Kante meines Sessels, denn ich bluffe. Ich könnte Beaumont niemals für immer verlassen, besonders jetzt nicht. Und ich weiß nicht einmal, ob Oscar bereit ist, dauerhaft hier zu bleiben. Ich muss wissen, dass er akzeptiert wird, bevor ich ihn einlade.

„Du würdest uns den Rücken kehren?", fragt meine Mutter vorwurfsvoll.

„Du würdest für deine egoistische Wahl verbannt werden", sagt mein Vater. „Das Königreich geht immer vor, oder du bist nicht geeignet, die Krone zu tragen."

Mein Magen zieht sich zusammen. Ich bin zu weit gegangen. Sie bleiben unbeugsam, wenn es um ihre widerspenstige Tochter geht. Sie würden mich eher verbannen, als mir zu erlauben, das zu tun, was ich für richtig halte. Nachdem sie den Menschen, die ich hierhergebracht habe, erlaubt haben, hier Schutz zu suchen, und mit keinem Wort protestiert haben, als ich auf der ganzen Insel herumgelaufen bin und auf jegliches königliches Protokoll verzichtet habe, dachte ich, sie würden meine Wünsche erfüllen.

Ich stehe mit wackeligen Beinen auf, mein Hals zugeschnürt vor Emotionen. Ich kann nicht glauben, dass es dazu gekommen ist – ich muss Beaumont entweder durch Verbannung oder aus freiem Willen verlassen, um den Mann meiner Wahl zu heiraten. Es ist kein Bluff mehr für mich. Oscar ist zu wichtig, und ich lasse mich nicht zwingen, einen anderen Mann zu heiraten.

Ich schlucke schwer und bringe heraus: „Du musst tun, was du tun musst, genau wie ich."

Die Augen meiner Mutter flehen mich an zu gehorchen, doch das kann ich nicht mehr. Mein Vater starrt mich an, als wäre ich ein Gegner in einem Krieg, den ich nie wollte.

In diesem Moment knarrt die Tür, und ein Diener verkündet: „Majestäten, bitte entschuldigen Sie die Störung, doch Sie haben einen Besucher, der darauf bestanden hat, Sie dringend zu sehen. Seine Hoheit, Prinz Oscar Rourke."

Ich wirbele herum, und sofort steigen Tränen in meine Augen angesichts des oh-so- willkommenen Anblicks von Oscar. Sein dichtes dunkles Haar ist zerzaust, sein Gesicht abgespannt, seine Augen sind müde, doch er hat noch nie so gut ausgesehen. Ich habe ihn noch nicht zu mir gebeten und auf eine Zeit gehofft, in der er willkommen sein würde, doch ich weiß jetzt, dass es keinen Sinn hat zu warten. Er hat gehandelt, genau wie ich.

Ich renne auf ihn zu und werfe mich in seine Arme. „Oscar! Ich bin so froh dich zu sehen."

Er legt seine Arme zärtlich um mich und küsst meine Schläfe. „Ich konnte dich nicht gehen lassen."

„Ich bin froh." Ich sehe zu ihm auf. „Lass mich niemals gehen."

Er sieht zu meinen Eltern hinüber und nickt. „Majestäten."

Sie starren ihn schockiert an.

Er dreht sich zu mir um. „Ich brauche ein paar Minuten allein mit deinen Eltern."

„Oh! Bist du sicher?"

Er nickt kurz und geht zu ihnen hinüber.

Oh-kay. Ich gehe zur Tür und höre, wie Oscar sie auf Französisch anspricht und um Erlaubnis bittet, ein kurzes privates Gespräch mit ihnen führen zu dürfen.

Ich stehe auf der anderen Seite der Tür und lausche schamlos. Verdammt. Er spricht zu leise, um ihn hören zu können. Ich warte und denke darüber nach, worüber in aller Welt sie sprechen könnten. Bittet er um Erlaubnis, mich heiraten zu dürfen? Sagt er ihnen, wie sehr er mich liebt? Das sind beides süße Gesten, aber letztendlich wird es die Meinung meiner Eltern darüber, was Beaumont braucht, nicht ändern. Sie erkennen nicht, dass ich das bin, was Beaumont braucht, und dass ich dem Königreich mit Oscar an meiner Seite besser dienen kann.

Dann höre ich meine Mutter überrascht sagen: „Das ist sehr großzügig."

Mein Vater sagt in verärgertem Ton: „So wird das nicht gehandhabt."

Nur weil Oscar nicht aus einem reichen Königreich stammt, sehen sie keinen Wert in einer Verbindung mit ihm. Moment. Großzügig? Hat Oscar Geld als Gegenleistung für unsere Ehe angeboten? Was zum Henker passiert hier?

Schließlich öffnet sich die Tür, und Oscar winkt mich mit ernstem Gesichtsausdruck herein. Meine Eltern starren ihn an, als wüssten sie nicht, was sie von ihm halten sollen.

Was habe ich verpasst?

Meine Mutter klärt mich auf. „Prinz Oscar hat einen großzügigen Beitrag zum Wiederaufbau von Beaumont geleistet."

Ich drehe mich zu ihm um. „Das ist wunderbar! Danke, Oscar. Ich bin sicher, dass es gut genutzt wird."

Oscar beugt sich zu meinem Ohr hinunter. „Du wirst nicht um einer finanziellen Allianz willen heiraten müssen. Das ist alles, worum ich gebeten habe. Die Mittel sollten mehr als das ausgleichen, was Peter dem Königreich hätte bieten können. Der Verkauf meines Weinguts ist abgeschlossen."

Ich runzle die Stirn. „Was meinst du?" Oscar hat das Geld bereits verplant — die Schulden meiner Eltern, das Schweigegeld für Charles und das Casino auf Villroy. Mein Magen verknotet sich. „Nein. Oscar, sag, dass du das nicht getan hast. Das Casino …"

Er zuckt mit den Schultern. „Ich habe mich dagegen entschieden. Ich gebe Beaumont alles, was ich habe. Ich werde bleiben, um zu helfen, wo immer du mich am meisten brauchst."

Mit bleibt der Mund offenstehen. Ich weiß, was das Casino für ihn bedeutet hat, was es auch für mich bedeutet hat, bevor die Katastrophe passiert ist. Er hat keine Hinterlassenschaft als viertgeborener Sohn. Das Casino sollte sein Vermächtnis sein und das von Adrian auch. Ohne Oscars Beitrag zum Casino wird es nicht dazu kommen.

Er streicht eine Haarsträhne hinter mein Ohr, sein Blick ist zärtlich. „Ich habe dir deine Freiheit gegeben, Pol. Du kannst nicht gezwungen werden, aus wirtschaftlichen Gründen zu heiraten. Deine Eltern waren sich in diesem Punkt einig."

Ich studiere sein Gesicht. In seinen Augen sehe ich Schmerz. Sie haben ihn nicht als meinen Ehemann akzeptiert, nur seine Spende.

Ich nehme seine Hand, ziehe ihn aus dem Raum und ignoriere die Proteste meiner Eltern über Anstand und Sitte.

Er ist still, ernst, ganz anders als der Oscar, den ich kenne. Er glaubt, er hat mich verloren. Er liebt mich so sehr, dass er sein Casino – sein Vermächtnis – und seine Partnerschaft mit seinem eigenen Bruder geopfert hat, um mir meine Freiheit zu geben.

„War Adrian wütend, dass du dich aus dem Casino zurückgezogen hast?", frage ich.

„Glücklich war er nicht", sagt er und spielt seine heldenhafte Geste vollkommen herunter.

Ich führe ihn den Flur entlang und gehe in einen privateren Raum. „Er hat jetzt nicht genug Kapital, um das Casino umzusetzen."

„Ich werde mir was einfallen lassen, um ihm später zu helfen. Zuerst kommst du."

Tränen laufen über meine Wangen, mein Hals ist zugeschnürt. *Mein Held, meine Liebe.* Ich werde nicht zulassen, dass das, was er getan hat, umsonst war.

Ich ziehe ihn in einen Salon, den niemand benutzt, dann lege ich meine Arme um seinen Hals und küsse ihn leidenschaftlich. Er erwidert den Kuss innig. Sein Arm legt sich um meine Taille, und er hält mich fest an sich gedrückt.

Erst viel später lasse ich ihn Atem holen. „Ich liebe dich. Wenn du bereit bist, mit mir auf Beaumont zu bleiben, werde ich dich heiraten und dich zum König machen."

Er schluckt. „Deine Eltern werden es nicht zulassen. Das haben sie bereits gesagt."

Mein Herz zieht sich zusammen, Energie strömt durch mich. „Du bist bereit zu bleiben?"

Er nimmt mein Gesicht in seine Hände. „Ich werde alles tun, um dich zu behalten. Ich werde für dich kämpfen, für uns, doch ich denke, das wird viel leichter, wenn du woanders mit mir lebst."

„Ich kann nicht gehen. Bitte sag mir, dass du bleiben wirst."

Er senkt seine Stirn an meine, seine Worte laufen heiß über meine Lippen. „Ich werde bleiben."

Ich küsse ihn und umarme ihn dann so fest ich kann.

Er erwidert die Umarmung, beugt sich vor und küsst meine Haare. „Pol, ich habe dich vermisst."

Ich schmiege meine Wange an seine Brust, eingehüllt von seiner Liebe. „Ich hab dich auch vermisst." Einen Moment später lasse ich ihn los, denn ein Plan nimmt in meinem Kopf Gestalt an. „Okay, hier ist mein Plan." Er lächelt, und ich kann nicht anders als zurückzulächeln. Er schätzt meine Ideen und Pläne. „Wir werden die Hilfsmaßnahmen leiten, und die Leute hier werden dich als einen der ihren akzeptieren. Ich werde dafür sorgen, dass die Presse gut über unsere gemeinsamen Bemühungen informiert ist. Meine Eltern werden gezwungen sein, uns zu erlauben, gemeinsam zu regieren, oder uns zu verbannen. Es wäre eine sehr unpopuläre Entscheidung und würde ihnen die weitere Herrschaft sehr schwer machen." Ich kann ein diabolisches Grinsen nicht unterdrücken. „Und es ihnen noch schwerer machen, meinen jüngeren, unvorbereiteten Cousin zum König zu machen."

Er schüttelt den Kopf. „Du bist ein Genie. Ein teuflisches Genie. Erst handeln und sich später entschuldigen, was?"

Ich hebe mein Kinn. „Ich werde mich nicht dafür entschuldigen, dass ich das Richtige tue."

Seine Lippen verziehen sich gerade so weit zu einem Lächeln, dass sein Grübchen in seiner stoppeligen Wange erscheint. Ich streiche mit dem Finger über das Grübchen, und er greift nach meiner Hand und drückt einen Kuss auf meine Handfläche. Seine aquamarinblauen Augen funkeln. „Ich bin so verdammt stolz auf dich, Königin Polly. Das wirst du immer für mich sein, egal, ob du ein Königreich regierst oder nicht."

Ich nehme seine Hand. „Komm. Es gibt viel zu tun. Lass uns anfangen."

∽

Zwei Wochen später ...

Polly

Oscar und mich erwartet eine Überraschung, als wir nach einem langen Arbeitstag auf der Insel spät in den Palast zurückkehren. Meine Eltern haben uns in den Audienzsaal gerufen, einen förmlichen Raum mit zwei Thronen auf einem Podest. Er wird ausschließlich für den Besuch von ausländischen Würdenträgern und für Krönungen verwendet. Die Bitte, sie dort zu treffen, ist ein Ausdruck ihrer Macht, und ich kann nur hoffen, dass sie sie für einen guten Zweck nutzen und uns nicht für immer verbannen werden. Ich habe die ganze Zeit unermüdlich Seite an Seite mit Oscar gearbeitet. Die Medien haben sich auf uns gestürzt und das Internet auch. Immer mehr Geld fließt auf die Insel. Im Palast hat er ein separates Zimmer bezogen, doch er besucht mich jede Nacht. Vielleicht haben irgendwelche Bedienstete geredet, was bedeutet, dass meine Eltern wieder wütend auf mich, ihre eigenwillige, sture Tochter sind. Es könnte der Tropfen sein, der das Fass zum Überlaufen bringt. Ich breche in kalten Schweiß aus, zu nervös, um auf unserem Weg zu ihnen überhaupt zu sprechen. Verbannung wäre für mich wie ein Tod. Oscar ist auch still.

Ich betrete den langen Audienzsaal, einen Raum, der mit seiner Größe und Pracht beeindrucken soll, zusammen mit der Fülle von Goldverzierungen auf allem – vergoldet gerahmte Ölgemälde, goldene Kristallleuchter und vergoldete Spiegel. Meine Eltern sitzen auf ihren Thronen. Vater trägt einen Anzug, Mutter ein Kleid. Keine Machtinsignien wie Krone, Zepter oder Samtumhang um die Schultern. Ich bin mir nicht sicher, ob das gut ist oder nicht. Ihre Mienen sind undurchdringlich, doch es fühlt sich wie ein sehr formeller Anlass an, bei dem etwas Bedeutsames und Lebensveränderndes bevorsteht.

Wir nähern uns, neigen unsere Köpfe und begrüßen sie förmlich.

Mein Vater spricht zuerst. „Wir sind auf eure gemeinsamen Bemühungen für Beaumont aufmerksam gemacht worden."

Meine Mutter neigt den Kopf.

Vielversprechender Start. Ich nehme Oscars Hand und drücke sie fest.

Mein Vater starrt auf unsere verbundenen Hände und seufzt. „Angesichts des Guten, das ihr für unser Königreich getan habt, habe ich euch beide hierher gerufen, um euch die Herrschaft zu übergeben."

Ich hole scharf Luft. Mein größter Wunsch wird wahr! Ich kann mein Geburtsrecht mit meiner Liebe an meiner Seite beanspruchen. Wärme sprudelt durch mich hindurch, ein schwereloses Gefühl vollkommenen Glücks. Ich tausche ein Lächeln mit Oscar aus, bevor ich mich wieder meinen Eltern zuwende.

„Wir würden gerne die Herrschaft übernehmen", sage ich.

Oscar richtet sich auf und strafft stolz seine Schultern.

„Du hast dich bewährt, Polly", sagt meine Mutter mit überraschend warmer Stimme. Ich glaube, ich habe meine Mutter stolz gemacht.

„Oscar hat sich ebenfalls bewährt", sagt mein Vater schroff. „Unsere Untertanen sind dafür. Also ist es entschieden."

Ich werfe mich in Oscars Arme, umarme ihn und lache. Es ist eine solche Erleichterung! Meine Strategie ist aufgegangen. Und selbst wenn es nicht so gekommen wäre, hat Oscar gesagt, dass er auch so bei mir geblieben wäre. Ich habe ihm angeboten, mit ihm nach Villroy zurückzukehren, sobald die Ordnung hier wiederhergestellt wäre, damit wir als Ehemann und Ehefrau zusammenleben können, doch wie ich immer gewusst habe, ist er nun auch überzeugt, dass ich nach Beaumont gehöre.

Jemand räuspert sich laut.

Ich lasse Oscar los und sehe meine Eltern an. „Ja?"

„Wir werden nach eurer Hochzeit die formelle Krönungszeremonie abhalten", sagt meine Mutter. „Am Tag eurer Hochzeit werdet ihr König und Königin von Beaumont."

„Ich glaube, es wäre am besten, das neue Jahr mit einem

neuen Herrscherpaar einzuläuten", sagt mein Vater. „Unsere Untertanen müssen das Gefühl haben, einen Neuanfang zu bekommen, jetzt, da die harte Arbeit des Wiederaufbaus beginnt."

Bis dahin sind es noch vier Monate, viel schneller, als ich erwartet hatte. Ich tausche einen Blick mit Oscar aus. Er ist an Bord.

„Ja!" Ich laufe zu meinen Eltern, um sie zu umarmen. *„Danke, Maman!"*

Sie drückt mich. „Das waren außergewöhnliche Umstände mit dem Sturm. Vielleicht war einfach eine außergewöhnliche Prinzessin nötig."

Meine Augen sind wässrig, mein Hals ist eng. „Danke. Ich werde euch stolz machen."

Sie streichelt meine Haare. „Ich war immer stolz auf dich, meine unmögliche Tochter."

Eine Träne entkommt, und ich wische sie weg. „Danke."

Ich drehe mich um und sehe, wie Oscar meinem Vater die Hand schüttelt und in einem leisen, respektvollen Ton mit ihm spricht. Oscar tritt um mich herum, um mit meiner Mutter zu sprechen, und ich nehme die zitternde Hand meines Vaters.

Er spricht leise. „Ich gehe davon aus, dass du mit dem Ergebnis deines Plans zufrieden bist, Tochter." Der strenge Ton wird durch das Funkeln in seinen Augen gemildert. Er weiß, dass ich eine Strategie hatte, um Oscars Platz zu sichern, und es macht ihm nichts aus. Vielleicht bewundert er es sogar, da ich dafür gesorgt habe, dass unsere gemeinsamen Bemühungen dem Königreich zugutekommen, unabhängig davon, wie es für mich persönlich ausgehen würde. Das Königreich vor allem anderen ist etwas, das er immer geschätzt hat.

„Man muss ein großartiger Herrscher sein, um die schwierigen Entscheidungen zu treffen, die du getroffen hast, Papa. Ich bin froh, dass du dich entschieden hast, uns das Königreich anzuvertrauen."

Er betrachtet uns beide. „Du bist ein Schatz für das Königreich, und wir können es uns nicht leisten, dich zu verlieren."

Ich küsse seine Wange. „Ich liebe dich auch."

Seine Augen tränen, und er räuspert sich. „Ja, also ... danke."

Ich verabschiede mich, nehme Oscars Hand und fliege praktisch aus dem Raum.

In dem Moment, in dem wir in die Privatsphäre meines Schlafzimmers fliehen, klatschen wir in einer leidenschaftlichen Umarmung zusammen und sinken in einem Gewirr von Armen und Beinen aufs Bett. Irgendwie schaffen wir es, uns in einem Rausch von Küssen, Streicheln und *Ich liebe dichs* auszuziehen.

Schließlich vereinigen sich unsere Körper so nah, wie sich zwei Menschen sein können. So nah wie unser Leben als Ehemann und Ehefrau, als König und Königin und als Eltern der nächsten Generation, die in eine modernere fortschrittliche Ära hineingeboren wird, sein wird.

Oscars Hand hält mein Gesicht, und er bleibt tief in mir. „Schmiedest du schon wieder Pläne?"

Ich strahle. Er kennt mich so gut. „Ja, ich plane unsere glorreiche Zukunft."

Er schiebt eine Hand zwischen uns und massiert mich fiebrig. „Lass los", befiehlt er.

Das tue ich, am einzigen Ort, an dem ich jemals sein werde, sicher in seinen Armen. Ich werfe meinen Kopf in den Nacken, und mein Atem kommt stoßweise in einem Dunst intensiven Genusses.

Und dann fliege ich.

Ein paar Momente später erschauert er an mir, ein gutturales Stöhnen ertönt in der Nähe meines Ohrs, dann sinkt er auf mich.

Ich drücke ihn. „Ich liebe dich. Ich bin so froh, dass alles so gelaufen ist, wie es sollte."

Er hebt den Kopf. „Ich habe nie daran gezweifelt."

„Hast du nicht?" Ich kann meine Überraschung nicht verbergen. Es war überhaupt nicht sicher gewesen.

Er wiegt mein Gesicht in seinen Händen. „Ich habe vielleicht am Anfang gezweifelt, doch als ich hier angekommen bin und dich in Aktion gesehen habe, wusste ich, dass es Pollys Weg sein musste oder keiner."

Ich lächle, als er sich von mir löst und sich auf den Rücken rollt. „Du wusstest nicht, dass es mein Weg ist."

Er dreht sich auf die Seite, zieht mich an sich und küsst mich zärtlich. „Was ich wusste, war, dass du entscheiden würdest, ob du eine Krone trägst oder nicht, weil du so intelligent und motiviert bist. Und ich wusste, dass du das an meiner Seite tun würdest, weil ich dich nicht gehen lassen würde." Er berührt meine Wange, sein Daumen streichelt die empfindliche Stelle unter meinem Ohr. „Es war Liebe auf den ersten Blick für mich, Pol. Ich wusste, dass es für mich niemals eine andere als dich geben würde." Seine Stimme wird eindringlich. „Ich war bereit, für dich zu kämpfen, koste es, was es wolle."

„Oscar." Meine Stimme bricht. „Danke, dass du für mich gekämpft hast. Du bist wirklich mein Held. Du hast für mich so viele heldenhafte, selbstlose Dinge getan." Plötzlich wird mir etwas bewusst. „Du hast dich die ganze Zeit wie ein König verhalten und mich und mein Königreich über dich gestellt. Die Rolle des Königs ist dein Schicksal."

„Du bist mein Schicksal. Der Rest ist einfach ein Geschenk, das du mitbringst."

Meine Unterlippe zittert, und er küsst mich. Tränen füllen meine Augen und fließen über. Er unterbricht den Kuss und wischt meine Tränen mit dem Daumen weg, sein Gesichtsausdruck ist zärtlich.

Ich bin einfach so überwältigt von dem unglaublichen Wunder unserer Liebe. Ich habe nie verstanden, warum sich andere deswegen so zum Affen gemacht haben. Und dann habe ich die Liebe gesehen, die Anna und Gabriel haben, und den romantischen Antrag, den Lucas seiner Liebe Alice gemacht hat, und ich habe sie endlich auch erleben dürfen. Es ist die größte Macht der Welt.

„Ich werde das, was wir haben, hüten wie einen Schatz", sage ich in einem feierlichen Gelübde.

„Ich werde dich hüten wie einen Schatz."

„Und ich dich!" Ich küsse ihn, und dann kann ich nicht aufhören, während wir uns gegenseitig versichern, dass wir einander schätzen und lieben. Ich bin dumm vor Liebe, genau wie er, und ich könnte nicht glücklicher sein.

Die Liebe hat mich befreit (mit etwas strategischer Planung meinerseits). Ich kann es kaum erwarten, mit meiner Liebe an meiner Seite noch mehr Pläne zu schmieden.

EPILOG

Die königliche Hochzeitsnacht

Oscar

Ich bin derjenige, der zum König gekrönt wurde. Wenn man mich, den viertgeborenen Sohn, im Rourke-Clan finden will, dann so. Prinz Oscar ist jetzt König Oscar. Ich prahle nicht. Es ist einfach eine Tatsache, die durch die Liebe einer unglaublichen, energiegeladenen, strategisch denkenden Frau möglich gemacht wurde. Sie ist brillant und glüht vor erstaunlicher Kraft und einem erstaunlichen Geist, und ich liebe sie von ganzem Herzen.

Seit dem Sturm, der mir Polly genommen und sie mir letztendlich zurückgebracht hat, sind vier Monate vergangen. Wir haben Tag und Nacht daran gearbeitet, die Ordnung im Königreich wiederherzustellen. Die Presse liebt uns, ihre Leute lieben uns und ihre Eltern lieben mich zwischenzeitlich auch. Naja, so viel sie können, denn ihre Tochter umarmt mich gern und viel, öffentlich und privat, und hat mich in ihre Suite umziehen lassen, sobald ihre Eltern der Ehe zugestimmt hatten. Ich hatte noch nicht einmal einen Ring an ihren Finger gesteckt. Sie bricht das königliche Protokoll, wo sie geht und steht, doch ihre Eltern tolerieren es, weil sie sie lieben. Und vielleicht auch, weil sie meine Absichten von Anfang an kannten. Ich habe ihnen bei unserem ersten Treffen gesagt, dass ich Polly liebe und *alles* tun würde, um sie glücklich zu machen.

Wir haben heute Morgen in einer feierlichen, kirchlichen Zeremonie geheiratet. Die Untertanen haben die Straßen gesäumt, um uns zuzujubeln, als wir mit einer Pferdekutsche vom Palast zur Kirche gefahren sind. Die Presse war da und auch diverse Fernsehteams. Natürlich auch meine Familie. Königin Anna und Königin Polly haben Pläne für eine strategische Allianz zwischen unseren Königreichen, da beide jetzt im Tourismusgeschäft tätig sind. Meine Brüder freuen sich für uns, sogar Adrian, den ich mit dem unterfinanzierten Casino allein zurückgelassen habe, als ich hierher geflogen bin, um mit Polly zusammen zu sein.

Ich wusste, dass ich etwas bei Adrian gutzumachen habe, nachdem ich mich so abrupt aus dem Projekt zurückgezogen habe, also habe ich meine Schwester Emma und ihren Rockstar-Ehemann Jackson auf die Idee gebracht, in das Casino zu investieren. Sie haben die Idee vom ersten Moment an geliebt und sofort zugestimmt, dort aufzutreten, was ein enormer Anziehungsfaktor sein wird. Sie leben in Frankreich, es ist also nur ein Katzensprung, um für einen Auftritt nach Beaumont zu kommen. Es ist geplant, eine kleine Eventlocation im zweiten Stock einzurichten, und bei gutem Wetter werden sie auf der Dachterrasse auftreten. Adrian hofft, dass das Casino schon im nächsten Sommer eröffnet wird.

Unmittelbar nach der Zeremonie haben Polly und ich ein neues Dekret für das Königreich unterzeichnet – von der nächsten Generation an können Frauen allein herrschen. Gleich danach haben wir alle anderen antiquierten Beschränkungen für weibliche Angehörige des Königshauses aufgehoben. Wir sind als fortschrittliche moderne Herrscher bekannt, doch ehrlich gesagt ist alles nur gesunder Menschenverstand.

Beaumont geht es gut, und das Leben hier geht wieder seinen normalen Gang. Polly hat dafür gesorgt, dass Sofortmaßnahmen zum Schutz vor künftigen Stürmen ergriffen werden, und auf der Nordseite der Insel wurde mit dem Bau der heutigen königlichen Grundstücke begonnen. Nachdem ich das Darlehen ihrer Eltern zurückgezahlt hatte, hat Polly einen sehr guten Preis für uns ausgehandelt, um Peters Land zu kaufen, da er ganz schnell verkaufen wollte, nachdem er verbannt worden war. Das Land hatte ursprünglich ihrer Familie gehört, daher waren ihre Eltern überglücklich, das Land zurückzugewinnen. Sie hatten es verkauft, um den Tourismus anzukurbeln, da sie nicht die Mittel hatten, selbst Resorts zu bauen.

Vaughn arbeitet immer noch als Wache im Palast, doch mit einer zusätzlichen Verantwortung – er bildet andere Wachen in Katastrophenvorsorge aus. Sie sind die erste Verteidigungslinie für unsere Untertanen, da wir keine Armee haben. Und Marge ist immer noch im Palast. Sie arbeitet jetzt als Pflegerin für Pollys Vater, der manchmal Schwierigkeiten hat, seinen Körper dazu zu bringen, das zu tun, was er will. Polly hat Marge nach all ihrer eindrucksvollen Arbeit nach der Katastrophe zunächst einen Job bei unserer gemeinnützigen Stiftung angeboten, doch Marge hat sie mit einem interessanten Gegenangebot abgelehnt. Sie möchte die Nanny unserer zukünftigen Kinder sein. Polly und ich waren uns sofort einig. Marge ist keine Kuschelnanny, sondern praktisch und sachlich, aber sie hat das Herz am rechten Fleck, und für sie stehen Kinder immer an erster Stelle. Polly will mit dem Kinderkriegen warten, bis der Wiederaufbau abgeschlossen ist, doch sie wünscht sich eine große Familie, nachdem sie als Einzelkind aufgewachsen ist. Ich bin dafür, denn ich komme ja selbst aus einer großen Familie. Ich denke, meine Familie hat sie inspiriert.

Jetzt endlich, nach der Aufregung des Tages – kirchliche Hochzeit, Krönungszeremonie und ein anschließender Ball –, bekomme ich meine Frau ganz für mich allein. Ich liege ohne Hemd im Bett, nachdem ich die winzigen Knöpfe auf der Rückseite ihres Hochzeitskleides für sie geöffnet habe. Sie hat mich gebeten, hier zu warten, weil sie einen Striptease für mich machen will. Wie schon gesagt, ich bin bereit, *alles* zu tun, um sie glücklich zu machen.

Sie schiebt das Oberteil des Kleides herunter und gibt mir

einen kurzen Blick auf ihren trägerlosen BH, bevor sie sich umdreht und mich mit einem sexy Lächeln über die Schulter ansieht.

Ich setze mich instinktiv auf und will sie berühren, doch sie wedelt mit dem Zeigefinger und hält mich auf. „Ah-ah", sagt sie. „Das ist eine langsame Verführung, und ich habe die Kontrolle."

Ich lächle und knöpfe meine schwarze Hose auf. „Du bist high von deiner neuen Macht als Königin." Ich liebe es, dass sie den Thron endlich für sich beanspruchen kann.

„Aber sowas von", sagt sie, schiebt das Kleid über ihre Hüften und steigt heraus.

„Pol", bringe ich mit erstickter Stimme heraus.

„Gefällt es dir?", fragt sie und dreht sich um, um ihr Kleid über die Rückenlehne eines Stuhls zu legen, und gibt mir dabei einen erstklassigen Blick auf ihren süßen Po.

Sie trägt einen trägerlosen Spitzen-BH und einen weißen Spitzen-Tanga. Sonst trägt sie immer schlichte weiße Unterwäsche. Doch heute trägt sie zusätzlich einen Strapsgürtel, von dem dünne Seidenriemchen zum Saum ihrer weißen Strümpfe reichen.

Ich ziehe mich schnell aus, klettere aus dem Bett und gehe auf sie zu, um sie mir zu nehmen.

Sie legt eine Hand auf meine Brust. „Noch nicht."

Ich stöhne. „Du siehst fantastisch aus. Das ist Folter, dich nicht anfassen zu dürfen." Dabei wollte ich den ganzen Tag nichts anderes.

Ihre Lippen verziehen sich zu einem langsamen, sexy Lächeln, ihre Stimme schnurrt. „Schau zu." Sie zieht ihre High Heels aus und lässt ihre Hände mit einem sinnlichen Blick über ihre Oberschenkel gleiten, bevor sie den Clip von ihrem Strumpf löst und ihn langsam an ihrem langen Bein hinunterrollt. Das ist schlimmer, als mit einer jungfräulichen Polly quälend langsam vorzugehen, denn jetzt weiß ich, worauf ich warte. Ich will, dass sie diese langen Beine um mich schlingt. Ich muss immer und immer wieder in sie hineinstoßen. Ich glaube nicht, dass ich noch länger warten kann, sie zum Bett zu tragen. Ich kann mich einfach wie ein wildes Tier auf sie stürzen und sie hier auf dem harten Parkettboden nehmen.

„Du hast einen Ausdruck wie ein Raubtier in deinen Augen", sagt sie mit heiserer Stimme, während sie langsam den zweiten Strumpf auszieht.

„Du hast eine Minute", warne ich, meine Hände an meinen Seiten geballt.

„Schon allein deswegen werde ich noch langsamer machen." Sie schiebt ihre Zeigefinger in die Körbchen ihres BHs und streichelt sich mit einem leisen Stöhnen.

Das Blut schießt durch meine Adern. Ich brenne vor rohem, pochendem Bedürfnis. „In zehn Sekunden stehst du über die Kommode gebeugt."

Sie lächelt, und ihre braunen Augen funkeln verschmitzt. Schließlich öffnet sie den Verschluss ihres BHs und wirft ihn mir zu.

Ich fange ihn und werfe ihn zur Seite. „Fünf Sekunden." *Mein. Jetzt.* Verlangen krallt nach mir.

Sie nimmt beide Brüste und drückt sie zusammen. Meine Augen kleben an ihr. Ich weiß nicht, welchen Teil von ihr ich zuerst berühren will, aber ich muss sie berühren.

„Oscar", singt sie in neckendem Ton. „Ich bin so feucht für dich. Ich habe mir den ganzen Tag deine Hände auf mir vorgestellt." Sie schlüpft aus dem Tanga und wirft ihn sich über die Schulter.

Ich bewege mich zur gleichen Zeit wie sie, und wir klatschen zusammen, die Münder hungrig, die Hände gierig. In letzter Minute führe ich sie zurück zum Bett, weil es unsere Hochzeitsnacht ist und ich will, dass sie weich liegt, wenn ich in sie hineinramme. Sie spreizt ihre Beine und heißt mich willkommen. Ich rolle mir in Rekordzeit ein Kondom über und nehme sie mit einem harten Stoß. Wir beide stöhnen.

Sie schlingt ihre Beine hoch um meine Taille und wiegt sich gegen mich. Ihr zischendes „Ja" treibt mich an. Ich pumpe tief und hart in einem schnellen Rhythmus in sie hinein. Ich brauche es, und sie braucht es offensichtlich auch, denn ihre Nägel graben sich in meine Schultern.

Oh, fuck. Mach langsamer. Ich kippe ihre Hüfte, um tiefer

einzudringen, und sie stöhnt tief in ihrem Hals, und dann ist es um sie geschehen. Ich lasse los und reite es mit ihr aus. Ihr Genuss ist mein Genuss, und dann bin auch ich weg und stoße immer und immer wieder zu.

Ich sinke auf sie, völlig erschöpft. Mein Gott. Die jungfräuliche Prinzessin ist zur erotischen Königin geworden. Ich schwöre, ich werde der König des Schlafzimmers sein, sobald ich mich wieder bewegen kann.

Sie küsst meine Wange und flüstert mir ins Ohr: „Mein Geliebter. Mein erster, mein letzter, mein für immer."

Ich hebe meinen Kopf, um sie zärtlich zu küssen. „Meine Frau."

„Ja", sagt sie mit einem strahlenden Lächeln und umarmt mich.

Unser Leben als Ehemann und Ehefrau beginnt in einer Liebe, die so mächtig ist, dass sie sich auf ein ganzes Königreich erstreckt. Die Zeit vor unserer Liebe war einfach die Zeit, in der wir darauf gewartet haben, einander zu begegnen.

Königlicher Spieler erscheint in Kürze!

Adrian

Ich bin ein Gentleman und ein Spieler, darum ist es nur natürlich, dass ich die Führung des neuen, exklusiven Casinos auf Villroy übernehme. Ich bin stolz es zu leiten, besonders angesichts unserer strauchelnden Wirtschaft. Nur, dass ich mir nach einem Monat im Betrieb eingestehen muss, dass es mehr ist, als ein Prinz allein stemmen kann. Ich brauche eine rechte Hand, um es zu einem Erfolg zu machen, denn Hunderte von Jobs hängen von mir ab.

Dann meldet sich meine Zwillingsschwester Silvia wegen Sara bei mir, einem Mädchen, das uns als Kind nahegestanden hat, da ihre Familie regelmäßig den Sommer auf Villroy verbracht hat. Als wir zwölf waren, haben wir uns geschworen, dass wir mit fünfundzwanzig heiraten werden. Wir sind jetzt fünfundzwanzig.

Doch das ist nicht der Grund, weswegen Silvia mich kontaktiert hat. Genau wie ich liebt Sara Poker, und genau wie ich hat sie Ärger am Hals. Sie betreibt ein Pokerspiel in New York und versucht verzweifelt, den Pot hoch genug zu treiben, um die Reichen von der Schattenseite der Stadt anzuziehen. Natürlich eile ich mit einer perfekten Lösung zur Hilfe – einem Job. Sie als meine Angestellte.

Nur dass dieses sture Huhn das Spiel nicht aufgibt und New York und ihre Schwester, die zwischenzeitlich erwachsen geworden ist, nicht verlassen will. Jetzt ertappe ich mich dabei, dass ich sie für mehr will als nur fürs Geschäft und sie nicht in dieser gefährlichen Situation lassen kann. Doch mein Königreich zählt darauf, dass ich das Casino zu einem Erfolg mache.

So kann es nicht weitergehen.

WEITERE BÜCHER VON KYLIE GILMORE

Die Clover Park Reihe

Das Gegenteil von wild (Buch 1)

Daisy schafft alles (Buch 2)

In den Falschen verguckt (Buch 3)

Ein Weihnachtsmann zum Küssen (Buch 4)

Vermieter küsst man nicht (Buch 5)

Nicht mein Romeo (Buch 6)

Bring mich auf Touren (Buch 7)

Clover Park Braut (Buch 7.5)

Gewagte Verlobung (Buch 8)

Retter in der Not (Buch 9)

Eine verführerische Freundschaft (Buch 10)

Ein Geschenk zum Valentinstag (Buch 11)

Raus aus der Tretmühle (Buch 12)

Die Clover Park STUDS Reihe

Almost Over It (Book 1)

Almost Married (Book 2)

Almost Fate (Book 3)

Almost in Love (Book 4)

Almost Romance (Book 5)

Almost Hitched (Book 6)

Happy End Buchblub Reihe

Hollywood Inkognito (Buch 1)

Gefahr im Anzug (Buch 2)

Gefährliches Spiel (Buch 3)

Förmliche Vereinbarung (Buch 4)

ÜBER DIE AUTORIN

Kylie Gilmore ist die USA Today Bestsellerautorin der Rourkes Reihe, der Happy End Buchclub Reihe, der Clover Park Reihe und der Clover Park STUDS Reihe. Sie schreibt unterhaltsame Romanzen, die die LeserInnen zum Lachen und zum Weinen bringen und zu einem Glas Eiswasser greifen lassen.

Kylie lebt mit ihrer Familie, zwei Katzen und einem verrückten Hund in New York. Wenn sie nicht gerade schreibt, Kinder bändigt oder bei Autorenkonferenzen pflichtbewusst Notizen macht, findet man sie beim Stretching – bis ganz nach oben ins oberste Regal, um dort ihren geheimen Schokoladenvorrat zu erreichen.

9 781947 379657